白话 剪灯新话

BAIHUAJIANDENGXINHUA

【明】瞿佑•原著

萧野•编著

广东旅游出版社
GUANGDONG TRAVEL & TOURISM PRESS
悦读书•悦旅行•悦享人生

中国•广州

图书在版编目（CIP）数据

白话剪灯新话 /（清）瞿佑原著；萧野编著. — 广州：广东旅游出版社，
2017.10（2025.1重印）

ISBN 978-7-5570-1104-8

Ⅰ.①白… Ⅱ.①瞿… ②萧… Ⅲ.①文言小说－短篇小说－小说集－中国
－清代 Ⅳ.①I242.7

中国版本图书馆CIP数据核字（2017）第219193号

白话剪灯新话
BAI HUA JIAN DENG XIN HUA

出 版 人 刘志松
责任编辑 李 丽
责任技编 冼志良
责任校对 李瑞苑

广东旅游出版社出版发行

地　　址 广东省广州市荔湾区沙面北街71号首、二层
邮　　编 510130
电　　话 020-87347732（总编室） 020-87348887（销售热线）
投稿邮箱 2026542779@qq.com
印　　刷 三河市腾飞印务有限公司
　　　　　　（地址：三河市黄土庄镇小石庄村）
开　　本 710毫米×1000毫米 1/16
印　　张 16
字　　数 235千
版　　次 2017年10月第1版
印　　次 2025年1月第3次印刷
定　　价 68.00元

本书若有倒装、缺页影响阅读，请与承印厂联系调换，联系电话 0316-3153358

　　第二天夜里五更时分，崔生便与那女子轻装出门，雇船经过瓜州渡，直奔丹阳。经过打听得知，村里确实有个叫金荣的人，他是村里的保正，家境富裕。崔生非常高兴，打听清楚后就径直前往金荣家。到了之后，崔生说了父亲的姓名、爵里和自己的乳名，金荣才想起他来，和他相认。听了崔生讲述这些年的经历后，金荣命人为旧主人设立了神主牌位来祭奠，接着又把崔生拥扶到座位上，纳头拜道："你便是我的小主人了。"接着，崔生把投奔的缘由也告诉了他，金荣清楚了始末便命人让出正房，并像侍奉旧主人一样侍奉他们俩，衣食等各方面的需要，都照顾得十分周到。

　　这天，他正在砍削建造寺庙的木头，可忽然间从墙壁外跳进来两只大老虎，它们一左一右地就站立在工匠的面前，双眼紧紧地盯着他，并且向他发出咆哮吼叫的声音。这个工匠惊恐万分。

序 言

志怪笔记体小说是中国古典小说形式之一，以记叙神异鬼怪故事传说为主体内容，产生和流行于魏晋南北朝，与当时社会宗教迷信和玄学风气盛行以及佛教的传播有直接的关系。汉代以后，儒教、道教和佛教逐渐盛行，鬼神迷信的说教广为流布，所以志怪的书特别多。历朝历代作品中就有不少以"志怪"命名的，如祖台之的《志怪》、孔约的《孔氏志怪》，乃至清代蒲松龄的《聊斋志异》。（"志怪"一词出于《庄子·逍遥游》："齐谐者，志怪者也。"）

鲁迅就在《中国小说史略》中说："中国本信巫，秦汉以来，神仙之说盛行，汉末又大畅巫风，而鬼道愈炽；会小乘佛教亦入中土，渐见流传。凡此，皆张皇鬼神，称道灵异，故自晋迄隋，特多鬼神志怪之书。其书有出于文人者，有出于教徒者。文人之作，虽非如释道二家，意在自神其教，然亦非有意为小说，盖当时以为幽明虽殊途，而人鬼乃皆实有，故其叙述异事，与记载人间常事，自视固无诚妄之别矣。"志怪小说的内容很庞杂，大致可分为三类，一是炫耀地理博物的琐闻，如托名东方朔的《神异经》、张华的《博物志》；二是记述正史以外的历史传闻故事，如托名班固的《汉武故事》《汉武帝内传》；三是讲说鬼神怪异的迷信故事，如东晋干宝的《搜神记》、曹丕的《列异传》、葛洪的《神仙传》以及托名陶潜的《后搜神记》等。

志怪笔记体小说多以人物趣闻逸事、民间故事传说为题材，具有写人粗疏、叙事简约、篇幅短小、形式灵活、不拘一格的特点。另外不同的作者在这类小说中也倾注了自己的思想、智慧和情感，例如在《聊斋志异》中，蒲松龄"用传奇法，而以志怪"，将生命力和"孤愤"注入其中；而在《阅微草堂笔记》中，纪昀则是将智慧注入其中，以"测鬼神之情状，发人间之幽微，托狐鬼以抒己见"

为核心，目的在于益人神智。大多数的志怪笔记体小说更高超的地方在于对人性的把握，鬼怪皆有人性，甚至比人更为生动真实，可敬可爱。

志怪笔记体小说在明清时代达到了一个新的高峰，为后世树立了一座中国古典小说的丰碑。本着品读经典书籍，弘扬优秀文化的思想，我们首批选取了明清两个朝代中比肩《聊斋志异》的四本志怪笔记体小说，严格遵循原文，编写了这套白话志怪笔记体丛书——《白话夜雨秋灯录》《白话夜谭随录》《白话剪灯新话》《白话萤窗异草》。本系列书所述均系当时社会之旧闻轶事、神鬼狐怪、烟花粉黛一类故事，情节离奇，生动有趣，文笔简洁朴实，颇有艺术造诣，流传甚广，是明清笔记小说中的佳作。

总之，志怪笔记体小说作为中国最传统的文学形式，用的是中国思维，写的是中国神怪鬼狐，讲的是中国故事，这些都渗透在我们每一个国人的骨子里。悠闲时光，品一杯茶，读读这些经典之作，聊发怀古的幽思也是一种极大的精神享受。

出版者语

　　《剪灯新话》是明代瞿佑撰写的文言短篇小说，最早在洪武十一年（1378 年）编订成帙，以抄本流行。瞿佑字宗吉，号存斋，少有诗名，曾被当时诗坛领袖杨维桢称赏为瞿家的"千里驹"。明太祖洪武年间出仕，历任仁和、临安、宜阳等县训导，后升任周王府右长史。明成祖永乐六年（1408 年），因诗获罪下狱。永乐十三年（1415 年）被遣送谪戍保安。仁宗洪熙元年（1425 年），经英国公张辅奏请赦还，在英国公家主理家塾，三年后放归。宣德八年（1433 年）卒，享年八十七岁。瞿佑一生著述很多，但只有《剪灯新话》《归田诗话》《咏物诗》等几种保留下来。

　　《剪灯新话》中有相当一部分作品是描写婚姻爱情的。或是人与人的婚姻，或写人与鬼的爱情，都突出强调一个"情"字。《剪灯新话》的问世在当时沉闷的政治环境中引起了无数读者的喜爱与共鸣，甚至连国子监里的经生儒士也阅读它，而仿拟者纷起，永乐年间有庐陵李祯的《剪灯余话》，宣德年间有赵弼的《效颦集》，万历年间有邵景詹的《觅灯因话》相继问世，这些作品共同构成了沟通唐传奇和清代《聊斋志异》这两个高峰之间的桥梁。除仿拟之作外，白话小说和戏曲也受到《剪灯新话》作品的影响。

　　《剪灯新话》是中国历史上在东亚最具有跨国界影响力的古典小说集之一。它从 15 世纪起就开始风行于朝鲜，后来也一直在日本、越南盛传，唯独在中国反而随着时间的推移渐趋湮没。《剪灯新话》多以元明之际的战乱纪实、文人罹祸和儿女情恋（人鬼恋）为主题，这类主题使它在日本、朝鲜与越南得到令人惊异的接受：那里的读者普遍欣赏瞿佑的"故事"情节和"话语"方式，许多作家因此受到启发而把《剪灯新话》视为小说创作的最高典范。

　　除编译《剪灯新话》外，本书还收录译注了李祯的《剪灯余话》作为续卷。作者心境不同，作品体现的精神层面也不同，读者可从比较中获得自己的见解。

目 录

卷一

水宫庆会录

　　元顺帝至正四年（公元 1344 年），潮州读书人余善文白天闲坐在家，忽然有两位健壮的力士，头上戴着黄头巾，身上穿着绣花的衣服，从外面走进来，向他施礼致敬说道："南海龙王广利王邀请您。"余善文惊讶地说："广利王乃是南海之神，善文是尘世中人，阴阳路途不同，哪里能够与之交往呢？"两位力士说："您只管受邀前行，切勿推辞。"

　　于是，余善文便同他们一起走出南门外，看到一条大红船停泊在江边。登上船，在两条黄龙的护卫下前行，速度快如风雨，转瞬之间已经到达了龙宫。船停靠在门前，两位力士进去通报。过了一会儿，他们请余善文进去。广利王亲自走下台阶来迎接他，并对他说道："我久仰您美好的名声，因而委屈您大驾，还希望千万不要感到奇怪惊讶。"随即，广利王引他走上台阶，与他相对而坐。余善文深感敬畏惶恐，连连退让。此时，广利王说："您住在阳界，我处于水府，彼此互不统辖，大可不必推辞。"善文说："大王您身份贵重，我却是一个穷书生，怎么敢当得起如此盛大隆重的礼仪！"坚决推辞。这时，广利王身边有两位臣子叫鼋参军、鳖主簿的，小步疾行而出，启奏说："客人说得对啊，大王您可以

1

顺从他的请求，不应当自减声威与德行，有失体统。"于是广利王就居中坐下，另外在右边安放了一个榻，让善文坐。广利王对善文说："寒舍偏僻简陋，与蛟鳄、鱼蟹做邻居，没有什么可以显示神威、宣扬天命的。如今打算另外建造一座宫殿，命名为'灵德'，工匠都已经发动了起来，木石等建筑材料也都已经准备妥当，所缺少的只有一篇上梁文罢了。我听说您拥有世间罕见的才能，身怀济世的谋略，所以才专门恭敬地邀请您来到这里，希望您能够为我撰写一篇上梁文。"说完，广利王立刻命侍从拿出白玉做的砚台，捧上书写用的毛笔，还准备了一丈多长入水不濡的鲛绡纱，放在余善文面前。听到广利王如此说，余善文于是俯首听命，文不加点，一气呵成。这篇上梁文写道：

天地之间，海为最大；人物之内，神为最灵。既属于人们供奉的神祇，怎能没有壮丽的宫室？因此重建宝殿，新定美名；挂龙骨作为大梁，灵光耀日；排鱼鳞作瓦片，瑞气蟠空。列明珠白璧之帘栊，接青雀黄龙之舸舰。精美的小窗开启时海色在户，华丽的宫门打开时有云影降临屋中。雨顺风调，威镇南海八千余里；天高地厚，流传后世亿万斯年。汇入江汉东流之水，接纳溪湖汇来之波。河湖水神，纷纭而到；鬼国罗刹，接踵而来。岿然独存若鲁灵光殿，美丽堂皇像汉景福宫。控制蛮荆而接引瓯越，永壮宏规；上达天庭而呈上贵重的琅玕，宜兴善颂。遂为短唱，助举修梁。

抛梁东，方丈蓬莱指顾中。笑看扶桑三百尺，金鸡啼罢日轮红。

抛梁西，弱水流沙路不迷。后夜瑶池王母降，一双青鸟向人啼。

抛梁南，巨浸漫漫万族涵。要识封疆宽几许，大鹏飞尽水如蓝。

抛梁北，众星绚烂环辰极。遥瞻何处是中原？一发青山浮翠色。

抛梁上，乘龙夜去陪天仗。袖中奏罢一封书，尽与苍生除祸瘴。

抛梁下，水族纷纭承德化。清晓频闻赞拜声，江神河伯朝灵驾。

伏愿上梁之后，万族归仁，百灵仰德。

珠宫贝阙，上应天上的日月星辰；衮衣绣裳，具备人间的多福多寿。

书写完毕后，余善文就把此文进献给了广利王。广利王看到如此的锦绣文章欣喜不已。宫殿又选择了在良辰吉日落成，于是就派遣使者前往东、西、北三海，请各位龙王来赴庆祝宫殿落成的宴会。

第二天，东、西、北三位龙王如期而至，跟从的人也有千乘万骑，前后跳跃欢呼的是神龙和猛蛟，左右奔驰万里的是长鲸和大鲲。而那些一般的鱼头鬼面等差役则拿着戈戟，摇动着旌旗，千千万万，不计其数。再来看，广利王头戴通天冠，身上披着绛纱袍，手里拿着碧玉圭，满心欢喜地跑到龙宫门前迎接，接待的礼仪十分盛大隆重。当然，三位龙王的装扮也是冠冕华贵，他们还佩戴着宝剑和垂佩，且不管是服饰还是仪表都极具威严，只是他们所穿的衣袍，由于其方位的不同颜色也有所不同罢了。

四位龙王寒暄过后，主客之间互相作揖而坐。穿着寻常百姓衣服的余善文则坐在宫殿的一角，他刚打算与三位龙王以礼相见，忽然东海龙王广渊王座后有一个名叫赤鲩公的随从大臣，头戴御史法冠，长着长长的胡子，率先跳到南海龙王广利王的面前询问道："今天如此华贵的宫殿落成，您还专门请来三位龙王安排了如此盛大的宴会，即使是长江汉水的首领，河川湖泊的君主，都不能够预先排定位置列席宴会，这礼仪可说得上是隆重庄严了。可是坐在角落里穿寻常百姓衣服的人又是谁呢？他怎么敢如此横冲直撞地来到这里！"广利王解释说："这位先生乃是潮阳地区德行和才艺都十分出众的余善文，我建造了这座灵德殿，是专门邀请他来为我的宫殿作一篇上梁文的，所以才让他坐在了这里参加宴会。"东海龙王广渊王见此情形，急匆匆地说道："知书能文的才士在这里，你哪来那么多话？暂且退下！"赤鲩公这才满脸羞愧地退了下去。

一会儿侍从们上酒奏乐，还有二十个美女，摇晃着用珠玉串成的耳饰，拖曳着华美轻便的衣裾，在宴会前步履轻快地跳起舞来，而且口中还唱着歌：

若有人兮波之中，折杨柳兮采芙蓉。振瑶环兮琼珮，铿锵鸣兮玲珑。
衣翩翩兮若惊鸿，身矫矫兮如游龙。轻尘生兮罗袜，斜日照兮芳容。
蹇独立兮西复东，羌可遇兮不可从。忽飘然而长往，御泠泠之轻风。

舞蹈跳完后，又来了四十个以唱歌为生的儿童，他们打扮得新颖别致，舞动着香袖，在庭下跳起了采莲队舞，口中还唱着采莲曲：

桂棹兮兰舟，泛波光兮远游。捐予玦兮别浦，解予珮兮芳洲。波摇摇兮舟不定，折荷花兮断荷柄。露何为兮沾裳？风何为兮吹襟？棹歌起兮彩袖挥，翡翠散兮鸳鸯飞。张莲叶兮为盖，缉藕丝兮为衣。日欲落兮风更急，微烟生兮淡月出。早归来兮难久留，对芳华兮乐不可以终极。

两支舞跳完后，又有人敲打着灵鼍鼓，吹起玉龙笛，所有的音乐也跟着一起奏鸣，在座的人一杯接着一杯，尽情地畅饮。这时，东、西、北三位龙王同时捧起一杯酒，非常恭敬地对余善文说："我们僻居在边远的角落，之前从未见过如此隆重的仪式，而今天能够看到如此盛大的礼仪，还能有幸在这里遇到您这位大君子，真是倍增光彩。希望您能够作一首诗来记录这次盛会，使它能够在龙宫水府广为流传，或许能够成为一件美事啊。不知道可不可以？"在多次推辞未果的情况下，余善文就写下了《水宫庆会》诗二十韵：

帝德乾坤大，神功岭海安。渊宫开栋宇，水路息波澜。
列爵王侯贵，分符地界宽。咸灵闻赫弈，事业保全完。
南极常通奏，炎方永授官。登堂朝玉帛，设宴会衣冠。
凤舞三檐盖，龙驮七宝鞍。传书双鲤跃，扶辇六鳌蟠。
王母调金鼎，天妃捧玉盘。杯凝红琥珀，袖拂碧琅玕。
座上湘灵舞，频将锦瑟弹。曲终汉女至，忙把翠旗看。
瑞雾迷珠箔，祥烟绕画栏。屏开云母莹，帘卷水晶寒。
共饮三危露，同餐九转丹。良辰宜酩酊，乐事称盘桓。
异味充喉舌，灵光照肺肝。浑如到兜率，又似梦邯郸。
献酢陪高会，歌呼得尽欢。题诗传胜事，春色满毫端。

余善文把诗文写完并呈献给各位龙王后，大家看了都十分高兴。一会儿，太阳落了下去，月亮慢慢升起，各位龙王喝得酩酊大醉，全都由侍从搀扶着走出宫殿，然后和他们的随行队伍各自返回自己的水国，而这时车马集合出动的声音，过了很长时间还能够听见。第二天，广利王又专门设置了宴会来单独答谢余善文。而且，宴会结束后，作为酬劳，广利王又派人用玻璃盘盛放了十颗夜明珠、两只通天犀牛角给他，并派两位特使护送他回家。余善文回到家后，将广利王所有赠予他的奇珍异宝，都卖给了一家波斯珠宝店，从而获得了亿万家财，他一家也随之成了当地拥有巨大财富的家族。后来，余善文的心里再也没有了对功名的追求，离开自己的家庭外出学道，在这期间他遍游名山大川，至于他最终结局如何没有人知道。

三山福地志

元自实，祖籍山东。他生性质朴鲁钝，不通诗书，但是家里以经营田庄为生，家产丰足，很是富裕。同乡中有一个姓缪的人，被任命到福建去做官，因为缺少路费，就向元自实借了二百两银子。元自实觉得大家都是同乡，交情也很深，所以没有让他写借条，就把钱如数借给了他。

到了元代至正末年，山东大乱，元自实遭到一群强盗抢劫，家里的财产被洗劫一空。当时，据守福建的是平章政事陈友定，福建地区还算是比较安定。于是，元自实便决定带着妻儿走水路前往福州，去寻访并投靠缪君。等到了福州后，打听到缪君果然在陈友定的帐下且很受重用，颇具威势和权力，门第显赫。对此，元自实很是高兴，然而自己身处困境，又经历长途跋涉的艰辛，衣衫褴褛、容颜憔悴，不敢马上前去拜见。于是，元自实便先在城中租了间房子，安顿好妻儿，又整理了衣冠，挑选个好日子前去拜访。恰巧，拜访时正碰上缪君外出，于是就在马前拜见。起初，缪君似乎并没有认出元自实，直到元自实说到自己的家乡和姓名，他才惊讶地表示道歉。随即，缪君便把元自实引进屋，并以宾主的礼节相待。过了许久，也只是喝了一杯茶，聊了聊琐事罢了。第二天，元自实又来到了缪府，也只是招待几杯酒和几盘果子而已，根本就没有什么特别的眷顾，也丝毫没有提之前向他借银两的事儿。元自实回到居所，不禁觉得旅舍中处处透着凄凉，妻儿怨骂道："您千辛万苦跋涉千里来投奔往日的熟人，为了什么呢？今日只是被三杯薄酒一搪塞，便对过往之事只字不提、不发一语，我们还能指望什么啊！"

迫不得已，第三天元自实再一次拜访缪君，可是缪君好像已经感到厌烦了。元自实刚要开口，缪君就急匆匆地说道："以前我承蒙你借给我路费，我也一直记在心里时刻不敢忘记；怎奈我现在仕途萧条，俸禄微薄，但可尽管如此，老朋友辛辛苦苦远道而来，又怎么能够辜负你往日的恩德呢？只是希望你能够把借据文书还给我，我自会如数陆续奉还所欠银两。"元自实听到他这样说，大惊道："我和你自幼便是乡里乡亲，年少时交往密切，感情深厚，我答应你的请求，周济你的急难，从来都没有要求你写过什么借据文书，如今你为何会说出这样的话来？"接着，缪君又十分严肃地说："借据文书肯定是有的，恐怕是战乱之时，你不小心弄丢了。当然，即使是没有所谓的借据，我也不会与你计较，只是希望你能够宽限我段时间，好让我想想办法尽力偿还。"听罢，元自实也只得答应他，但是心里却责怪他虚伪巧诈，想不到他竟会如此的忘恩背义，自己可真像是只被篱笆缠住的羝羊，进退两难了。

半个月后，元自实又一次来到缪君家，可是缪君只是温言接待来打发他，终究是连一文钱也没有还给元自实。就这样辗转推脱，反反复复，又过去了半年。

城中有一个小庵堂，刚好在元自实去缪君家的半路上，所以他经常会在门口歇息一下。庵堂住持是一个姓轩辕的老翁，是个有道的人，他经常看到元自实在这里路过，就时不时地与他交谈，所以彼此慢慢也熟识了起来。时值隆冬，新年也越来越近，元自实穷居无依、百无聊赖，于是又来到缪君的家中，哭拜道："新年就要到了，可我妻儿却饥寒交迫，口袋里连一文钱都没有，米缸里也没有了剩余的粮食。以前你向我借的那些银两，现在我也不敢再有所奢求了，只希望你能够像《左传》里说的那样：拿出一斗水来救活车辙里的鱼，扔下一壶粥来救活那桑荫下快要饿死的人，这就算是对老朋友的恩惠了。我乞求你能够怜悯我、体恤我！"说着便一头趴伏在了地上。

缪君扶他起来，屈指算了算日子，接着对他说："再过十天，应该是除夕了，你在家耐心等待，我从俸禄里分出两石米和两锭银子给你，到时候命人骑快马送到你家，以应对过年的开销，还希望你不要嫌少而责怪我啊。"说罢，还再三叮嘱，不要再到什么别的地方等待恳求我了。元自实心怀感激地退了出来。回到家后，他就用缪善的话来安慰自己在忍饥挨饿的妻儿。到了除夕那天，全家人都抬着头盼望着。元自实端坐在椅子上，让小儿子到坊里门口去看着打探打探。过了一会儿，小儿子跑回来说："有人背着米来了。"元自实听了急忙出去等候，但那个背米的人径直从他家门前走过，连看都没看一眼。元自实还以为来的人不认识他们家，于是急忙上前去询问，不想那人却说："这是张员外送给家中私塾先生的粮食。"元自实只好默然地回去。不一会儿，小儿子又跑过来对他说："有人带着钱来了。"元自实又急忙出去迎接，而那人也是从他家门前径直走了过去，没有进来。他又追上去询问，那人说："这是李县令在临别之时送给那些将要远行的人的钱。"元自实听了，内心再度惆怅且感到惭愧。像这样的情况一连发生了好几次，就这样全家人一直等到晚上，也没等到一点儿真正回馈的踪迹和音信。

第二天就是正月初一了，元自实被缪君的欺骗和推脱一误再误，甚至于一粒米一束柴都没有来得及置办，此情此景，妻儿只能相对哭泣。而此时，元自实更是愤怒得五脏生烟，难以遏制，于是在暗地里偷偷磨了一把十分锋利的刀，坐在那儿等着天亮。

鸡刚叫，更鼓才刚刚停止，他就径直往缪君家走去，想要等到他出门的时候一刀刺死他。那个时候，天还没有亮，路上连一个人都没有，只有小庵堂中那位姓轩辕的老翁正点着蜡烛诵经，坐在对着门的位置。他看见元自实在前面走，后面有几十个奇形怪状的鬼跟着他，或是拿着刀剑，或是拿着锤凿，都披散着头发，袒露着身体，样子十分凶恶。过了一顿饭的工夫，元自实就回来了。而这时后面有一百来个戴着金冠、挂着玉珮的人跟着他，或是捧着伞盖，或是举着旗幡，脸色柔和，样子看上去十分安闲。那位姓轩辕的老翁心中猜测，自实或许已经死了。于是诵完经后，他就急忙前去拜访元自实，可元自实却安然无恙。

坐定后，轩辕老翁问道："今天早晨，你到底干什么去了？为什么你去的时候匆匆忙忙，而回来的时候则慢慢悠悠呢？我希望你来说说其中的原由。"元自实不敢隐瞒，于是说出了详情："缪君这个人不讲信义，弄得我如今狼狈不堪！今早其实我怀中揣了一把快刀，想要去杀了他而图个痛快！可是到了他家门口，我忽然想道：'他确实是得罪了我，也罪有应得，可是他的妻儿又有什么错呢？而且，他上有高堂老母，如果我今天杀了他，他们全家以后要依靠什么来生活呢？宁可别人对不起我，我也不能够对不起别人啊。'于是我就暗暗忍了这口气回来了。"

轩辕老翁听完后，向他稽首并祝贺道："您这么做将来必定会有后福，因为你的心存善念神明已经知道了。"元自实问他为什么这么说，老翁说："你刚生出一个恶念，凶鬼就来到了你身边；你刚生出一个善念，福神就降临在了你的身后。这就好像是如影随形，回响应声一样。所以我知道即使是在暗室之内，仓促之间，也不可以欺瞒自己的本心而作恶，不可以造下罪孽而有损阴德。"说完后，老翁就拿自己之前所看到的景象来安慰他，并且又给了一些钱米来周济他的急难。然而，元自实却仍旧闷闷不乐。当天晚上，他就跳到了三神山下的八角井中自尽。

不料，这时井水却突然分开了，两岸都是像被刀削出来一样的石壁，中间有一条狭窄的小路，仅仅容得下一个人的脚步。元自实扶着石壁向前走，走了差不多有几百步，就到了山壁的尽头，路也没有了，只出现一个弄口。他从弄口中走出来，只见天地开阔明朗，在日月的照耀下，俨然是另外一个世界。他还看见了一座宏大的宫殿，匾额上题着四个金字"三山福地"。元自实看后便走了进去，只见长廊寂静，宫殿的香炉里缓缓地飘散着烟岚。元自实徘徊四望，却杳无人迹，只能听到钟磬的声音隐隐地仿佛从云天之外传来。元自实实在是太饿了，走不动了，就在石坛旁躺着睡着了。

忽然，有个穿着青色道袍、挂着雪白玉佩的道士走上前来叫醒了他，笑着问道："翰林公可是领略到旅游的滋味了吗？"元自实拱手回答："旅游的滋味，我已领略足了。可是您称呼我为'翰林'实在是大错特错了！"道士说："你难道不记得自己在兴圣殿草拟《西蕃诏书》的事了吗？"元自实说："我只是山东的乡下人，普通得不能再普通的贫贱百姓，今年已经四十岁了，却还不通诗书，而且我平生也没有到京城游玩过，又怎么会有草拟诏书的说法呢？"道士说："你应该是被饥饿所困惑，没有工夫回想以前的事情了。"于是，从袖子里拿出了几个梨和枣子给他吃，说："这叫作交梨火枣，吃了就能够知道过去及未来的事情。"

元自实吃完后，豁然明悟，想起了自己做翰林学士的时候，在大都兴圣殿草拟《西蕃诏书》的事，而且这一切就好像昨天刚发生的一样。于是，他向道士请教说："我前世造了什么孽，今世要遭受这样的报应？"道士说："其实，你也没造什么罪孽，只是在任职翰林学士的时候，因文采而自高自矜，不肯提携后进，所以才让你今世愚昧懵懂而不识字；因为官位自尊自大，不肯接纳游学的人，所以才让你今世四处漂泊而无所依靠。"元自实听了，就拿当今的高官问他："某人位居丞相之职，却贪得无厌，公然收受贿赂，那他将来会受到什么样的报应呢？"道士说："这样的人是无厌鬼王，地下有十个熔炉帮他熔炼横财，如今他的福分也已经满了，要受到牢狱之灾。"元自实又问道："某人位居平章高位，身为军官，却不约束军士，反而杀害良民，那么他将来会受到什么样的报应呢？"道士说："这样的人是多杀鬼王，他有三百鬼兵，个个都是铜头铁额，辅助他为非作歹。如今他的命数也衰退了，要受到分尸之苦。"元自实又问："某人位居监司之职，但刑罚却不能振肃；某人作为郡守，而赋税劳役却不均衡；某人作为宣慰使，却从未听说他宣抚安慰了什么事；某人作为经略使，却从未听说过他治理了哪里，像这些人又都应该要受到什么样的报应呢？"道士说："这些都已经是枷锁临身、绳索系颈的腐肉秽骨，等着被杀罢了，哪里还值得计算！"元自实于是又提到了缪君欠债不还的事。道士说："他是王将军的库丁，财物到了他那里又怎么会随便动呢？"道士又接着说，"不出三年，世道就会大变革，大祸就要来了，十分可怕。你最好选个地方居住，否则恐怕会受到牵连而遭祸。"元自实听了，便请求道士为他指点能够躲避兵祸的地方。道士原本说："到福清就可以了。"可接着又说："不如到福宁。"说完，又对元自实说："你到这里很久了，家里人都很担心盼望，现在可以回去了。"元自实告诉他不知道哪里有回去的路，于是道士给他指了一条小路，让他从那里走，于是他就向道士拜别了。

元自实走了二里左右，在山后发现一个可以出去的洞。等他回到家里，竟然已经过去了半个月。于是，他急忙带着妻儿前往福宁的乡村中，住在那里开垦田地，打理菜园。有一天他正锄地的时候，地下铮然有声，得到四锭银子，家境便渐渐地丰足起来。后来，张士诚夺取了相印，江浙右丞相达识帖睦迩被拘禁，大军兵临城下，福建省平章政事陈友定被俘，而其他官员则大多没能保住性命，而缪君也被一位姓王的将军所杀，家财也都归了王将军。以时间来算，仅仅过了三年，道士说的话就全部应验了。

华亭逢故人记

元末松江读书人中有姓全、贾的两个人，他们都是饱学之士，性格豪放，悠闲自得，酷爱喝酒，不拘小节，但潦倒失意，常常以游侠自居。元惠宗至正末年，浙西一带被张士诚占据，而松江是浙西的属郡。这两个人往来于这些地方，高谈阔论，完全像是没有其他人在场一样。而当地的豪门大族，听到风声急急忙忙就迎接，唯恐被他人抢先。姓全的读书人在诗中写道：

华发冲冠感二毛，西风凉透鸂鶒袍。仰天不敢长嘘气，化作虹霓万丈高。

姓贾的读书人也在诗中写道：

四海干戈未息肩，书生岂合老林泉！袖中一把龙泉剑，撑住东南半壁天。

他们两人的诗大抵如此，从他们的诗中人们也更加相信他们身负才学，绝非凡品。

吴王（朱元璋）元年（公元1367年），姑苏城被明兵围攻，但未能攻下。后来，上洋人钱鹤皋起兵救援张士诚，两人把安禄山的谋士严庄、黄巢的宰相尚让作为榜样，手持马鞭登门，参与他们的谋划，终于攻下了嘉兴等郡城。但是没过多长时间，军队就溃败了，他们两人也都投水而死。

明洪武四年（公元1371年），华亭读书人石若虚，因为有事情经过近郊。或许是因为他与全、贾二人素来亲近和睦，这回竟然在路上遇见了他们。只见全、贾二人带着众多的随行仆人，这情形简直和往常一模一样。他们二人看见若虚，忙迎上前说道："多日不见，石君别来无恙？"石若虚不知怎地忘记他们已是死去之人，竟然还与他们行揖还礼，并且把旁边的柴禾铺在地上坐下，整整谈论了有一个时辰。姓全的读书人大发感慨地说道："东晋将领诸葛长民有一句话，说是'贫贱长思富贵，富贵又临危机'。我认为这话并不是正确恰当的言论。人们如果贪慕富贵，危机又怎么能躲避得了呢？难道世间真有'腰缠十万贯，骑鹤上扬州'这等如意之事吗？大丈夫在世，若是不能流芳百世，也应当遗臭万年。被封为汉东郡公的将军刘黑闼，在临死之际却说道：'我本生于乡野，平素里只是在家种种菜，现如今这般结局都是被那些所谓的高雅贤士所害！'我认为这话实在是太浅陋了，足以令人千古发笑！"姓贾的读书人说："刘黑闼有什么值得提起的呢！像是汉朝的田横、唐朝的李密，也可以称得上是佼佼者了。田横刚开始与汉高祖一样都是南面称尊，耻于改称为臣，后来逃亡蜗居在海岛，按理说是可以老死在那里的，但最终却被什么'大王小侯'的话欺骗，最终在距东都洛阳还有三十里的地方自杀身亡。李密起兵时，唐高祖曾特意写信祝贺他，让他做大家的盟主；等到兵败归降唐朝后，竟还盘算着唐王朝能够给他安排台、司一类的高官要职，没有见识已经到这样的地步了！事实上，大丈夫死便死了，又怎么能够忍受得了苟且偷生、仰人鼻息呢？开国功臣韩信创建了西汉基业，最终却惨遭杀戮；隋朝末年，大唐开国功臣刘文静开创了晋阳的福运，最终也被诛杀。那时的功臣尚且如此，对于其他人来说又能怎么样呢？"姓全的读书人说："唐人骆宾王辅助李敬业起兵扬州，作檄文列数武则天的罪状，等到兵败的时候，还能够做到在西湖灵隐隐居，并且吟咏出'桂子月中落，天香云外飘'的诗句。唐末农民起义领袖黄巢作乱侵扰唐室，罪大恶极，即使是处以极刑也不能抵偿他的罪行，可等到起义事败，他却只是削去了头发，披上僧衣，逃匿了行踪，并且题诗说：'铁衣著尽著僧衣。'像是这两个人，作为作乱滋事的首恶，结果却能够免于灾祸，其才智谋略真可以算是精深的了。"姓贾的读书人笑着说道："要真的是这样的话，我们这些人可真应当感到惭愧了！"姓全的读书人急忙说："我们老朋友坐在这里，没有必要闲谈这些事情，这些事情只能徒增伤感罢了。"所以，姓全的读书人就脱下所穿的绿裘袍，让随行的仆人到附近村庄拿去抵押换酒喝。

酒换来后，他们来回喝了数轮，这时石若虚向二人请求说："两位平日的诗章，在人们口耳之间传扬，今日我们朋友相会，怎么能够没有佳作来记录呢？"听到若虚这般说，二人思索了一会儿，其中姓全的读书人率先把诗作成，吟咏道：

几年兵火接天涯，白骨丛中度岁华。杜宇有冤能泣血，邓攸无子可传家。当时自诧辽东豕，今日翻成井底蛙。一片春光谁是主？野花开满蒺藜沙。

姓贾的读书人接着吟咏道：

漠漠荒郊鸟乱飞，人民城郭叹都非。沙沉枯骨何须葬，血污游魂不得归。

麦饭无人作寒食，缇袍有泪哭斜晖。生存零落皆如此，惟恨平生壮志违。

吟咏完后，石若虚十分惊异地说："你们两个人平时吟咏的诗章都极为潇洒跌宕，怎么今天所做的诗竟如此哀伤，与以前大不相同呢？"他们两个人并没有说什么，而是彼此看了一眼，接着忧戚地长叹了几声。过了一会儿，换来的酒都喝完了，两人与若虚告别各自离去。可是，就在走了十几步以后，就突然不见了踪影。看到他们二人突然消失，石若虚顿时大惊，这才想起他们已经死了很久了。再看时，只见树梢上云雾昏暗，山头间太阳西沉，听见的也只有乌鸦和鸟雀等在草木中的噪啼而已。于是，石若虚急忙前往村庄的酒家，查访姓全、贾两位读书人之前用来换酒喝的裘袍，看看到底是何物。可石若虚的手刚刚碰到裘袍，它们就纷纷破碎，而碎片竟然像蝴蝶一般，乘风而上。看到这情形，石若虚没有再继续赶路而是选择在酒家借宿，第二天早上才急急忙忙地回家。而从那以后，他就再也不敢走这条路了。

金凤钗记

元大德年间，扬州有个姓吴的富人，家住在春风楼的旁边，官至防御使。他的邻居是世代为官的崔家，他们两家向来交情深厚。后来，崔家生了一个儿子叫兴哥，吴防御家里生了一个女儿叫兴娘。这两个小娃娃还都在襁褓中的时候，崔家人就以一只金凤钗作为聘礼请求让兴娘做兴哥日后的妻子，吴防御也答应了崔家人的求亲。

不久后，崔君带着一家远赴外地做官，这一去就是十五年。而且，在这整整十五年的时间里，没有任何的音信。兴娘自幼长在深闺，如今也已经十九岁了。她的母亲对丈夫吴防御说："崔家人带着兴哥一去就是十五年，毫无音信，眼看着兴娘长大成人，我们不能墨守他们儿时的婚约，耽误了女儿青春啊。"吴防御说："当初，我已经答应了咱们的老邻居，就连聘礼都已经收了，如今又怎么能私自毁约呢？"后来，兴娘终日等着崔生归来，望穿秋水，染上了疾病，只能整日睡在床上，如此半年以后便去世了。为此，她的父母伤心欲绝，痛哭不已。在兴娘入殓的时候，她母亲把崔家下聘的金凤钗替她插在了发髻上，并抚摩她的尸体哭道："这是你夫家给你的聘礼，现在你死了，我又留着它做什么呢！"

天意弄人，兴娘才入葬两月，崔生就回来了。吴防御接待了他，也顺便打听了一下他们一家这些年的情况。崔生兴哥说："我父亲当初去外地做了宣德府的理刑官，后来在任上去世，母亲也去世好多年了。现今丧服已经脱去，这才不远千里急忙回到这里。"吴防御听到崔生如此说，不禁掉下泪来，说道："我女儿兴娘也真是红颜薄命，由于日夜思念你的缘故，日久成疾，两个月前不幸抱恨而亡，现如今都已经出殡安葬了。"接着，他领着崔生走进内房，来到供着兴娘灵位的桌前，焚烧纸钱，痛哭流涕地告诉女儿崔生回来了，全家人看到这样也都失声痛哭。稍微平复了一下情绪，吴防御对崔生说："如今，你的父母也已经去世了，你们先前居住的地方又路途遥远，你也已经来到了这里，不如就在我们家住下吧。老朋友的儿子，也就是我的儿子，千万不要因为兴娘已经去世了，就把自己当外人。"说完，他就派人给崔生搬行李，并整理出门旁的一个小书房供他使用。

差不多半月后，恰巧赶上清明节，吴防御因为女儿新亡，全家人一起去上坟。其中也包括兴娘的妹妹庆娘，她已经十七岁了，而崔生则留在家中看守。到黄昏的时候，全家才从坟地回来，天色都已经昏黑了，崔生老早就在门左迎候。这时，望见有两乘轿子来了，前面的轿子进了门，可后面的轿子到崔生面前时，好像有什么东西掉在了地上，发出铿然的响声。等轿子过去后，崔生急忙拾了起来，发现原来是一只金凤钗。崔生本打算要还回去的，可是门都已经关了，进不去了。于是崔生就回到自己的小书房，点起蜡烛独自坐着。他私下想着如今婚事落空，自己孤身一人，寄居在别人门下，终非长久之计，想到这里不由得发出几声长叹。正打算睡觉，却忽然听到一阵敲门声。崔生忙问："是谁？"不见任何回应。一会儿，他又听到了敲门声，这样反反复复好几次。崔生打开门一看，门外竟站着一位年轻貌美的女子。门打开后，那女子急忙撩起裙子，走了进来。崔生看到这一情景，不禁大惊。只见那女子低眉颔首，低声细语地对崔生说："你不认得我吗？我是兴娘的妹妹庆娘。回家的时候我把金凤钗扔到了轿子下，你捡到没有？"说完就要拉着崔生上床睡觉。崔生想着她父亲待自己甚好，就很严肃地拒绝了她，并再三推辞说："我万万不敢。"听崔生如此说，那女子涨红了脸发怒道："我父亲用对待子侄的礼节来对待你，还收留你在家中，可你却深夜把我引诱到这里，究竟想干什么呢？试想，我如果把这事告诉父亲，把你告到官府，官府肯定饶不了你。"听那女子这么说，崔生害怕了，不得已只好顺从了她。就这样，直到天快亮了，那女子才离开。而从那以后，每到傍晚她就会秘密前来，到了早上又隐蔽离开，就这样往来于自己的闺房和小书房之间有一个半月左右的时间。

　　一天晚上，那女子对崔生说："我居于深闺，您住在门侧的书房，像今天这样的事情，所幸没有被人察觉。但只怕好事多磨，约会的日子难免会遭受阻碍，一旦音讯行踪暴露，父母双亲怪罪，必然会'关闭笼子锁住了鹦鹉，棒打鸭子惊散了鸳鸯'，我所做的这一切都是心甘情愿的，但怕影响你的清名。与其这样，我们还不如早作安排，带着珠宝私奔，或是隐藏在穷乡僻壤、他乡外县，如此，我们才能白头到老、永不分离。"崔生对她的计策很赞同，说："你说得确实有道理，我其实也在考虑这个问题。但有时又想：一直以来，自己孤苦伶仃，缺亲少友，即便是想逃走，又能逃到哪里呢？不过，曾听父亲说，崔家有一个名叫金荣的旧日仆人，他是一个讲信用道义的人，以种田为生，住在镇江吕城镇。如果我们去投奔他，应该不会遭到拒绝。"

　　第二天夜里五更时分，崔生便与那女子轻装出门，雇船经过瓜州渡，直奔丹阳。经过打听得知，村里确实有个叫金荣的人，他是村里的保正，家境富裕。崔生非常高兴，打听清楚后就径直前往金荣家。到了之后，崔生说了父亲的姓名、爵里和自己的乳名，金荣才想起他来，和他相认。听了崔生讲述这些年的经历后，金荣命人为旧主人设立了神主牌位来祭奠，接着又把崔生拥扶到座位上，纳头拜道："你便是我的小主人了。"接着，崔生把投奔的缘由也告诉了他，金荣清楚了始末便命人让出正房，并像侍奉旧主人一样侍奉他们俩，衣食等各方面的需要，都照顾得十分周到。

差不多一年后，那女子对崔生说："我当初是害怕父母责难，所以才决定学卓文君与你私奔，实在迫不得已。现在都差不多过去一年了，我想凡是作父母的对子女都是爱护的，如果我们现在回去，父母肯定会高兴能够与子女重见，不会再怪罪我们。更何况再也没有什么比父母生我养我的恩惠更大的了，我们又怎么能够和父母断绝关系呢？为什么不回去拜见他们呢？"崔生同意了她说的话，于是和她一起租船渡江，重返扬州。快到家时，那女子对崔生说："我在外差不多一年的时间，今天突然和你一起回来，恐怕会招惹父母发怒。不如你先去观察一下，我待在船上等你消息。"崔生觉得有理，于是就独自上岸，正要举步时，女子又招呼他回来，把金凤钗交给了他，说："如果父母他们有所怀疑或是不承认，你把这金凤钗拿出给他们看就行了。"

崔生来到吴家家门，吴防御听说他回来了，高兴地出来见他，还非常愧疚地对崔生说："之前是我们招待不周，才使你不能安居，转而去了别处，真是老夫的罪过啊，希望你不要怪罪！"听到这话，崔生不知所措，顿时伏在地上，不敢抬头，口里还不停声地说："我真是该死啊！"吴防御疑惑不解地说："你有什么罪过呢？为什么要说这样的话呢？还希望你仔细说个明白。"崔生这才站起身来解释说："先前我与庆娘私通，还带着她私奔，潜藏在村庄里，音信全无，虽说我们两个感情深厚，但又怎么敢忘记父母的恩德呢？今日我特地和您的女儿庆娘一起回来看望你们，希望你们能够宽恕我们，让我们能白头偕老，岳父和小婿也能够和和睦睦。"吴防御听了崔生的话，更是吃惊，说："我女儿庆娘一年前卧病在床，一直茶饭不进，连翻身都要人扶靠，又怎么可能会与你发生这样的事情呢？"崔生以为他们之所以这样说，是怕这件事情玷辱了门户，于是便说："庆娘这时正在船上等我，您大可以派人把她用轿子抬来。"吴防御虽然不相信，但还是急忙派家仆前去察看，可到了那里却没有见到那女子的踪影。听完仆人回报，吴防御正要发火责问崔生，不料崔生却从袖中拿出了金凤钗，交给吴防御。吴防御看到金凤钗，越发吃惊，说："这是我女儿兴娘的殉葬品，怎么会在你手上呢？"

正在众人疑惑不解之时，庆娘忽然从床上起来，拜倒在父亲面前说："我不幸早别父母，远弃荒郊，再也不能侍奉在双亲左右。但是我与兴哥的缘分并未断绝。今天回家里来也没有其他的意思，只是希望父亲母亲能够把妹妹庆娘许配给兴哥，让我与兴哥再续姻缘。如果你们答应我的请求，庆娘的病马上就能够痊愈；可若是不答应我的请求，庆娘的性命也就没了。"听了这些话，全家个个都十分惊慌。从她的体貌来看，明明是庆娘；但她的声音、举止，又明明是兴娘。吴防御不禁责备道："兴娘你既然已经死了，为什么又要来人间作乱呢？"她回答说："女儿我是死了，但是冥界的长官不认为我有罪，没有拘禁我，还让我到后土夫人帐下掌管传送章奏。因为女儿尘缘未了，所以夫人特地给了我一年假期，来与兴哥了却这一段姻缘。"吴防御含泪忍悲答应了她，兴娘随即俯首叩拜。接着又拉着崔生的手，哽咽着对他诀别道："父母已经答应亲事，你要好好作你的女婿，只是不要有了新人就忘了旧人。"说完后，她痛哭不已，最后竟倒在地上昏死了过去。家人急忙把汤药给她灌下，过了好大会儿庆娘才醒过来，病也好了，行动也一如平常，可问她这一年来发生的事情，她却一点也不知道，就像是刚刚从梦中醒来。

后来，吴防御就精心挑选了一个吉日，为庆娘和崔生主持了婚事。而崔生为了报答兴娘的情义，把金凤钗拿到集市上卖得纸币二十锭，全部都用来买了香烛纸钱，送往琼花观，请道士设坛祈祷三天三夜。不久，崔生又梦见兴娘对他说："承蒙郎君为我做的这些事，你我现如今虽然阴阳两隔，但仍深深感谢。小妹庆娘个性温顺柔和，你千万要好好待她。"崔生不禁惊哭而醒。从此以后，兴娘就再也没有出现过了。多么奇怪啊！

联芳楼记

元惠宗至正初年，苏州姑苏区有一个姓薛的富户，以卖米为生，家住在阊阖门外。他膝下育有两女，长女叫兰英，次女叫蕙英，生得都十分聪明漂亮，还能写诗作赋。为此，薛某专门在他们的住宅后面建造了一座"兰蕙联芳"楼供姐妹俩居住。当时，正巧承天寺的和尚雪窗善于画兰蕙，于是薛某就命人粉刷了四面墙壁，邀请雪窗把兰蕙画在上面，而有幸登上此楼的人简直如同进入了春光和煦的大自然中。在这里，两女子日夜不停地吟咏，作了有好几百首诗歌，取名为《联芳集》，好事的人经常拿来传诵。

当时，绍兴文人杨维桢创作《西湖竹枝曲》，应和的有百余人，而且还在书铺里雕版印行。兰英、蕙英两位女子看到后，笑着说："西湖有'竹枝曲'，东吴难道就没有'竹枝曲'了吗？"于是便效仿杨维桢的体制，创作了《苏台竹枝曲》十章：

姑苏台上月团团，姑苏台下水潺潺。月落西边有时出，水流东去几时还？
馆娃宫中麋鹿游，西施去泛五湖舟。香魂玉骨归何处？不及真娘葬虎丘。
虎丘山上塔层层，夜静分明见佛灯。约伴烧香寺中去，自将钗钏施山僧。
门泊东吴万里船，乌啼月落水如烟。寒山寺里钟声早，渔火江枫恼客眠。
洞庭金柑三寸黄，笠泽银鱼一尺长。东南佳味人知少，玉食无由进尚方。
荻芽抽笋楝花开，不见河豚石首来。早起腥风满城市，郎从海口贩鲜回。
杨柳青青杨柳黄，青黄变色过年光。妾似柳丝易憔悴，郎如柳絮太颠狂。
翡翠双飞不待呼，鸳鸯并宿几曾孤！生憎宝带桥头水，半入吴江半太湖。
一绢风鬟绿于云，八字牙梳白似银。斜倚朱门翘首立，往来多少断肠人。
百尺高楼倚碧天，阑干曲曲画屏连。侬家自有苏台曲，不去西湖唱采莲。

她们两人的其他作品也大都与此相当，其才华也就可想而知了。杨维桢看到她们的诗稿后，在后面写了这样两首诗：

> 锦江只说薛涛笺，吴郡今传兰蕙篇。文采风流知有自，联珠合璧照华筵。
> 难弟难兄并有名，英英端不让琼琼。好将笔底春风句，谱作瑶筝弦上声。

也恰恰因为这样，她们两人的名声远近传扬，世人都把她们看作汉代的班昭、蔡琰再生，宋代词人李清照、朱淑真往后的女子简直都不能同她们相提并论了。

兰英、蕙英两人居住的那座楼下临运河，来往航行的船舶都要经过这里。当时昆山有位姓郑的年轻人，也是出身世家大族，由于他的父亲与薛某向来亲厚，所以就让郑生在苏州经商贩卖。每次船到，郑生就把船停泊在楼下，依傍薛家为寓。而薛某也因为他父亲的缘故，总是把郑生当作世交子弟来对待，彼此往来甚是亲密。

郑生很年轻，气质温和，个性俊秀文雅。一年夏天，他在船头洗澡，两女从窗缝里看到了，就把一对荔枝从楼上扔了下来。郑生虽然已经领会她们的意思，但是看着那高耸入云的屋脊楼宇，若不是身上长着翅膀，是万万上不去的。

不久后，一日夜深人静，万籁俱寂，郑生站在船舷边，好像在等待什么。这时，他忽然听见楼窗发出"哑哑"的声响。正在顾盼之时，两女用秋千的绒索，下挂一只竹网兜，垂放到郑生面前，郑生就这样乘着竹网兜登上了联芳楼。郑生和两女相见后，简直高兴得说不出话来，随即就挽着上床去了。在床上，大女儿兰英随口吟了一首诗送给郑生：

> 玉砌雕栏花两枝，相逢恰是未开时。娇姿未惯风和雨，分付东君好护持。

小女儿蕙英也吟诵道：

> 宝篆烟消烛影低，枕屏摇动镇帏犀。风流好似鱼游水，才过东来又向西。

郑生听两女子的诗章，异常感动，此后每天晚上都去相会，二女又吟咏了许多诗作。一天，郑生看到桌上有剡溪玉叶笺，就提笔在上面写了一首诗：

误入蓬山顶上来，芙蓉芍药两边开。此身得似偷香蝶，游戏花丛日几回。

二女看到诗，高兴得不得了，把它藏在竹箱中。

又一天晚上，午夜后，郑生忽然惆怅地说："我本来是寄居异乡的旅客，投身在你家门下；今天的事情，令尊大人并不知道。可一旦事情败露，我们之间恩情便会隔绝，就像乐昌公主的青铜镜，也许从今以后就将永远分开了；也像延平津的龙泉、太阿之剑，不知道什么时候才能复合。"一面说着，一面哽咽着流下眼泪。二女说道："我们虽庸俗浅薄，但有自知之明。虽久居闺房，也粗通经史，知道钻穴偷情的可耻，藏才待时的可嘉。但是春花秋月，每每感伤时光虚度；水性云情，常常失去自我控制。以前，我俩像东邻女郎隔墙偷看宋玉一样偷看你洗澡，又像卞和献玉一样以身相许。蒙郎君不嫌弃，听从了我们，虽然没有行过六礼，但是确实一言为定不再变心。现在正要同你共欢于枕席，侍奉郎君，为什么说出这番话来，自生疑惑隔阂呢？郑郎啊郑郎！我们虽是女子，但都是做了慎重考虑的。某天事情败露，家里怪罪下来，只要父母同意我俩的请求，那么我们会嫁给你。如果不能顺遂所愿，那么只有到九泉之下来找我们，我们一定不会再嫁给别人。"郑生听了这番话，非常感动。

过了没多久，郑生的父亲来信催促他回家。薛君见郑生仍旧逗留在此，迟迟不肯离去，不禁心生怀疑。一天，薛君登上联芳楼，却在竹箱中发现了郑生写的诗，大大地吃了一惊。可事已至此，也无可奈何。不过薛君看郑生这个青年也还算是年少标致，自己和郑家也可以说是门当户对，于是就写信给郑生的父亲，以表达与之结亲的意愿。看到薛君的信后，郑生的父亲欣然同意。于是，命媒人连通郑、薛二姓之交好，问名纳采，让郑生入赘为女婿。而这年郑生二十二岁，长女兰英二十岁，次女蕙英十八岁。吴地的百姓大多都知道这件事，有的人还把这事记录下来写成了掌故。

卷二

令狐生冥梦录

令狐譔是一个刚强正直的人，生来就不相信什么神灵之说，骄傲放诞，自以为是。但凡有人谈及鬼神变化、冥界因果报应的事情，他必定会说大话来指斥别人的错误言论。

在他居所附近，有一个叫乌老的人，就家财而论可以算得上巨富，但这个人仍然没完没了地贪图利益，甚至为了求财胆敢做出不义之事，他的凶恶可谓远近闻名。一天晚上，乌老突然病故，可死后三天，却不知怎地又活了过来。旁人问他这是什么缘故，他说："我死后，家里人为我大做佛事，烧了很多的纸钱，阴间的官吏收到纸钱后非常高兴，这才让我能够重回人世。"令狐譔听到这话后，愤愤不平地说："起初我还以为只有阳世的贪官污吏才会贪赃枉法，富人犯法后只要拿钱行贿就可以保全，而穷人没钱就只能受罚，可想不到冥界的贪官污吏比阳世的还要厉害！"于是，令狐譔赋诗一首道：

一陌金钱便返魂，公私随处可通门！鬼神有德开生路，日月无光照覆盆。
贫者何缘蒙佛力？富家容易受天恩。早知善恶都无报，多积黄金遗子孙！

这首诗写完后，令狐譔很是喜欢，朗诵了好几遍。

这天夜里，他点着蜡烛独自坐着，不知从哪儿忽然来了两个面容狰狞丑恶的鬼差，径直跑到他面前说："我等奉命来抓你！"令狐譔听了顿时大惊，正想逃避，可一鬼却早已抓住了他的衣服，另一鬼则忙拉着他的衣带，驱赶着他出门，就这样双脚不着地，转瞬间就来到了地府。那阴间的大官署就像是阳间御史台、中书省等衙门一样。两个鬼差带着令狐譔进门后，让他趴在阶下，披戴冠冕的鬼王正靠着桌子坐在大殿之上。两鬼上前复命说："小的们已奉命将令狐譔抓来。"鬼王严声厉色地说道："你既为儒生，通晓经典，却口出狂言，丝毫不知检点，胆敢诬蔑我阴间地府！应当立刻发往犁舌地狱。"说完，令狐譔就被几个鬼兵拉着、驱赶着让他快走。他害怕极了，双手牢牢地攀拉住殿槛唯恐被带走。可槛栏怎禁得住如此拉扯，不一会儿就被拉断了，他慌乱中大喊着："我令狐譔乃阳间一书生，没有犯任何罪却无故遭受如此刑罚，如若皇天有知，还望明鉴！"说完，只见殿上有一个叫明法（他是一个身着绿袍手持玉板的官员）的，向鬼王禀告说："殿下，这人喜欢揭发别人隐私、攻击别人短处，如果匆匆忙忙给他定罪，他一定会有所抱怨、不肯伏罪；不如让他供出所犯罪行，清楚自己的罪责，这样他也就没什么可说的了。"鬼王说："好！"说罢便有一个官吏，拿着纸笔放在令狐譔的面前，逼着他写下自己的罪状。

可是，令狐譔却坚持说自己没有任何罪过，实在不知道要招供什么。这时，忽然有一鬼差说："你说你无罪，那么'一陌金钱便返魂，公私随处可通门'，又是谁写的呢？"听到这里，令狐譔才恍然大悟，随即下笔郑重招供道：

俯伏下拜，混沌状态阴阳二气相合，天地形状始分；天地人三才，鬼神却未被列入其中。自中古时期以来，才开始有了多方面的发端：人们用焚烧纸钱的方式与神灵交好，用诵读经文的方式巴结谄媚菩萨。由此，名山大川，大都有灵怪；古庙丛祠，也多有主管。这或许因为众生昏聩糊涂，世人愚昧顽固，有的人长期作恶却不知悔改，有的人行凶造孽却放纵不受任何约束。他们如此依仗强大欺侮弱小，仗着财富欺负穷苦；对上不能孝敬君王父母，对下不能和睦团结宗族乡党；贪图钱财而背弃信义，看到私利就忘记了所谓的恩义。殊不知天门高高有九重，地府深深有十殿，设立了锉、烧、舂、磨等地狱情状，报应轮回，规制完备，做好事的人能够受到鼓励而加倍勤勉，做坏事的人也能够因而受到惩罚引以为戒，这可以说是法律严密，天道至公了。然而所施行的政令，往往只看到前过而忽略后罪；耳目所及，也仅能明察小殃却遗漏大祸。如此穷人最终进入监狱遭受祸殃，而富人却能够通过诵读经文免除罪责。有道是，只猎杀被弓箭伤了的鸟，却总是漏掉能够吞没船只的大鱼。法令的赏罚，实在不该如此。而我令狐譔，世代为寒士，如今只是一介穷书生。左右支撑着，尚且不能免除儿女啼哭；东涂西写，仍然避免不了命运不济，遭遇坎坷。我时而因为遭遇不公平的事发出愤怒不满的声音，不料立马就遭致多嘴的罪过。虽然说，我现在追悔莫及，但又耻于向人摇尾乞怜。今日承蒙地府惩处我的罪名，让我写出书面供词。如今在地府碰触了龙的逆鳞，探取了龙下巴底下的珠子，哪里还敢求生呢？料想挑弄虎头、捋抹虎须，原本就是要受灾祸的。言尽于此，望乞明察！

鬼王读完供词，批示道："令狐譔立论公正，确实难以加罪。他秉持志向，坚定不移，也不能用权势来使他屈服。今天看他陈述的供词，着实有理，为表彰直道而行、有古人遗风的人，大可以特许放他回阳间。"接着，鬼王又命鬼差抓捕乌老，并把他打入地狱，还专门派遣了两个鬼差送令狐譔回家。

令狐譔对两个鬼差说："我在阳世，素日里以读书为生，虽然也听人说起过关于地狱的一些事情，可始终不认为真就是那样，如今自己既然已经来到了这里，请问能够参观一下吗？"鬼差说："想参观一下也并不是不可以，只要向刑曹录事大人禀报一下就行了。"随即，鬼差便领着令狐譔沿着西边的长廊前行，来到另外一个大厅，只见这里的文簿堆得像山一样，录事正坐在这些文簿中间。鬼差便把令狐譔的请求给录事禀告了一下，接着录事就把一纸用红笔批了的公文交给了他们，可是公文上面的文字却是无法辨认，像是篆文，或是籀文那样。

鬼差带领着令狐譔出了官署大门，朝北大概走了一里多路的样子，只见在黑雾弥漫的上空有一座高高的铁城，上面有很多牛头鬼面的守卫，他们的身体都是黑色的，头发是绀青色的，而且都还拿着戈戟之类的兵器，或坐或站在城门两边。两个鬼差把批文拿给守卫后，他们便进去了。只见这里有数不清的罪人，他们个个被剥皮刺血、挑心挖眼，其叫喊声之哀痛，久久在铁城回荡，不绝于耳；而那些罪人因遭受毒打的喊声，简直是惊天动地。

接着，令狐譔又来到一个地方，只见这里设有两根铜柱，上面绑着一男一女，此时夜叉正在用刀剖开他们的胸膛，并用滚烫的水浇灌那从身体里流出的肠胃，这种刑罚被称为洗涤。令狐譔便问为什么要这么惩罚他们，鬼差说："这个男人本来在阳世是做医生的，可是在给这个女人丈夫治病的时候，却与这妇人私通。不久，那妇人的丈夫病故了，虽说她丈夫的死并不是他们二人杀害的，可根据推究本情来定罪，这与杀害罪并没有什么两样，所以要受到这样的惩罚。"

令狐譔又到了另一个地方，只见这里的僧尼都光着身子，鬼差会在身体表面覆盖上牛马的皮，俨然一副畜生模样。可若是这些僧尼中有不肯乖乖就范的，鬼差就会用铁鞭抽打他们，顿时血流遍地、一片狼藉。令狐譔又问为什么要这样惩罚这些僧尼。鬼差说："这些人在阳世，不用耕种就能有饭吃，不必纺织就能有衣穿，可尽管这样他们却还不遵守戒律，竟还贪求淫欲，食用荤腥，这才惩罚他们在地府变成禽兽，出苦力来报答别人。"

令狐譔最后到达的这个地方，匾额上题着"误国之门"。他看到铁床上坐着的数十个人，身上都戴着脚镣手铐，在他们的脖子上甚至还有用青石做成的枷锁，压得喘不过气来。两个鬼差指着其中一个人给令狐譔解释说："你看，这个人就是宋朝的大奸臣秦桧。他生前谋害忠良，迷惑皇帝，如今才受到如此重的责罚。而这里的其他人也都是历代误国的奸佞之臣。每当朝代更替，我们就会把他们驱赶出来，让毒蛇啮咬他们的肉，让饿鹰吮吸他们的骨髓，直至骨肉糜烂到尽为止，然后，还要用神水泼洒在他们的身上，让地狱猛烈风来吹打，这样之后再让他们恢复原形，循环往复地继续受罪。这种人即使经历亿万劫难，也不可能再转世。"

如此，令狐譔参观完地府后，便请求鬼差带自己回家。就这样，两个鬼差便把他送回到了家里。临别之际，令狐譔回头对两位鬼差说："劳烦你们送我回家，但是却没有什么东西可以报答的。"鬼差笑着说："我们哪里还敢指望您报答呢，只要您不再作诗烦劳我们就好了。"听到这里，令狐譔也不由得大笑起来。接着，他打了一个呵欠，伸了一个懒腰，便醒了过来，这时才发现原来之前的种种都是一场梦。可是，天亮后，他去乌老家打听情况时发现，乌老在当夜三更天就已经死了。

天台访隐录

徐逸，台州人，对经史一类书籍略懂一些，这天正值端午，他决定上天台山采些草药。和他同行的几个人，由于担心路途艰险，走到一半就返回了。唯独徐逸对这里的山水林木甚是喜欢，一心只想着向前不知道停止，而且一边走着一边吟诵着晋代孙绰的《天台山赋》来称赞天台山的妙趣，说："'赤城霞起而建标，瀑布泉流而界道。'看来所言非虚啊。"又这样往前走了数里，斜阳已经落在山岭，飞鸟也大都返回了自己林中的巢穴。再向前走吧，还没有抵达目标，即使现在向后退也来不及回去了。

正在犹豫徘徊之际，忽然看见一只巨大的瓢随着山涧的流水漂浮过来。徐逸高兴地说："这个地方难道还有人居住吗？要不然那就一定是个佛寺。"于是，他就沿着山涧的流水继续行走，走了大概不到一里路，来到一个弄口，这个弄口以巨大的石头作门。进了石门后又走了几十步，谁料此时道路豁然开朗，这里住着的居民足足有四五十户，这些人衣帽古朴，气质淳厚，可田地贫瘠，房屋仅用茅草所盖，依稀可见竹窗柴门，听闻狗叫鸡鸣，桑麻等农作物也彼此遮掩而互相衬托，很像是一个村庄。

村民看到徐逸来到这里，都满心惊奇地问道："客人是做什么的？怎么会来到我们这个地方呢？"徐逸告诉他们，因为上山采草药迷了路才稀里糊涂地来到这里，村民们听后看了看彼此，表情冷淡，没有说话，也没有流露出任何要接待他的意思。唯有一个老人，从衣帽打扮来看像是个读书人，他拄着拐杖来到徐逸面前，称自己是太学生陶上舍，并作揖说道："这地方山野深险，加之豺狼嗥叫，精怪横行，天色又已经这么晚了，如果拒绝收留你，无疑相当于看到溺水的人却见死不救。"于是，这位老人便邀请徐逸来到了自己家中。

坐定了之后，徐逸站起来问道："我在这里出生，在这里长大，况且也在这里游览了很久，可是怎么从来没听人说还有这么个村子。这里到底是什么地方啊？"陶上舍听了，皱着眉头说："我们这些都是或躲避乱世，或落荒逃难之人，如果要说过去之事，也只是徒增伤感罢了。"可徐逸再三坚持，陶上舍这才说道："我自宋朝开始就已经住在这里了。"徐逸听他这样说，不禁诧然。陶上舍接着说："我是宋理宗嘉熙元年（公元1237年）出生的，长大后托名在太学，平时大都是待在书斋，以讲习《周易》被众人推崇。在宋度宗一朝中，我曾在都门应试中两次夺冠，一次是在贡举省试中登榜，本打算立身行道，彰显名声于后代，可不幸正巧遇上度宗驾崩，太后临朝听政，北兵渡江，世事陡然剧变。后来，继位的皇帝改年号为德祐的那年，我就和全家人一起逃难来到了这里。这里其他的村民，也是当时一同来这里避难的人。日久天长，我们大家也就定居在这里了。定居在这里以后，我们种田收粮，开山劈柴，凿井饮水，造茅屋居住。如此，寒往暑来，光阴似箭，我们也不知道今天是哪个朝代，是什么甲子，而只知道花开的时候是春天，叶落的时候是秋天。"

徐逸回应说："如今的国号是大明，这是改年号为洪武后的第七年（公元1374年），而当今天子英明神武，继往开来，统一了华夏，武功卓著。"陶上舍说："我只知道宋朝，不知道元朝，谁承想如今却已是大明的天下了。还希望你给我简要地说说这中间三代兴亡的故事吧，以便我能够略有些了解。"于是，徐逸说："宋德祐二年（公元1276年），元兵打进都城临安，天子、太后、皇后都遭俘随军北迁。而就在这一年，益王赵昰在海上登基，改年号为景炎。可没多久就驾崩离世，谥号端宗。后来，卫王赵昺继位，又遭元兵逼迫，最终跳海而死，宋朝的福运在元朝至元十五年（公元 1278 年）就走向败亡了。元朝把宋朝吞并后，占据了大江南北的全部土地，直到元至正二十七年（公元 1367 年），经历了长达九十年的时间才最终灭亡。现在大明一统大业，已经是洪武万年的第七个年头了。从宋德祐二年（公元 1276 年）至今，上下差不多也将近百年了。"陶上舍听了徐逸的话后，不禁流出了眼泪。

不久，夜深人静，万籁俱寂，徐逸就住在陶上舍的家中，床铺是土垒的，枕头是石头做的，虽说整齐干净，但不怎么神志清醒，躯体冰冷，始终无法入睡。第二天，陶上舍为徐逸杀鸡置办饭菜，还特地用瓦盆盛了松肪酿制的酒给他喝，又填写了一首《金缕词》，亲自吟唱以助酒兴：

梦觉黄粱熟。怪人间、曲吹别调，棋翻新局。一片残山并剩水，几度英雄争鹿！算到了谁荣谁辱？白发书生差耐久，向林间啸傲山间宿。耕绿野，饭黄犊。市朝迁变成陵谷。问东风、旧家燕子，飞归谁屋？前度刘郎今尚在，不带看花之福，但燕麦兔葵盈目。羊胛光阴容易过，叹浮生待足何时足？樽有酒，且相属。

唱完后，陶上舍又与徐逸说起前朝旧事，娓娓而谈，说："宝祐四年（公元 1256 年），宋理宗亲自主持进士策试，当初文天祥的卷子其实排在第四位，可理宗皇帝却把他改成了第一名。权臣贾似道当政的时候，府第建在了杭州西湖北的葛岭，当时就传有'朝中无宰相，湖上有平章'的话。广东的县令是个宗室，向权臣贾似道献上了两只驯服可爱的孔雀，放养在园中，贾似道看了十分高兴，便把本郡的郡守一职授予了那个广东县令。襄阳被围的时候，知府吕文焕以蜡书命人向朝廷告急，求援的使者对贾似道说：'襄阳如今被围困已长达六年，城中之人只能互相更换儿子女儿来当作食物，只能用劈开的死人骸骨当作柴草来烧，襄阳城破真的是在旦夕之间啊。可丞相您却极力宣扬太平，用尽各种手段迷惑主上耳目，若是敌人一旦打来，那么国家必然会遭受灭顶之灾，到时丞相您又如何能够长久地拥有这份富贵呢？’说完之后便自缢而死。谢堂是太后的侄子，可以说没有人比他再富有的了。据说，他晚上宴请客人时，会用水晶帘子来铺设，点的是沉香，玛瑙盘的直径有一尺，能够盛放四颗较大的明珠，而这些明珠放在房间里，甚至根本不用灯烛照明，就可以照亮整个房间。还有艺人在旁献乐颂词，酒坛皆由黄金和七宝制成，重达十几斤，但尽管这样他却随意赏赐给在座的人，毫不吝啬。谢后临朝听政时，梦见天的一角向东南方倾倒，还有一人在极力向上托着，可是他的力气却似乎并不能胜任，如此跌倒了又爬起来好多次。不久后，一个太阳坠落在地上，旁边那个人则捧着太阳奔跑。谢后醒来后在朝中到处寻访，终于找到了两个人，他们两人的样子和梦中所见非常相像，其中那个支撑天的人是文天祥，捧着太阳的人是陆秀夫，于是谢后便没有按照常规的用人提升次序，破格重用了他们。左丞相江万里当初离开国都的时候，都城里数以千计的百姓来给他送行，直至郊外，而且纷纷拉住车辕不忍心让他离去，送别后城门都已经关闭了，百姓们只得在田野里露宿。贾似道出任督帅，身着白银制作的铠甲，跨着珍珠装饰的马鞍。他有两匹千里马，其中一匹用于驮督帅府的印信，另一匹则载着盖有皇帝印玺的诏书和随军悬赏的报酬，并用黄巾覆盖在上面，都市的百姓都停止买卖争相观看。如此盛大的出兵状况，还从来没有见过呢。”陶上舍又议论当时的各位大臣，说：“右丞相陈宜中虽说具有谋略但是却不够果断；端明殿学士、签书枢密院事家铉翁虽然有气节却不够通达；签书枢密院事张世杰虽然勇武但是不够果敢；制置使参议李庭芝虽然有智术但不够豁达。他们当中恐怕也只有文天祥最优秀了吧！”诸如此类的话，陶上舍总共说了好几百句，每一句都堪称佳句。这一晚，徐逸仍然留宿在他家。

第二天早上，徐逸辞别陶上舍，陶上舍则作了一首古体诗来为他饯行：

建炎南渡多翻覆，泥马逃来御黄屋。尽将旧物付他人，江南自作龟兹国。

可怜行酒两青衣，万恨千愁谁得知！五国城中寒月照，黄龙塞上朔风吹。

东窗计就通和好，鄂王赐死蕲王老。酒中不见刘四厢，湖上须寻宋五嫂。

累世内禅罢言兵，八十余年称太平。度皇晏驾弓剑远，贾相出师笳鼓惊。

携家避世逃空谷，西望端门捧头哭。毁车杀马断来踪，凿井耕田聊自足。

南邻北舍自成婚，遗风仿佛朱陈村。不向城中供赋役，只从屋底长儿孙。

喜君涉险来相访，问旧频扶九节杖。时移事变太匆忙，物是人非愈怆怅。

感君为我暂相留，野蕨山肴借献酬。舍下鸡肥何用买，床头酒熟不须篘。

君到人间烦致语，今遇升平乐安处。相逢不用苦相疑，我辈非仙亦非鬼。

诗作写罢，陶上舍将徐逸送出路口，彼此挥袖告别。而徐逸在这一路上每隔五十步就会插上一根小竹竿作为记号。回到家几天后，徐逸就准备了酒食和丰盛的饭菜，率领家仆们前去回访，可是这里山峦重叠，碧草茂密，林木高大，没有一点村庄的踪迹，怎么也找不到当初走的那条路。接着，他们又在砍柴、放牧的小路之间来来回回地寻找，却只能听到鸟雀在深谷中悲鸣，猿猴在山岭上哀叫，最终只能失意而归。这时，徐逸突然想起陶上舍曾说他生在宋理宗嘉熙元年（公元1237年），如此来算到今天应该有一百四十岁了，但他的相貌却一点都不显老，相反他的言行安详儒雅，顶多也就是个五六十岁的人。难道陶上舍是身怀道行的人吗？

滕穆醉游聚景园记

元延祐初年，滕穆二十六岁，是浙江永嘉的一位读书人，擅长作诗，风采韵致优美，备受众人推崇赞许。他平素听说杭州山水秀美，一直很想前去游玩一番。

延祐元年（公元1314年），朝廷下达恢复科举的诏书，于是滕穆便拿着本乡的推荐信前往省城应试。到省城后，他寄居在涌金门外，每天都往来于南山、北山以及西湖边上的各个寺院，像灵隐寺、天竺寺、净慈寺、宝石寺之类，以及玉泉、虎跑、天龙、灵鹫、石屋洞、冷泉亭等这些景点；但凡是景点中深幽的山涧、茂密的树林、悬崖的峭壁等，几乎都能找到滕穆的足迹。

七月半这天，滕穆由于在曲院风荷观赏莲花，因而在湖上留宿，小船就停泊在雷峰塔下。这天夜晚，月光把大地照得如同白昼，荷花的香气萦绕在全身上下，那些大点的鱼儿在湖水中跳跃的声音、归巢栖息的鸟儿在岸边的飞鸣声也都能时不时地听到。当时，滕穆喝醉了酒，无法入睡，于是就起身披上衣服，沿着湖堤观看，而当他走到聚景园时，竟漫步跨了进去。要知道，距离宋朝亡国已经整整四十年了，园中除了瑶津西轩还依旧高高矗立，其他的楼台亭馆，像会芳殿、清辉阁、翠光亭等都已坍塌毁坏了。

滕生来到轩下，靠着栏杆稍作休息。一会儿，他忽然看到一位美女和一个侍女从外面进入园中，其中美女在前面走，侍女则跟在后面。而此美女虽然发髻微乱，但姿态柔美，看上去恰似神仙一般。于是，滕生在轩下屏气凝神，想着看看她究竟想要干什么。这时，只听此美女说道："湖光山色如故，风光与以往相比也没有什么不同，只不过是随着时代的变迁，世事已经大不一样了，难免会让人有黍离之悲！"说完，她便走到园北的太湖石边，吟诵起诗来：

湖上园亭好，重来忆旧游。征歌调《玉树》，阅舞按《梁州》。径狭花迎辇，池深柳拂舟。昔人皆已殁，谁与话风流！

滕生生性放荡不羁，在初见她的美貌时，就早已经按捺不住自己的感情，等听了这诗作，越发地技痒难忍，于是在轩下继续吟诵道：

湖上园亭好，相逢绝代人。嫦娥辞月殿，织女下天津。未领心中意，浑疑梦里身。愿吹邹子律，幽谷发阳春。

吟诵完后，滕生便快步朝她走去。那美女也并未感到惊奇，慢慢地说道：

"我原本就知道郎君在这里，这是特意来寻访你。"滕生问美女姓名，她说："我已经离开人间很长时间了，本想着要自报家门，可是又担心这样有点唐突会令郎君受到惊吓。"滕生听了这番话，虽然已然确定她就是鬼魂，可却一点也不害怕，还要坚持询问她的姓名。美女这才说道："我名叫卫芳华，是宋理宗朝时的宫女，二十三岁就已经去世了，死后就被葬在了这个园子的边上。因为今天晚上前往演福寺去拜访贾贵妃，承蒙她盛情款待，不想回来得迟了，以至于让你等了这么长时间。"说罢，她随即对侍女说："翘翘，快到屋里去把坐卧的垫具和酒食水果拿来。今晚月色甚好，郎君恰好也来了，我们就在这里赏月吧，万万不可虚度良宵。"听她这样说，翘翘便领命而去。

不一会儿，翘翘就回来了，只见她带回了紫毛毯等物，摆上了白玉碾花酒樽，拿出碧琉璃杯盏，美酒芳香四溢，简直不敢让人相信这些是人间所有的。就这样，美女同滕生一边谈笑一边吟咏诗词，其诗词大都传递出清新美好的旨趣。接着，美女又让翘翘唱歌以助酒兴。翘翘希望能够咏唱柳永的《望海潮》词。美女说："新人又怎么能够唱旧曲呢。"于是，她随即就自己填写了一首《木兰花慢》词，让翘翘吟唱。那歌词是：

记前朝旧事，曾此地，会神仙。向月地云阶，重携翠袖，来拾花钿。繁华总随流水，叹一场春梦杳难圆。废港芙蕖滴露，断堤杨柳垂烟。两峰南北只依然，辇路草芊芊。怅别馆离宫，烟销凤盖，波浸龙船。平时玉屏金屋，对漆灯无焰夜如年。落日牛羊垅上，西风燕雀林边。

唱完后，美女不禁潸然落泪。看到美女如此，滕生一边极力用言语对她进行宽慰劝解，一边屡次用委婉的语言来挑逗她，并密切观察她的意向。只见，美女起身拜谢道："我已经是去世之人，时间一长就会化作尘土，可是如果我能够有幸服侍你洗漱并嫁给你，即使死了也会不朽。况且郎君你刚才的诗句中，也已经有意应允我了，希望我吹奏着邹衍的音律，使深邃的山谷变为万物发生的春天。"滕生说："刚才我吟诵的诗句，其实只不过是脱口而出罢了，原本并没有你说的这个意思，谁又能料想到竟会成为预言呢。"

　　过了很久，月亮渐渐隐没在西边的城墙下，河鼓星也向东边的山岭倾斜，美女命翘翘撤去酒席，并说："我这里实在是偏僻简陋，不适合郎君你在这里居住，也就这西轩还算是说得过去。"于是他们手拉手进入瑶津西轩，且在轩中留宿；而夫妻交合的事情，也同人世间一样。天快亮的时候，美女只得无可奈何地抹着泪与滕生告别。

　　到了白天的时候，滕生为了印证先前的事情，特意前往园侧探访，不料那里确有宋代宫人卫芳华的坟墓，而且在墓的左边还有一个小土堆，也就是翘翘的坟墓。看着两人的坟墓，滕生在那儿好生感慨叹息了一阵儿。等到黄昏的时候，他又来到瑶津西轩，而美女却已经比他先到了。她迎着滕生说："感谢郎君您白天前来园中寻访，不过我作为死去之人只有黑夜才对我有利，白天则会对我不利，所以我才不敢贸然与你相见。几天以后，就可以不分昼夜了。"从此以后，他们两人每个晚上都会来此相会。如此十天后，卫芳华白天也能出来和滕生相见了，于是他就把芳华带回自己的寓所定居了下来。

　　不久，滕生考试落第，决定东归故里，美女知道后表示愿意跟随他一起回去。这时，滕生问道："为什么翘翘没有跟着去呢？"她回答说："我现在出来服侍郎君，墓宅没有人，只是把她留下来看守罢了。"于是，滕生和芳华一起返回了故乡，看到亲朋好友，滕生就骗他们说："这是我在杭郡娶的良家女子。"大家看这女子举止温柔，言辞聪慧伶俐，也就相信了滕生，而且也非常喜欢这女子。同时，美女在滕生家里对待长辈也很有礼数，对待奴婢仆人也经常施以恩惠，她与左右邻居的关系也非常和睦，相处得很开心。另外，她还勤勉持家，安守本分，哪怕是内外门之间的中门，也都没有随意踏出过一步。大家对滕生能够得到这样一位贤内助都纷纷表示祝贺。

　　如此光阴不知不觉已经过去了三年，延祐四年（公元1317年）初秋，滕生整理行装又要去省城参加乡试，出发的日子都已经定下了。这时，美女向滕生请求说："杭州是我的家乡。我和郎君到这里也已经有三年了，如今希望能够和你一同前往，也顺便看望一下翘翘如何了。"滕生答应了她的请求，于是两人乘坐雇来的船，直达钱塘，到那以后他们临时租了一间房子居住。到达钱塘的第二天，恰巧赶上七月半，美女对滕生说："三年之前，我们就是在这样的一个夜晚相遇的，今天又恰巧碰上了这个日子，我打算与郎君再去一次聚景园，继续往日之游，不知道可以不可以呢？"滕生同意了她的要求，带着酒食一起前往。

到了晚上，月亮爬上了东边的城墙，莲花开放在南边的水湾，嫩柳细竹在堤岸上摇曳，简直和三年前的情状一般无二。而他们走到园前的时候，翘翘早已在路口迎见礼拜，说道："娘子陪侍奉侍郎君，遨游城市，如今前前后后已经三年，享尽了人世间的欢乐，恐怕不会再想起这个旧居了吧？"说着，三人一同进了园内，到西轩后坐定。这时，美女忽然流着泪对滕生说："这三年来，感谢郎君你不嫌弃，让我能够陪伴在你左右尽心地侍奉你，但是如今我们还没有尝尽欢乐，就又要永远分开了。"滕生急忙问道："这是为什么？"美女回答说："我原本就是阴间地府之人，不适合长时间在人世间走动。只是因为我与郎君前世缘分未尽，这才不惜冒犯阴间条规跟随在你左右。可如今，我们之间的缘分已尽，也是到了该分开的时候了。"听到这里，滕生惊慌失措地问道："那是什么时候呢？"美女回答说："就是今晚。"顿时，滕生悲伤惶恐，心如刀绞。美女说："并不是我不想终身侍奉陪伴郎君，永远让您快乐，而是我待在阳世的时间有限，不能随意超过。如果我长时间地滞留在人间，就会获得罪过，这不但会对我造成损害，还会给郎君你带来不利。难道郎君没有听说过《青琐高议》中有关越娘的故事吗？"听她这样说，滕生才有所醒悟，可耐不住心中的悲伤感慨，致使彻夜都无法入眠。就这样，一直等到山中寺庙的钟声敲响，水边村庄中的雄鸡啼唱，美女才急忙起身与滕生告别，并且把佩戴的玉戒指脱下系在滕生的衣带上，对他说道："以后你看到戒指，希望郎君你不要忘记我们之间旧日的感情啊。"说完，美女难舍难分地与滕生分别继而离去，不过仍然频频回头，很长时间才消失了踪影。看着美女慢慢消失在自己的眼前，滕生大哭了一场，可最终也只能无奈地返回居所。

第二天，滕生准备了一些酒肴，并在芳华的墓前焚烧纸钱，还专门作了一篇祭文来悼念她。祭文中写道：

你生来淑美，出类拔萃，超过众人。秉禀有仙圣般的奇姿，接受了天地乾坤的秀气。你的容貌秀丽如花，品质纯朴如玉。扬眉吐气时能够住进天上之金屋，穷途末路便埋骨路左之荒坟。托体与松楸共处，眼见着狐兔群奔。落花流水，断雨残云。中原多事，故国无君，感叹光阴如同白驹过隙，眼见日月就像奔轮。然而精灵不灭，性识长存。不必依仗李少翁招魂奇术，自能够返倩女之芳魂。伴随着玉匣骖鸾之扇，金泥簇蝶之裙。声泠泠是环珮响，香霭霭是兰荪薰。刚想要同欢以偕老，怎奈何既合而复分！你像洛妃穿着凌波之袜远去，去参加王母的瑶池宴请。走近看却什么也见不到，问讯也没有回音。我惆怅后会无期，感伤前事与谁谈论！关锁着杨柳春风之院，紧闭住梨花夜雨之门。恩情中断天漠漠，哀怨缭结云昏昏。音容杳杳见不到，心绪纷乱无法理。谨含哀而奉吊，希望你对此有感！呜呼哀哉，尚飨！

从此以后，美女就再也没有出现过。滕生百无聊赖地独自待在居所，就好像死了妻子一样。眼看乡试的日期一天天逼近，可是滕生却没有任何心思去准备乡试，于是就满心惆怅地返回了家乡。亲朋好友问为何独自一人归来，于是滕生便把事情的始末都告诉了他们，大家听后都为之感叹惊奇。后来，滕生再也没有娶妻，一次到雁荡山去采草药，就再也没有回来。

牡丹灯记

元朝末年，农民起义领袖方国珍占据浙东，每年到元宵的时候，他都要在明州挂灯长达五天五夜，全城百姓不管男女老少，都可以尽情地观看。

　　至正二十年（公元 1360 年），在镇明岭下，住着一个姓乔的读书人，因为不幸丧偶，所以胸中郁闷寂寥，没有什么心思外出游玩，只是终日靠着门口枯站。正月十五这天晚上，早已经过了三更，游人也越来越少，谁料这时，他忽然看到一个小丫鬟提着一盏双头牡丹灯，跟随在她后面的还有一位年纪大约十七八岁的美艳女子，这女子身穿红裙绿袄，体态甚是袅娜轻盈，正缓缓地朝西走去。

　　借着月光，乔生仔细观察，只见这女子不但年纪轻轻，而且容貌姣好，真可谓天香国色。看着看着，乔生只觉神魂飘荡，身不由己，竟也尾随她们而去，时而走在她们前面，时而走在她们后面。大约走了几十步，那美女忽然回过头来，对乔生微微一笑，说道："之前我们也并没有提前约定，想不到今天竟会在月下相遇，看来这一切似乎并非偶然啊。"听她这般说，乔生立即快步向前恭敬地对美女说："我家就在前面不远，可否前往稍作休息？"那美女听了，丝毫没有为难或是要拒绝的意思，立即对丫鬟说："金莲，你提着灯笼，咱们一同去吧。"于是金莲便又折返了回来。如此，乔生与那美女手拉着手到了家，举止之间甚是亲昵，此时乔生想着古人在巫山、洛浦遇到的神女、美女也不过如此吧。坐定后，乔生问起美女的姓名、住址，那美女回答说："我名叫符漱芳，字丽卿，是已故奉化州判的女儿。父亲去世后，家事衰败，而我既无兄弟姐妹，又缺少同族亲属，孤身一人，只得与金莲寄居在这湖西。"乔生听她这样说，便要留她在此住下。那美女姿态艳丽，言语柔媚。当晚，二人便同床共枕，极尽男欢女爱之情。天亮后，那女子便与乔生告别离去；等到第二天晚上，她又来到这里，就这样，来来回回持续了差不多半个月。

　　时间长了，邻居老翁也越来越觉得不对，于是便在墙壁上凿了个洞偷看，只见和乔生并排坐在灯下的竟然是一个傅粉骷髅，看到这一幕老翁惊骇万分。第二天早上，老翁就问乔生这到底是怎么回事。乔生为了保守秘密，没有给他说实话。而老翁却说："唉！你看来要有灾祸了！人属于极盛的纯阳之物，鬼是邪恶污秽的阴间之物。如今你与鬼魅同居却不自知，和邪恶污秽的东西共眠却执迷不悟，一旦精气耗尽，灾祸就要临头了，只可惜你这大好的青春年华，终究也只能成为埋于黄土之下的过客，真是可叹可悲啊！"听他这样说，乔生的内心不由得惊慌恐惧起来，于是便把事情的缘由始末详详细细地告诉了老翁。老翁说："这女子说自己寄居在湖西，你不妨实地探访一番，如此也就不难知道是怎么回事了。"

乔生听从了老翁的话，径直前往月湖西面，到了之后他便在长堤上、高桥下来来回回寻找，并四处询问当地以及过路的客人，可结果他们都说没有见过这个人。眼看太阳就要落山了，乔生便打算进湖心寺休息一下，可就在西边长廊尽头他却无意间发现了一个暗室，而暗室里放着一具客死者的灵柩，白纸上还写着："故奉化符州判女丽卿之柩。"灵柩前悬挂着一盏双头牡丹灯，灯下站立着一个纸俑婢女，背面写着"金莲"。乔生看到这里，顿时毛骨悚然，浑身都是鸡皮疙瘩，回过神来后便急匆匆地跑出了湖心寺，连头都不敢回。当天晚上回来后，乔生便借宿在邻居老翁家，满脸的忧愁害怕。老翁说："已故开府王真人的弟子魏法师，是玄妙观的高人，他所写的驱鬼辟邪的符箓非常灵验，无人能比，你最好还是去求求他吧。"

第二天天一亮，乔生就急急忙忙地赶到了道观。魏法师一看到他，便十分惊诧地问道："你身上有很重的妖气，来到这里是为了什么事？"于是，乔生详细叙述了发生在自己身上的那件事，法师听了，给了他两道朱符，吩咐他把一道符放在门口，一道符放在床上，并嘱咐他再也不可去湖心寺。乔生恭恭敬敬地接过符箓，带回家按照法师的吩咐放置，从那以后，美女果真没有再来。

一个月后，乔生去衮绣桥拜访朋友。在朋友的盛情招待下，他喝得酩酊大醉，以至于把法师的劝诫完全抛到了九霄云外，迷迷糊糊地选择从湖心寺这条路回家。而快要到寺门口的时候，只见金莲早已在前面迎接他，说："我家娘子已经等候你多时了，想不到这段时间你竟然会如此薄情！"说着，金莲就与乔生一同进入西边长廊，走到了暗室中。那美女坐着，数落乔生说："之前，我与郎君并不认识，一次偶然的机会在灯下相遇，被郎君的美意感动，这才决定许以终身，晚上去早上来，对郎君真可算得上是深情厚谊。可你竟然会相信那妖道的话，对我产生怀疑，想要与我断绝关系？想不到，你竟然薄情到这种地步，我实在是恨透你了！今天我们有幸得以再次相见，又怎么能够轻易放过你呢？"说罢，那美女便握住乔生的手，来到灵枢前面，只见灵枢突然自己打开，她随即抱着乔生跳了进去，灵枢也当即关闭，乔生就这样死在了灵枢之中。

邻居老翁看乔生这么长时间没有回来，心生疑虑，于是便四处打听寻访乔生的踪迹。等找到暗室中的灵枢，只见灵枢外露出乔生的一角衣襟，于是老翁就请求寺僧把灵枢打开。这打开一看，才发现乔生已经死了很长时间了，在灵枢内，乔生与女子的尸体正一俯一仰躺着，奇怪的是，那女子的容貌还像活着的一样。寺僧感叹地说："这便是已故奉化州判符君的女儿，自从十七岁死后，她的灵枢就一直存放在这里，到今天已经有十二年了。因为，当时他们全家迁到北方，断绝了音讯，灵枢才一直没有迁走。没想到竟然惹出此等祸事！"随后，他们就把灵枢和乔生殡葬在了西门之外。可是，从那以后，每逢月黑的晚上，甚至是阴云密布的白天，人们时常能够看到乔生与那美女手拉手在长廊行走，还有一个丫鬟提着双头牡丹灯在前面引路。而看到这一场景的人回到家后就会立刻生一场重病，身体一会儿冷一会儿热地交替发作。若是患者能够做佛事诵经超度，用三牲美酒来祭祀，就可能会病愈，可若是不能痊愈的话就会卧床不起。

对此，当地居民都十分惊恐害怕，纷纷前往玄妙观向魏法师寻求解救之道。可魏法师却说："在鬼神的祸害还没形成时，我的符箓尚且还能够对它进行惩治，可现在祸祟已经形成，就超出我的能力范围了。听说在四明山山顶，住着一个铁冠道人，解决这种鬼神祸害的法术很灵验，你们还是去求求他吧。"于是，众人便来到了四明山，经过艰难跋涉，在四明山山顶，果然发现了一座草庵，只见那道人正靠着桌子坐着，看童子在驯养白鹤。

众人环绕着道人诚恳跪拜，并且告诉了他来此寻访的缘故。可道人却很严肃地拒绝他们，说："我只是一个山林隐士罢了，早晚也难免一死，哪会什么奇术呢！你们这些人恐怕是错听了别人的话。"众人说："其实，我们原本并不知道您，只是受玄妙观魏法师的指教才来到这里的。"铁冠道人这才打消疑虑，说："我已经六十年没有下山了，魏法师这家伙真是多嘴，还要劳烦我下山去处理。"说完后，铁冠道人便与童子一道下山了，只见他步履轻快，一眨眼工夫就到了西门外，在那里构筑了一丈见方的土坛，端正踞坐在席上，还写了一道符来焚烧。道符烧后便突然出现数名神将，他们个个头戴黄巾，身着锦袄，肩披金甲，手持雕花戈，身长一丈多高，屹立在坛下，诚敬弘肃地向道人鞠躬请求命令。道人说："此地鬼怪作祟，惊扰百姓，难道你们不知道吗？现在，赶快把它们驱赶到这里来。"神将接受了命令，不一会儿，就把那女子、乔生以及金莲用枷锁铐着全部押到，用鞭子打得他们鲜血淋漓。而且，铁冠道人还大声斥责了他们，严令他们如实招来。后来，金甲神将给他们拿来了纸笔，他们也如实地招了供，字数可达数百。现在我们就把他们供词的概要抄录在这里。

乔生招供道：

俯念我丧妻鳏居，一日倚门独站，不禁犯了色戒，触动了欲心。不像战国时楚国的孙叔敖看到两头蛇就杀，却像是唐代传奇小说《任氏传》中的郑六遇见九尾狐而爱。事情已出，现追悔莫及！

符丽卿招供道：

俯念我年纪轻轻辞世，白天无邻相伴，虽六魄离身，但精灵未灭。灯前月下，恰好遇见五百年欢喜冤家；世上人间，作千万人风流话柄。迷途不返，罪怎可逃！

金莲招供道：

俯念我以竹来作为骨，染绢成坯，埋藏在坟墓，是谁开始作俑？面目机关制动，比照人的形貌具体而微。既然有名字、称呼，又岂能少了精灵之怪！因而得计，那敢作妖！

招供完后，金甲神将便将供状交给了铁冠道人，道人用巨笔写判决词说：

听说大禹铸造的大鼎，即使是鬼神怪邪也不能逃隐形状；温峤点燃犀角来照明，龙宫水府的精怪都会现出原形。阴阳趋向不同，才会有多种多样的怪异。遇之不利于人，逢之有害于物。所以厉鬼入门，晋景公死；大猪啼野，齐襄公亡。降祸成妖，兴灾作孽。所以九天设斩邪使，十地立惩恶司，使山妖水怪不能隐藏奸邪，让夜叉罗刹不能施以暴虐。何况太平盛世，尔等竟敢变幻身形，依附于草木，在天阴下雨的夜晚，月落星斜的早晨，于梁上叫啸发声，窥探房间又不见踪影，蝇营狗苟，狼贪牛狠，疾如旋风，烈如猛火。乔生活着的时候不能觉悟，死了又何必怜悯。符丽卿死了还贪图淫乐，可想而知活着的时候就更甚了！金莲更是怪诞，借助明器而行谴阉。实属欺世骗民，违律犯法。有道是，狐双行而放荡，鹑跳行而非良。恶贯满盈，罪不容赦。陷人坑从今填满，迷魂阵自此打破。烧毁双明灯，押赴阴间狱。

判词撰写完后，主管的人，符到遵行。此时只见乔生、符丽卿、金莲三人痛哭流涕，犹豫徘徊迟迟不肯前行，但最终还是被金甲神将驱赶着拉了出去。铁冠道人舒展了一下衣袖便返回了四明山。第二天，众人专门前往四明山山顶去感谢他，可是到了那里却完全找不到道人的踪迹，只剩下那座草庵。于是，回来后大家急忙向玄妙观魏法师请教，可到了那里，却发现魏法师竟然变成了哑巴。

渭塘奇遇记

元朝至顺年间，在南京住着一个姓王的士族子弟，也是一个读书人。他容貌似寒玉般俊秀，神色如秋水般清朗，形貌俊美，人们也因此称呼他为"奇俊王家郎"。不过他已经二十岁了，却还没有娶亲。他们家在松江有些田产，于是王生前去松江收取秋租。回来的时候，他坐船经过渭塘，看到有一家酒店，定睛看去，伸出屋檐外的酒帘是青色，栏杆被涂成了朱红色，还有弯弯曲曲的栅栏时隐时现，这一切都仿佛是画中的风景。周围还有多年的老槐树和高大的杨柳，枯黄的叶子纷纷坠落；十几株芙蓉，颜色有的深有的浅，如此红花绿水，上下映照，甚是宜人。另外，水中又有一群白鹅，正在玩耍嬉戏。

于是，王生把船停靠在岸边，自己则到岸上的酒家买酒喝，还以砍了巨钳的螃蟹、切成薄块的细鳞鲈鱼当作下酒菜。此外，还有绿色的橘子、黄色的橙子、水塘里的莲藕、松坡上的板栗，并把真珠红酒倒在花磁酒盏里畅饮。店家也十分富裕，他的女儿今年十八岁，懂音乐，晓文字，姿态气度皆属不凡。她看到王生坐在那，在帷幕的后面频频偷看，时而露出半张脸，时而露出整个身子，如此走了又来，难舍难弃。当然，王生也留意到那女子的关注，彼此眉目传情了好一阵。

不一会儿，酒喝完了，王生非常不情愿地走出酒家登上了船只，失魂落魄就好像丢失了什么似的。当晚，他梦到自己又来了酒店，经过好几重门，一直到房后，才到达那美女居住的地方。原来这是一个小房间，房间前面有一个葡萄架，架下开凿了一个方圆一丈左右的水池，池壁则用有纹理的石头砌成，里面养着数尾金鱼。在池的左右两边还种了两株垂丝桧，绿荫婆娑。靠墙处又搭了一座翠柏屏，屏的下面建了三座假石山，高耸着一个比一个秀丽。还有金线、绣墩之类的草本植物，不管是风霜还是雨露都不会变色。在一只雕花的鸟笼中养着一只绿鹦鹉，挂在窗子间，看见人就会讲话。房间里还挂着两只小木鹤香炉，木鹤的嘴上衔着焚烧的线香。一只古铜花瓶摆放在桌子上，里面还插了几根孔雀的尾毛，旁边则十分整齐地摆设着笔砚等文房四宝。架子上横着一管女子用来吹奏的碧玉箫。墙壁上贴着四幅题着诗词的金花笺，虽然诗词不知是谁所作，但能够看出其诗体效仿的是苏东坡的四时词，字体笔画则师从赵孟頫的笔意。第一幅上面的诗词为：

春风吹花落红雪，杨柳阴浓啼百舌。东家蝴蝶西家飞，前岁樱桃今岁结。

秋千蹴罢鬓鬖髿，粉汗凝香沁绿纱。侍女亦知心内事，银瓶汲水煮新茶。

第二幅上面的诗词为：

芭蕉叶展青鸾尾，萱草花含金凤嘴。一双乳燕出雕梁，数点新荷浮绿水。困人天气日长时，针线慵拈午漏迟。起向石榴阴畔立，戏将梅子打莺儿。

第三幅上面的诗词为：

铁马声喧风力紧，云窗梦破鸳鸯冷。玉炉烧麝有余香，罗扇扑萤无定影。洞箫一曲是谁家？河汉西流月半斜；要染纤纤红指甲，金盆夜捣凤仙花。

第四幅上面的诗词为：

山茶未开梅半吐，风动帘旌雪花舞。金盘冒冷塑猭狿，绣幕围春护鹦鹉。倩人呵笔画双眉，脂水凝寒上脸迟。妆罢扶头重照镜，凤钗斜压瑞香枝。

　　女子看到王生来到这里，立马迎了上去，拉着他的手便一起进入房中，极尽欢乐谐谑、男欢女爱之事。鸡叫后王生醒了过来，可是却发现自己困睡在船窗底下。更令人惊诧的是，回到家后，诸如此类的梦每天晚上都会有。
　　一天晚上，王生梦见架子上有支玉箫，他便求那女子吹奏，于是女子为他吹奏了数段《落梅风》，音调嘹亮，响彻云间。这天晚上，王生梦见那女子在灯下绣红罗鞋，他为她剔除灯芯余烬，可不想灯花误落在红罗鞋上，还形成了油渍。又一天晚上，王生梦见女子赠给了他一个紫金碧甸戒指，作为回赠，王生则把水晶双鱼扇坠给了她，等到醒来时，他竟然真的看到手中有一个戒指，而自己的扇坠却没有了踪影。对此，王生深感惊奇，于是便效仿元稹的诗体，以《会真诗》三十韵来记载这件事。其诗歌为：

有美闺房秀，天人谪降来。风流元有种，慧黠更多才。

碾玉成仙骨，调脂作艳胎。腰肢风外柳，标格雪中梅。

合置千金屋，宜登七宝台。妖姿应自许，妙质孰能陪？

小小乘油壁，真真醉彩灰。轻尘生洛浦，远道接天台。

放燕帘高卷，迎入户半开。菖蒲难见面，豆蔻易含胎。

不待金屏射，何劳玉手栽。偷香浑似贾，待月又如崔。

筝许秦宫夺，琴从卓氏猜。箫声传缥缈，烛影照徘徊。

窗薄涵鱼鲅，炉深喷麝煤。眉横青岫远，鬓軃绿云堆。

钗玉轻轻制，衫罗窄窄裁。文鸳游浩荡，瑞凤舞徘徊。

恨积鲛绡帕，欢传琥珀杯。孤眠怜月姊，多忌笑河魁。

化蝶能通梦，游蜂浪作媒。雕栏行共倚，绣褥坐相偎。

啖蔗逢佳境，留环得异财。绿阴莺并宿，紫气剑双埋。

良夜难虚度，芳心未肯摧。残妆犹在臂，别泪已凝腮。

漏滴何须促，钟声且莫催。峡中行雨过，陌上看花回。

才子能知尔，愚夫可语哉！鲲生曾种福，亲得到蓬莱。

诗作好后，好事的人便四处传诵，使得这件事广为人知。

第二年，王生又来到松江收租，再次经过那个酒家，店主看到王生非常高兴，随即便要将他带入家中。王生对酒家的举动甚是疑惑，所以百般推脱，迟迟不肯进入。坐定以后，老翁态度诚恳地说道："老夫膝下唯有一女，至今还没有婚配。大概也是去年这个时候，你经过来渭塘，来到我这里饮酒，女儿无意间看到了你，便情不能自持，你离开后她便莫名其妙地染上了重病，一直昏睡不醒，在睡梦中还经常自言自语，痴痴傻傻，但是不管服用什么药也都无济于事。昨天晚上，她忽然十分清醒地对我说：'明天先前的那位郎君就要来了，你一定要前去等候他。'原本，我还以为她那是说胡话，根本就不相信会有这回事，可谁料你今天果真又来了，看来这真是老天爷显灵给予我们的恩赐啊。"接着，老翁又打听了一下王生的婚配以及家室宗族情况，听了之后十分高兴。

老翁激动地握着王生的手，带他来到内室，进入女儿居住的小房间。这时，王生发现眼前门庭窗户，自己在梦中都曾遇到过；草木池沼、器用杂物，也与当时梦中所见一模一样。而那女子听说王生来了，便把自己打扮得漂漂亮亮的，其艳丽的衣服、华美的首饰，与王生梦中所见的装束也毫无差别。那女子说："自从去年郎君离去后，或许是因为思念殷切吧，我每天晚上都会和你在梦中相会，可真是奇怪啊。"王生说："我也是如此啊！"接着，女子又一一叙说梦中吹箫的曲子、绣鞋的事情，和王生梦中的情形没有一件是不吻合的。后来，女子又拿出水晶双鱼扇坠给王生看，王生也举起手上的紫金碧甸戒。看着双方手中的信物，两人都甚是吃惊，认为这是两个人的梦魂相会。此后，女子便与王生结为夫妇，一起踏上了归程，最终白头到老。这可真是一桩奇遇啊！

卷三

富贵发迹司志

　　元朝至正六年（公元 1346 年），在泰州有一位名叫何友仁的读书人，受生活所迫，他便去城隍庙祈拜祷告。来到城隍庙后，在庙里东边的廊屋里，他在一个几案上面发现一个写有"富贵发迹司"的匾额，便立刻在神像前面祈祷说："我今年已经四十五岁了，冬天的时候就一件皮衣御寒，夏天的时候就一件葛衣蔽体，早晚的时候吃饭喝粥也只喝一碗，自始至终都没有做过什么挥霍无度、胆大妄为的事情，而且，一年到头始终忙忙碌碌。可尽管这样还是常有衣食不足的忧虑，暖冬时仍有寒冷的担心，丰年时我仍会被饥饿所困扰；出门没有知亲好友可以投靠，居家也没有存粮可以维持。妻儿都鄙弃我，乡亲们也要与我绝交，我的困顿艰难，实在是无处诉说。听说大神您掌管着富贵与发迹的大权，对您的叩拜您都能听到，向您提出的诉求都能够让人有所得。因此我这才不惧责骂，冒犯威严，在此屏住气息，虔诚地向您求告。希望您能够向我告知偶然而来的事情，让我清楚未到的机遇，指示我这迷途之士，提拔隐居匿迹之人，使枯干的鱼受斗水而活命，受困的鸟依托一枝而安全，倘能如愿，我必定虔诚地跪拜着接受您的赐赠，在此深切盼望您的洪恩！可若是以前是命中注定，以后也注定机缘，命运无法改变，薄命终究是没有际遇，也希望您能够清楚明白地向我昭示因果报应，以便能够让我预先知道。"祈祷完后，他依旧恭敬地蹲伏在几案的帘幔下面。

这天夜里，不管是东西的廊屋，还是左右各官署，都灯烛辉煌，人声杂乱，唯独何友仁祈祷的官署，没有一个人影、一点儿灯光。就这样，何友仁一个人独自在昏暗的官署里，可大约到半夜时分，他忽然听到仪卫前呵后殿、喝令让道的声音，开始时声音很远，越走越近，快要到庙门的时候，只见各官署的判官，都急急忙忙地出来迎接。等到进入庙门，判官排列成两行，随从的仪仗也都十分整齐。穿着朝服的冥司太守，双手捧着手板，登上正殿坐下，而判官们参见完后，也都回到自己的部门处理事务。接着，发迹司的主管也从正殿下来，大概是刚刚随从冥司太守朝拜天使回来。

坐下后，只见判官们都戴着幞头乌纱，围着以角为饰的腰带，穿着绯绿的朝服，入门相见，便各自汇报自己所处理的事情。其中一个人说："某县有一户人家，平日里囤藏了两千石米。近来，在旱灾蝗虫交替影响下，米价倍增，为此邻县已经禁止米向外输出，田野里甚至有饿死的人。于是，这户人家就打开自家粮仓来赈济灾民，而且米价也并没有上涨，仍旧只收取原来的价钱，同时又施舍馓粥救济贫穷的人，于是使很多的人获得了一条生路。昨天县神已向本署报告，并呈报给了冥司太守，听说也已经上奏了天庭，特赏赐他三十六年的寿命，赐给他一万钟俸禄。"又一个人说："某村有一个妇女，她的丈夫出门在外，平日里对待侍奉婆婆非常尽心孝顺，后来婆婆得了重病，请了医生和巫师来医治都没有任何的效果，于是这女子便斋戒洗沐，焚香向上天祝祷，说是希望能够代婆婆受苦，并且愿意割下自己腿上的肉，来煎汤给婆婆喝，如此婆婆的病才总算得以痊愈。昨日天庭下达的诏命说：某妇的孝顺感天地，泣鬼神，特恩赐她可以生两个贵子，而这两个贵子长大后都能享受国君的俸禄，光宗耀祖，使门第显要，同时这位妇人也能够最终受封命妇来作为报答。冥司太守已将公文下达到本署，现在也已经把她著录在有福人的名籍中。"又一人说："一姓某的官，爵位很高，俸禄也已经非常丰厚，可他却只想着贪污受贿，而不知道考虑如何报答国家。接受别人三百锭纸币，就公然破坏律法糊里糊涂地处理公事；收取别人的五百两白银，就能够违背情理做出迫害良民的行为。对此事，冥司太守已经上奏天庭，马上就将给他定罪，只不过由于他先人的阴德，还有一点福分，所以才决定拖延几年，再让他遭受灭族的祸害。今天早上已经接到上面的命令，把他登记在恶人的簿籍中，现如今只是等待时机罢了。"又一个人说："某乡的一个人，他有几十顷良田，可是他却不知道满足，贪婪放纵，总想着能够兼并占有别人的土地，邻近有一块田与他家的田地接壤，他看人家势单力薄，孤立无援，就随意欺负，不仅用贱价买进，还迟迟不肯给人家钱，最终使得那人含冤而死。如今，冥府已经指令本署将他拘捕入狱，听说他已经变成了牛，托生在邻居家，以此来偿还他生前所欠的债务。"

众位判官汇报完毕后，发迹司的主判官忽然长叹数声，横眉张目地对大家说："诸位判官能够恪守本职，分头治理本职所属的事务，做到抑恶扬善，真可谓办事周到啊。但是要知道，天地自有其运行的规律，百姓也难免会有遭遇接踵而来的灾难的时期，君主一脉相传的王朝逐渐衰败，大难日益酝酿，一触即发，即便是各位再怎么善于治理，又能有什么办法呢？"众人问道："大人，您这话是什么意思？"主判官回答说："我刚才跟冥司太守上朝天门，听到各位神圣在推论将来的事情：几年后，战火将会燃起，黄河以南、长江以北，大概会有三十多万人民将遭受屠杀。到那时，如若不是积善聚德、忠孝纯真之至的人，都不能免除祸害。这难道不是百姓没福，注定要遭此灭顶之灾吗？还是说气数命运早已注定，没有谁是能够逃脱的？"大家皱着眉头互相看了几眼说："这些就不是我们这些人所能知道的了。"说完便各自散去了。

听完这些后，何友仁才从几案下爬出来，拜见了主判官并且讲述了自己来求告的缘由。主判官看了他很久，并命人把簿籍拿来，亲自查看。看完之后，主判官对何友仁说："你不是一个久处贫困的人，日后必定会有大福禄，一天胜过一天，从此摆脱阴晦，走向光明。"何友仁希望他能够讲得详细一点儿，于是主判官便拿出红笔，大大地写了十六个字交给他，说："遇'日'就康，遇'月'就发，遇'云'就衰，遇'电'就亡。"何友仁听完，把所授的十六字诀放在怀里，拜了两拜，就告辞了。走到庙门外面时，天色才刚刚露出曙光。

这时，何友仁急忙探取怀中的字诀，可结果却什么也没有。回到家里，他就把这事儿说给了妻子，聊以自慰。

没过几天，郡中有一个叫傅日英的世家大族，以每月五锭的酬金请何友仁去教子弟读书，如此他家境才逐渐丰足起来。何友仁在这个私塾教了好几年，可不久，高邮张士诚起兵造反，教书活动也被迫终止。后来，元朝命令丞相脱脱统领兵马去讨伐。元朝太师达理月沙喜欢读书人，很有文化修养，何友仁曾在他面前出谋划策，很得他的心意，于是他便把何友仁推荐给了丞相脱脱，并委任他当了随军参谋。从此，他有车马随从，身份地位一下子就显赫了起来。等到脱脱丞相出征回师，何友仁就在朝廷做了官，先是任职翰林，后来又在中书省下各部为官，可以算得上是大富大贵了。不久，他就被任命为文林郎、内台御史。同僚有一个名叫云石不花的，与他平素里不和睦，于是经常在大官面前诬陷他，结果他就被贬为雷州录事。这时，何友仁不禁记起了当初主判官对自己说的话，日、月、云三字，如今都已经应验了，就差最后一个字了，由此他不由得害怕担心起来，于是从那以后他时刻保持警惕，凡事谨慎小心，丝毫不敢做违法非礼的事。到任的第二年，有一次他有事要申报总府，在文吏准备好公文后，何友仁需要在公文上签署自己的官衔，也就是"雷州路录事何某"。可就是他挥笔之际，忽然来了一阵风把纸张吹起，就这样在"雷"字的下面，无意间划出了一条尾巴，使得"雷"好像变成了一个"電"字。看到这个字，何友仁不禁心生胆怯，十分畏惧，立即命人重换公文。可尽管如此，仍旧无力回天。当夜，他就感染上了重病顽疾。何友仁此时已然清楚自己将会卧病不起，命不久矣，于是就赶紧趁着最后的时间处理好家务事，向妻子儿女告别，而告别后不久他就死了。这时，何友仁的妻儿才详细知道了当初判官所叙述的众位神圣的预言以及将来要发生的事情。

从至正十一年（公元1351年）以后，起义军领袖张士诚在淮东起兵造反，大明朝势力在淮西积极发展，攻打争夺，战争相继，由此沿淮河各个郡县，兵灾祸劫不断，遭受祸害而死于兵灾的百姓又岂止三十万！所以，在这普天之下、疆域以内，不管是个人的盛衰顺逆，还是国家的兴亡治乱，其实都早有定数，是不能随随便便更改转移的。但是，那些平庸凡劣的人，却总是想着能够凭借自己的才智和权术使命发生改变，显然这只是他们自寻困扰罢了！

永州野庙记

在湖南永州的野外，坐落着一座神庙。这座神庙前临急流，背靠大山，且山深河险，地理位置可谓险要。而且，这里遍布着黄茅和绿草，一眼望不到边，又有数不清的高大的树木，这些树木直耸云天，遮天蔽日。在神庙上还常常会有风雨兴起，人们由于畏惧都会供奉神庙。对于过路的人来说，只有把三牲等供物献到神庙的殿下，才能够通过。若是有谁不这样做，风雨立即就会到来，一时间云雾阴沉，即使是咫尺之间也会让人无法辨别方向，并且人和行李等物品，也都会瞬间消失不见。而这样的情况，已经有好几年了。

元朝大德年间，书生毕应祥有事到衡州去，要从神庙下的这条路经过，可是因为口袋里的钱不多，不足以用来购买完备的祭品，无奈之下只能对庙神行致敬之礼，然后就离开了。但还没走几里路，就见大风突然兴起，一时间飞沙走石，黑云黑雾，从后面隐隐袭来。回过身去，只见数不清的披甲士兵，似有千乘万骑般追击而来，他料想自己这次是必死无疑了。他平时常背诵道家经典《玉枢经》，值此危急时刻，他也就边跑边背诵起来。谁知过了一会儿，风云都停住了脚步，天空也变得晴朗起来，身后的披甲士兵也不见了踪影。如此，毕应祥才算保全了性命，平安到达了衡州。

一次，毕应祥经过祝融峰时，顺道去拜谒南岳祠，突然想起以前发生的事情，便写了状子焚烧向神投诉。这夜，他随即梦到有捕快在追赶他，然后把他带到了一个大宫殿，只见宫殿中侍卫环立，职官遍布四周。捕快指引着让他站在大庭之下，毕应祥仔细看去，宫殿上挂着玉栅帘，帘幕内设有黄罗帐，气氛森严庄重，寂静无声，而且灯火辉煌，照得宫殿如同白昼一般。看到此情此景，毕应祥紧张万分，只得屏住呼吸，等待发落。

一会儿，有个官吏从里面走出来，他穿着朱衣围着角带，对毕应祥呼喊道："我奉旨问你和什么人有诉讼啊？"毕应祥俯下身子，趴在地上回答说："我只是一个穷书生而已，天性又愚昧笨拙，不慕名利，又怎么会与他人有田地房产的争执？身上穿的是麻布衣服，口里吃的是没有一点儿荤腥，平日里只懂得恪守本分。更何况我从未进过公堂，也实在不知道该如何回答您的问题。"官吏说："那你白天焚烧投递的状子，又是在申诉什么事呢？"听官吏这样说，毕应祥才刚想起来，于是叩头禀告说："也实在是因为我太穷了，当初我离开家乡投奔他人，借道永州，路遇一神祠，本想着祭祀一番，可因囊中羞涩无法用牲酒祭神，以至于触犯神威，招来风雨，还受到无数披甲士兵的追赶，一路上跌跌撞撞，狼狈窘迫，险些被他们追上。受到如此惊吓迫害，实在没有地方可以申诉，所以才如此唐突地冒犯圣灵，真是不得已而为之。"

官吏听后，走进帘内。过了一会儿，他出来说："奉旨审讯对质。"于是，就见有几个属吏腾空离去。不大一会儿，押来一个白胡子老人，这老人戴着乌头巾、穿着道服，被按着跪在台阶下面。官吏宣读旨意并质问他说："你作为守护一方的神祇，平日里广受人们供奉，可又为什么时常用武力来祸害恐吓他人，求得他们的祭祀？现如今又迫害了这个读书人，甚至差点把他置于死地，你竟然如此的贪婪狠毒，又怎么可能逃得了刑罚呢？！"

老人跪拜着回答说："我确是永州野庙的神祇，但是由于我能力不足，这野庙已经被妖蟒霸占好多年了，我也旷废职守很久了。过去靠着呼风唤雨为非作歹而企求祭品的，都是那个怪物，并不是我啊。"官吏呵责他说："既然事情已经发展到了这种地步，你为什么不早早上报？"老人回答说："这个妖蟒兴妖作孽已久，土地庙、家祠及野庙里的鬼魂都受它的约束，神龙毒蛇也都听它的指挥，妖力大得几乎没有什么东西可与它相比。也正是因为这样，我每次想来申诉，都遭到拦截，使得申诉落空。今天如果不是神使特地传讯，我是万万到不了这里的！"这时，毕应祥听到殿上传旨，命士卒前去追查。可老人跪拜恳求说："如今妖孽已经炼化成形，助纣为虐的也有很多，属卒虽然去得，但恐怕最终也只会无功而返。如果不派遣神兵前去围剿捕捉，肯定抓不到这妖孽。"

殿上官吏听取了他的意见，随即命令一神将带领了五千神兵前往。过了好一阵儿，只见数十个鬼兵，用大木头抬着妖怪的首级来到大殿，原来这妖孽是一条朱顶的白蛇。而它那蛇头放在庭下，大得简直像能够装下五石米的大缸。接着，官吏便让毕应祥回去了。这时，毕应祥伸了个懒腰，便从梦中醒了过来，但只觉浑身是汗，就连背上的衣服都湿透了。

毕应祥办完事，返程回家途中又一次经过永州野庙，但野庙殿宇里的塑像，早已经没有了踪影。对此，村民们都说："某天夜里三更以后，我们忽然间看见野庙那里雷电风火大起，一片杀戮嘶鸣之声，大家都害怕极了，不知道到底发生了什么事情。天亮后一看才知道，原来那神庙已经化成了一片灰烬，一条巨大的、长几十丈的无头白蛇死在了树下，还有无数的已经死了的毒蛇、飞蛇、蝮蛇等，这些死物散发出来的腥臊污秽的气味，至今还没有消散干净。"根据村民的描述，毕应祥算了算时日，谁承想那天正是他感应于梦中的时候。

后来，毕应祥大白天正在家里闲坐，忽然有两个鬼差来到他面前说："阴间地府要请你前去对质一件案子。"说完就拉着他的手臂来到了地府。到后，只见冥王坐在大厅之上，铁笼子里罩着的是一个穿着白衣裳包着红头巾的男子。那男子长得很是魁梧，自己陈述道："我在世间从未犯下任何罪行，如今却被书生毕应祥向南岳衡山府诬告，以至于神兵降临讨伐，我全族被歼灭，巢穴沦亡，实在是有很深的冤苦啊。"

毕应祥听了这话，才知道自己被那妖蛇怀恨诬告了，于是便向冥王详细陈述了妖蛇损人害物、搞鬼捣乱等事，并与那妖蛇在铁笼之下对质辩论，如此言辞一来一往，场面非常激烈，可是那妖蛇却始终不肯服罪。于是，冥王就命属吏行文南岳衡山府并指令永州城隍司验证有关事实。不久，衡山府和永州城隍司的回文到了，与毕应祥所说的事实完全相同，妖蛇这才理屈词穷。

接着，冥王在殿上大怒，对蛇妖叱骂道："你这蛇妖，活着的时候成为妖怪为祸一方，如今死了竟然还敢信口雌黄，诬告他人，现判处这个白衣妖怪押往酆都地狱，永远不能翻身！"冥王说完后，当即就有几个鬼兵上来，驱赶押解着妖蛇去了酆都地狱，让它接受应有的报应。随后，冥王对毕应祥说："今天劳烦你亲自来地府一趟，实在是没有什么可以报答你的。"接着，冥王就命令属吏把毕姓的簿籍拿来，并在毕应祥的名字底下批了八个字："去妖除害，添寿一纪（十二年）。"毕应祥听后，非常高兴，立刻俯身拜谢冥王，然后就在鬼差的带领下返回了家里。等到了家门后，他便醒了过来，原来这时他正以弯臂作枕，伏在桌上睡觉呢。

申阳洞记

陇西郡李德逢，今年二十五岁，擅长于骑马射箭，平日里常常驰骋马上，张臂开弓，有胆有勇，只是因其不理生计，而被乡亲们鄙弃嘲笑。元代天历年间，李生去投靠做了桂州监司的父亲的老朋友。但到了那里才知道，这个人已经去世了，由于无法再回故乡只好流落当地。在那里，李生每天靠打猎来维持生计，出没在这个郡的名山中，从不停歇，感到乐在其中。

凭借财产称雄郡里的大户钱翁，膝下只有一女，年方十七，但是近亲邻居，却也很少见到她，因为钱翁非常疼爱女儿，从来不让她出门外一步。一天晚上，天色昏暗，风雨交加，门闾窗户，闭锁同往常一样，但是女儿忽然失踪了，没有人知道她到哪里去了。钱翁命人四处寻访，向神灵祈祷，报到官府，但始终没有消息。钱翁思女心切，便发誓说："若是有人知道我女儿的下落并告知我，我愿把一半家财送给他，把女儿也嫁给他。"尽管如此，可眼见时间渐渐过去已有半年了，仍然没有一点女儿的音讯。

有一天，李生拿着弓箭出城，遇到一只獐子，于是翻越山岭，深入溪涧山谷穷追不舍，可最终还是没能追上。这时天色已黑，又迷失了来路，只好在高丘斜坡之间来回彷徨，不时，天昏云暗，虎啸猿叫，无论远近都是黑乎乎的，好像是到了一更天以后。这时，李生遥望山顶有一座古庙，就打算投奔那里暂时栖身。

来到庙里后，他发现灰尘堆积了厚厚的一层，墙壁也已倒塌，鸟兽的足迹，交杂错落。李生虽然很害怕，但也别无选择，只好在廊屋下休息，不料忽然听到一阵传呼引导的声音由远而来。李生怀疑这是鬼神所作，又害怕被强盗打劫，想着这深山静夜，怎么会有这种声音呢？他就爬上栏杆，躲在梁上，窥看动静。一会儿，声音到了门口，以两盏红灯作前导，前面一个头戴三山冠，红巾裹头，黄袍披身，腰系玉带，直接走到神案后坐下。而且，他的身后有十来个随从，个个执持器仗，排列在阶下。仪仗虽然很整齐，但他们长得却都像是公猪马猴之类的模样。李生知道这是鬼魅怪物，于是拿出腰间的弓箭，拉满弓射了一箭。而这一箭正好射中那个坐着的怪物的手臂，只见那家伙失声大叫一声撒腿就跑，那些狐群狗党见状也一下四散逃跑，不知所终。如此过了很久，就再也没有一点声响，李生便和衣打盹等着天亮。

天亮后，李生见神座旁有点点滴滴的鲜血，于是就从庙门出去，沿着血滴顺着山坡向南，如此差不多有五里路，血迹消失在了一个山洞口。就在洞口走来走去、前顾后盼之时，李生一不小心坠落到了洞中。这个洞极深，仰头甚至都看不到天空，而在万丈深坑中，李生想着自己肯定会丧命于此了。所幸，在李生勉强定下心神后，隐约感到旁边似乎有路，于是就寻路而走，接着便来到一个幽深的地方，即使是很近的距离也无法分辨方向。再往前走百余步，又豁然开朗，只见一个石室，匾额上题写着"申阳之洞"。看守洞门的几个人，看他们的装束打扮就如同昨天夜里庙中看到的一样。他们看到李生，十分惊讶地说道："你是做什么的，怎么会突然来到我们这里的？"李生鞠了一躬回答说："我是人世间的普通百姓，长久居住在城市，平日里以医药为生。因为缺少药材，这才进山采集，可因为太贪心又志在必得，顾着向前，没想到竟然失足坠落到了这里。我无意冒犯了尊灵，还请宽恕谅解。"

　　守门的人听了，脸上露出喜色，说道："你既然以医药为生，那么能够给人治疗吗？""这是我分内事啊！"李生回答。听李生这样说，守门人非常高兴，把手放在额头上说："真是老天保佑啊！"接着，李生就向他们请问缘故，他们说："我们洞主申阳侯，昨天出游，不幸被飞箭射中，一直卧病在床。现如今你来到这里，真是老天把神医赐给我们啊！"说罢，守门人就邀请李生坐在门口，自己则跌跌撞撞跑进去，向里面报告消息。

　　一会儿，守门人跑出来传达洞主的话说："我不善于养生，以至于招来灾祸，伤了腿臂，毒箭入骨髓，厄运难逃，恐残生将尽。今天有幸遇到神医，赐给我良药，这将让我这伤病的人再次享受生命的快乐，也让治病的人有保全生命的恩德。所以在死前勉力等待！"李生听后，立即提起衣襟走进洞中，经过好几重门，才到达内室，只见那里的蚊帐被褥十分华丽，一只老猕猴在石床上仰卧，不断地呻吟。旁边还有三个极其美丽的女子在侍候着。李生按了一下它的脉搏，看了它的伤口后，骗它说："没有大碍，我带着仙药，不但可以治疗你的箭伤，还能够起到超脱尘世、成仙得道的作用，服用以后能够长寿不老，永祥天年。今天能够在这里与你相遇，大概就是我们之间的缘分啊。"李生说完就把口袋里的药都倒了出来，让妖猴服用。此时，群妖都齐齐跪下了，希望能够得到长生，向李生拜求说："今天有幸能够相遇神人，洞主已获得仙丹长生，也让我们得到一点药物的恩赐沾点光吧。"于是李生就把全部的药物都送给了它们，群妖踊跃争抢，唯恐得不到。而事实上，那药物本是用来淬染射杀猛兽的毒箭头的，那是毒药当中最毒的一种，猛兽随着弓弦的声音都会应声倒下。所以，过了一会儿，群妖都倒扑在地，昏然不知了。接着，李生便取下石壁上悬挂的一把宝剑，斩杀群妖，总计斩杀大小妖猴三十六头。

　　他还打算一并除掉三个像是妖精的女子。可她们都哭着说："我们都是人，并不是什么妖怪鬼魅。都是当时被妖猴绑架在这坑洞之中的，求生不能，求死不得。如今你为我们除害，就相当于是我们再次获得新生的恩主，又哪敢不听从您的命令呢！"李生问她们的姓名、住址，其中一个就是钱翁的女儿，另外两个则是附近郡县的良家女子。

李生虽然除掉了群妖，但是却没有办法出洞。正在烦闷的时候，忽然也不知从哪里来了几个穿着粗陋衣服的老者，他们都是长长的须发，乌黑的尖嘴，其中一个穿白衣的老者站在前面，领着他们向李生拜谢说："我们是老鼠精，很早就在这里生存，后来被妖猴霸占。可是我们武力不及，只能躲在他处，等待时机再夺回据地。没想到你替我们扫除仇怨，清除凶邪，我们特地前来致谢！"于是各从袖中取出金银珠宝赠送李生。

李生说："你们既然具有神通，怎么还会被妖猴欺负，承认自己怯弱低劣呢？""事实上，我们的寿命只有五百岁，那妖猴已达到八百岁，所以不能战胜它。不过，我们居住在这里，从没有对人造成危害，功业成就道行圆满之后，就能够飞游上界升天，自由自在地出入。而不是像那妖猴般贪图淫乐，肆行暴虐，害人害物。正是因为它们长期作恶，如今才导致全族被灭，这也是它们得罪了老天，老天借您的手来除掉它们。不然的话，它们那么凶残邪恶，又怎么是你所能制伏的呢？"白衣老者说。李生问："洞名为什么叫申阳？"老者回答："猴子在十二生肖中属申，才以此作美称。"

李生又说："我是尘世中人，误陷在这个洞里，可是此地是你们的旧居，只要你们能够指引我回去的路途，金银珠宝等谢物就不用了。"老者回答说："没有问题啊！请你闭一会儿眼，就能如愿。"李生闭上了眼睛，耳边只听到疾风暴雨的声音。待声音停止，李生张开眼睛，只见一只大白鼠在前面，其余随从的群鼠则如猪一样，打穿了一个洞直达路口。

李生带着三位女子出洞，直接去找了钱翁，把他女儿送回了家。钱翁对此十分高兴感激，就招李生作为女婿；而其他两个女子的家人，也愿意把自家女儿许配给李生。就这样，李生同时娶了三个绝美的女子，此后富贵显赫。后来，李生又到那个地方，想寻找路口，但是因为草木茂密，丛林高大，远近看上去都一模一样，怎么也找不到旧日的踪迹了。

爱卿传

罗爱爱，是当时嘉兴有名的妓女，无论是容貌还是才艺，都称得上是独一无二。而且，她天性通达聪敏，精于诗词，所以大家都十分敬佩和仰慕她，亲切地称她为"爱卿"。她的诗章文字优美，受到人们的称赞和传诵。那些风流文雅之士，都精心修饰打扮想要能够一亲芳泽亲近她；那些才学不精、见识愚钝的人，在她的面前也只好自认不足。郡中有些以学识或诗文著称的文人雅士，曾在夏季六月十五日，在南湖凌虚阁聚会避暑，赏月赋诗。席间，爱卿率先作了四首诗作，作完后在座的人听了都只好停笔，无颜再献丑了。爱卿的那四首诗写道：

> 画阁东头纳晚凉，红莲不似白莲香。一轮明月天如水，何处吹箫引凤凰？
> 月出天边水在湖，微澜倒浸玉浮图。搴帘欲共姮娥语，肯教霓裳一曲无？
> 手弄双头茉莉枝，曲终不觉鬓云欹。珮环响处飞仙过，愿借青鸾一只骑。
> 曲曲栏干正正屏，六铢衣薄懒来凭。夜深风露凉如许，身在瑶台第一层。

在同郡中，有一户姓赵的显贵人家，他家中有一个儿子，排行第六，父亲早亡，母亲健在，给他留下了亿万家财。这位赵公子对爱卿的文采美色都十分倾慕，于是就托媒人纳礼下聘。就这样，爱卿嫁进了赵家。这以后，爱卿恪守妇道，谨守家法，凡事都根据礼仪规范，不合礼的事情从来没有做过，不合适的话也从来没有说过。赵公子也越发地宠爱和看重她。

不久，赵公子家中的一个父系亲属在大都做了吏部尚书，写信回来让他来大都，并答应给赵家公子一个江南的官职。赵公子看到信后非常高兴，很想前往，但又十分担心在家的老母爱妻会遭受忧患；可是不去呢，又担心会丧失此种千载难逢的博取功名的机会。如此犹豫徘徊，难以抉择。这时，只见爱卿说道："我私下里听说男子出生后就要立志做一番大事业，长大成人后就要尽力建功立业使父母享受荣耀，怎么能够由于父母的养育之恩，而耽误求取功名建功立业的机会呢？至于郎君您的母亲，对于侍奉她的衣食起居，我完全可以胜任。只是婆婆年纪越来越大了，身体越发不好，体弱多病，而郎君您又要离家远行，有道是侍奉君上的日子多，那么侍奉报答父母的日子就会少，郎君您要把这些记在心里啊。远望着太行山的孤云，看着西山的落日，还希望您能够早早归来啊。"赵公子听了爱卿的这番话，就选择吉日前往京都了。在临走前，赵公子还专门在中堂摆酒与家人饯别。酒过三巡后，爱卿请赵公子捧起酒杯向老夫人祝寿，希望母亲长寿安康，她自己则填了一首《齐天乐》，并亲自演唱此词以助酒兴。那词写道：

恩情不把功名误，离筵又歌金缕。白发慈亲，红颜幼妇，君去有谁为主？流年几许？况闷闷愁愁，风风雨雨。凤折鸾分，未知何日更相聚！蒙君再三分付：向堂前侍奉，休辞辛苦。官诰蟠花，宫袍制锦，待要封妻拜母。君须听取：怕日薄西山，易生愁阻。早促归程，彩衣相对舞。

唱完后，在座的人听了都不禁流下了眼泪。而赵公子乘着几分醉意，也解开系船的缆绳，乘船出发了。

不幸的是，赵公子到达大都后才知道，自己投靠的吏部尚书却因为生病被免职了，无可奈何，他只得寄宿在旅舍里，很长时间都没有什么进展，久久不能返乡。赵家老夫人由于过于想念儿子，不久染上了疾病，且日渐沉重，只得靠着枕头躺在床上。而爱卿侍奉婆婆也是尽心尽力：只要是婆婆进食的汤药必定会先亲自品尝，只要是稀饭必定会亲自动手煮熬，并且日日求神拜佛，祈求神灵能够早日让婆婆摆脱病痛的折磨；另外，爱卿还编出一些说辞来安慰婆婆，让婆婆能够尽量宽心一些。可尽管如此，老夫人的病仍旧是不见好转，拖了半年后终于卧床不起。临终之际，老夫人还呼叫着爱卿的名字，说道："我的儿子因为追求功名的原因，离家远赴大都，随即也就断绝了消息，再无音讯，而我又不幸身染恶疾，媳妇你侍奉我也是尽心尽力、无微不至！现在我就要死了，没有什么可以作为回报的。只希望我的儿子能够早日归来，媳妇你日后有了孩子，他们也都能够像你对待我一样孝敬你。若是老天有眼，必定不会辜负你！"说完这些话后，老妇人就去世了。接着，爱卿就亲自操持婆婆的丧事，尽心尽礼，亲自护送棺材，葬在了白苎村。而且下葬后，她每天早晚都会在灵桌前吊祭，也正是由于日日悲伤的缘故，身体变得越发瘦弱。

元代至正十六年（公元 1356 年），起义军领袖张士诚攻克平江。十七年（公元 1357 年），江浙右丞相达识帖睦迩征召苗族军师杨完者为江浙参政，在嘉兴设防抵御张士诚。由于杨完者对士兵不加约束，苗军到达嘉兴后大肆掠夺居民。赵公子家的住房被当时的军官刘万户霸占，而且他看到姿色出众的爱卿，还心生歹意，威逼她做自己的小妾。爱卿无力抵抗便只好先用好听的话哄住他，接着沐浴后进入楼阁，趁他不备便用罗巾上吊自杀了。刘万户闻讯立即前来抢救，可是已经晚了。结果，刘万户就把她的尸体用绣花被褥裹好，埋在了后面园圃的银杏树下。

不久，张士诚与元朝暗通款曲、通好言和，浙省的杨完者参政被杀害，他的部下随即四散逃跑。赵公子这才从海路辗转南下，从太仓登岸，再直接回嘉兴。到了嘉兴后，发现城池和百姓都已经不再是旧日的模样了。他回到自己家的宅院，那里也早已经荒废得不成样子，环顾四周一个人都没有，只见有老鼠在梁上窜来窜去，猫头鹰在树上鸣叫，台阶前的庭院也都被苍苔绿草所掩盖遮蔽。见此情形，赵公子立即四下寻找自己的母亲和妻子，但都不知所终，只有中堂还安安稳稳地在那，于是就简单打扫了一下，作为歇脚之所。

第二天，赵公子走出东门外，来到红桥边，在路上遇到旧日的老仆人，叫住仔细一问才知道：原来老母亲和妻子都已经去世了。接着，老仆人便把赵公子带到了他母亲的葬地白苎村，指着松树柏树对他说："这都是六娘子爱卿当初种植的。"又指着坟墓说："这也都是六娘子一手操持办理的。因为小主人你久久不归，老夫人思念成疾，六娘子在旁侍奉也可真是尽心周到了。后来老夫人不幸去世，就选择埋葬在了这里。出葬那天，六娘子身披丧服，手护棺木，亲自背土筑坟，在墓旁痛哭流涕，不能自已。祸不单行，葬后三月，苗军闯入城内，房屋田舍都被他们霸占。当时有一个叫作刘万户的军官，垂涎六娘子的美色，欲行非礼之事，六娘子为表清白，自缢而死，后来就葬在了后面的园圃里。"

赵公子听了，心中悲伤万分，随即来到银杏树下挖掘，只见爱卿的容貌宛如生前，皮肤也丝毫没有任何改变。赵公子抚摸着妻子的尸体失声痛哭，难以自抑。情绪稍微平复后，便用撒了香花的热水给亡妻沐浴，接着又给她穿上华丽的衣服，购置了棺木，把她重新埋葬在了老母亲的坟旁。赵公子哭着说："娘子，你平日里聪慧睿智，同辈人都比不上你。虽然你现在已经死了，但又怎么会和一般的平庸之人一样如此断绝了声响呢？如果你泉下有知，还希望能够和我见上一面。尽管如今我们阴阳殊途，人人都忌讳害怕，但我们感情深厚，你大可不必有此疑虑。"说完，就出门来到妻子的墓前祈祷，回到家后便在后面的园圃痛苦祈求。

大约过了十天，在一个月色昏暗的夜晚，赵公子一人独坐中堂，想睡却又不能入眠，这时隐约听到有人在哭泣，刚开始的时候好像很远，慢慢地越来越近，他觉得奇怪，就站起来祷告说："如果是娘子显灵，为什么不现身一见叙叙旧呢？"话音刚落，就听到有人回应说："我就是你的娘子罗爱爱啊，感谢郎君您还思念惦记我。虽然说我已身处阴间，但每每想来都十分哀伤，所以今晚才来到这里与郎君一叙。"说完，赵公子就感到似乎有人在走动，且距离自己越来越近，相隔五六步的光景，他仔细一看确实是自己的娘子爱卿。只见她淡妆素服，和往常没有什么不同，只是脖子上围了一条丝巾。爱卿看到自家郎君，行完礼后，就哭着唱了一阕自己填写的《沁园春》。词曰：

一别三年，一日三秋，君何不归？记尊嫜抱病，亲供药饵，高茔埋葬，亲曳麻衣。夜卜灯花，晨占鹊喜，雨打梨花昼掩扉。谁知道，把恩情永隔，书信全稀！干戈满目交挥，奈命薄时乖履祸机。向销金帐里，猿惊鹤怨，香罗巾下，玉碎花飞。要学三贞，须拼一死，免被旁人话是非。君相念：算除非画里，重见崔徽！

每吟唱一句，爱卿就忍不住悲伤地啼哭几声，其声凄楚呜咽，几乎难以成调。

赵公子引她进了房间，感谢她对待自己的老母亲尽心尽力，费心修筑坟墓，誓死保全贞洁之身，并且表示了自己的羞愧之情。爱卿擦干眼泪回应说："我本属娼妓之流，并非什么良家妇女。作为山鸡野鸭，不是居家过日子能够驯养的；路边的柳条墙变的花，任何人都可以随意采摘。每日里只知道倚门卖笑，不知道什么是举案齐眉。精心打扮尽显媚态，把旧客送走，又迎来了新客人，吃完了东家的饭，又睡在西家的床上，长久以来莫不如是；我们这样的人今天可能是张郎的妻，明天又或许是李郎的妇，没有什么固定的。后来，承蒙郎君你不嫌弃，娶我为妻，使我从此抛弃旧日的污染，革除以前的过失。让我主持家政，能够诚心敬意地侍奉祭祀，严格按照祭祖的仪制，切实履行侍奉婆婆的道义。以礼侍奉，以礼安葬，我问心无愧；歌吟于此，痛哭于此，自嫁后从没有出过家门。可谁料到老天不佑，招致大祸降临！战事纷起，各方交相争斗，耀武扬威。苗军中如五代的苏逢吉，霸占了李崧的旧居；唐代的蕃将沙吒利，想要谋夺韩翃的妻室。丈夫远在万里，家中只留我孤身一人。我难道不知道苟且偷生的道理，不知道忍辱就能够活下来吗？但是我情愿一死，誓死保全名节。这就像飞蛾扑火，幼子下井，都无异于是自取灭亡，而并不是不被他人所容。这一切都是因为我厌恶憎恨那种为人妻妾却背叛丈夫抛弃家庭的人，那种受人爵禄却忘记君主背叛国家的人。"

赵公子抚慰了她很长时间，接着便问老母亲现在哪里，爱卿回答说："婆婆生前并没有犯什么罪过，听说已经投胎转世了。"赵公子又问："既然是这样，那么你为什么会坠入鬼道呢？"爱卿回答说："当初我死时，阴间的长官认为我为人贞节刚烈，就派我到无锡的宋家，投胎为男子。只是因为我与郎君你情深义厚，一定要等着郎君见上一面，畅述一下心怀，这才推迟了投生的时间。现如今已经见到了郎君，明天我就要投生了。如果郎君你不忘我们往日的恩情，以后不妨到我投生的那家来找我，到时我用一笑来作为证明。"说完后，就同赵公子入室相会，与往日相比没有什么不同。第二天，鸡叫以后，爱卿就起床与赵公子告别。只见刚走下台阶几步，她又回过头来，抹着眼泪说："今后赵郎要多多保重，我们从此以后就要永别了！"她一边说着，一边哽咽站立，频频回首，难分难舍。不一会儿，天渐渐亮了起来，爱卿也忽然消失不见，再无踪影。此时，空旷颓废的房间里悄无声息，寒冷的孤灯半明半灭。

随后，赵公子急忙起床，整理行装，赶往无锡，寻找爱卿口中所说的宋家的住址。等到敲开宋家的门，发现宋家果真诞下了一个男孩，而那妇女已经怀孕足足二十个月了。更让人奇怪的是，那孩子自从降生后，便啼哭不止。赵公子向宋家详细叙述自己来到这里的缘由，请求见那孩子一面，而见了那孩子后他果真一笑，停止了哭泣，宋家于是就给孩子取名为罗生。此后，赵公子请求能够与宋家结为亲属，就这样赵宋两家相互馈赠，一直保持着书信往来。

翠翠传

在淮安，有一个名叫刘翠翠的民家女子，天生聪颖，懂诗书，父母也很开明，没有违背她的志趣，而是允许她上学读书。在她的同学中有个叫金定的男孩子，与翠翠同岁，也生得聪明秀美，温文尔雅。同学们常常开他俩的玩笑，说："你们年龄一般大小，应当结为夫妻啊。"两人虽然嘴里不说，但是心里也如此默许自认。金定还曾做了一首诗赠给翠翠：

十二阑干七宝台，春风到处艳阳开。
东园桃树西园柳，何不移教一处栽？

翠翠依韵和了一首：

平生每恨祝英台，凄抱何为不肯开？

我愿东君勤用意，早移花树向阳栽。

不多久，翠翠的年龄一天比一天大，就没有再去学校。到她十六岁的时候，父母打算为她说一门亲事，翠翠知道后很是伤心，哭哭啼啼地连饭也不肯吃。再三问她到底怎么回事，她却也不肯说出来，直到拖了很久才说："如果定亲的话，一定要是金家的儿子金定。我在心里早已经默许了他，如果父母不允，那我即使是死，也绝不嫁给其他人。"迫不得已，父母只好顺从了女儿。只是两家相比较来说，刘家富裕而金家贫困，虽说金家儿子金定生得聪明俊秀，但终究是门不当户不对。正因如此，等到媒婆到金家一说，金家父母便以家境贫寒来推托，说是自己的儿子配不上刘家小姐。媒婆说："刘家那女儿翠翠，一心想要嫁给您金家儿子金定，刘家父母也已经同意了，这时候你们若是再用贫穷来推托，那可就辜负了翠翠的一片真情，也错失了这大好姻缘啊。现在你们不如这样回复他们：'金定是贫寒人家的儿子，粗略地懂得一点诗书礼仪，贵府近日屈尊前来提亲，我们又怎么敢有所不从呢？只不过舍下一向简陋贫贱，已经有很长时间了，若是要求取聘礼、嫁妆等，恐怕无从筹措。'他们出于对女儿的疼爱缘故，应该是不会与你们计较的。"金家听了之后，觉得有理，便接受了媒婆的建议。

接着，媒婆就把这番话向刘家进行了回报，刘家父母听后果然说："谈婚论嫁以财产多少来讨论，是蛮夷之人的做法，我们在选择女婿的时候，一般是不考虑其他问题的。只不过，金家贫穷生活拮据，我们家富裕，若是我家女儿嫁到他们家去，必定吃不了那份苦，所以不如让金生入赘到我家做个上门女婿。"媒婆听了，又把刘家的意思传达给金家。金家听后，十分高兴。于是，他们就选择了一个良辰吉日成亲，凡是涉及币帛等财物，羔雁等聘礼，都是刘家女方准备。当日过门拜堂后，夫妻相见，双方都欢喜得不得了！这天晚上，翠翠便在枕头上作了一首《临江仙》赠给金生：

曾向书斋同笔砚，故人今作新人。洞房花烛十分春！汗沾蝴蝶粉，身惹麝香尘。䴔雨尤云浑未惯，枕边眉黛羞颦。轻怜痛惜莫嫌频。愿郎从此始，日近日相亲。

作完后，翠翠又请金生接着酬和，于是金生便依韵和了一阕：

记得书斋同讲习，新人不是他人。扁舟来访武陵春，仙居邻紫府，人世隔红尘。誓海盟山心已许，几番浅笑轻颦。向人犹自语频频，意中无别意，亲后有谁亲？

两人情投意合的情谊，即使用孔雀双双飞在云霄、鸳鸯一同游玩绿水来比喻，也不能够充分地体现出来。

可谁料他们两人的快乐时光还不到一年，起义军领袖张士诚兄弟就在高邮起兵造反，沿淮河一带的郡县相继被他攻陷，翠翠也在这场战争中被张士诚的部下李将军掳走。到了元代至正末年，张士诚割据的势力范围更加广阔，他的领地跨越江南江北，浙西也全部占有。接着，他就与元朝握手言和，表示愿意拥戴元帝为正统的君主。从这样后，江淮的道路才开始通行，来往行走之人才得以畅行无阻。于是，金生便辞别了父母和岳父母，外出寻访妻子翠翠的下落，并发誓若是找不到翠翠绝不回家。

金生来到平江，听说李将军现在是绍兴的守御，而等他赶到绍兴后，又听人家说李将军已经调往安丰屯兵。于是，他又急急忙忙地赶到安丰，可谁料李将军又被调回湖州驻扎。就这样，金生在江淮路上奔波往返，期间经历了千难万险。日复一日，金生口袋中已经空无一文，但是他要找到妻子的决心却每时每刻也没有松懈过。身上没有了盘缠，他便在草野中赶路，晚上则在露天休息，并且一路上以乞讨为生，如此才最终到达湖州。

到了湖州后，李将军位高权重，威势显赫。这时，金生站立在李将军府第的门墙边，犹豫踌躇，窥探等待，内心十分矛盾，想要进去又不敢进去，有话要说但不知道怎么开口。管门人发现金生在将军府外徘徊，感到奇怪，就对他进行盘问。金生回答说："我是淮安人，发生动乱的时候，与妹妹失散，后来听说妹妹在贵府中，所以才不远千里来到此地，只是为了想见她一面罢了。"管门的又问道："既然是这样，那你叫什么名字？你的妹妹多大了，相貌如何？还希望讲清楚一点儿，以便我替你查实。"金生说："我刘金定，妹妹叫翠翠，读过诗书，通晓文字。我与妹妹失散的那年，她十七岁，如今算来应该是二十四岁了。"管门的听了之后，随即说道："府中有个刘夫人，她就是淮安人，年纪也和你说的一样。不仅识得文字，又擅长作诗，性格也通达聪慧，享有我们将军的专房之宠。如果你说的话真实没有虚假，我就到里面去给你通告，你暂且在这里歇息片刻。"说罢，管门的就跑进去报告了。

不一会儿，管门的就出来了，出来后便把金生领了进去。这时，将军坐在厅上，金生先拜了两拜，起身后便详细叙述了这件事情的缘由。李将军乃一介武夫，不假思索便相信了他的话，于是就命人去告诉翠翠说："你的哥哥从家乡来找你了，赶快出来见见。"翠翠受命出来，不过却只能以兄妹的礼节在厅前相见，彼此说的也尽是些向父母问安的话，其他的一句私房话都不能说，唯有相对悲哭而已。将军说："你既是远道而来，一路上辛苦跋涉，想必身心均已疲累，还是暂且在我这里住下，休息休息，晚些时候我再慢慢筹谋，替你安排一个差使。"说完，随即命人拿出一套新衣服，让他换上，接着又命人将床帐被席等物铺设在西边的小书房中，供金生使用。

第二天，李将军对金生说："你妹妹能作诗认字，那你也应该识得文墨吧？"金生说："我在家乡以读书为生，诗书本就是立身之本，大凡是经史子集，都粗略读过，而且这也都是平日里所习用的东西，是没有什么问题的。"李将军高兴地说："不幸的是，我生逢乱世，自小就没有学习的机会。后来，在乱世中奋起，现如今名声在外，趋附我的人也越来越多，来往宾客充满门庭，但是却没有人能够替我接待，往来书札虽然堆满案桌，却没有人能够替我作书答复。所以，你就在我的门下，当一个书记官吧。"

金生是个聪明人，不仅性格温和，还具有出众的才华，处在将军门下，更是尤为检点谨慎，不管是接待上面或是下面的人，都能够让他们心满意足。代替将军作书回函，也能够把他的意思委婉深入地表达出来。李将军越发觉得自己得到了一位德才兼备的人才，所以待他更加优厚。但是，金生原本是为了寻找妻子翠翠而来，自从大厅见过一面后，就再也没有了相见的机会。闺阁幽深，内外隔绝，哪怕只是想通个消息，也没有什么机会。就这样，不知不觉已经过去几个月了。到了九月份，西风夜起，自露为霜，金生独自在空荡荡的书房，整夜整夜地无法入眠，于是作成一首诗道：

好花移入玉阑干，春色无缘得再看。乐处岂知愁处苦，别时虽易见时难。
何年塞上重归马？此夜庭中独舞鸾。雾阁云窗深几许？可怜辜负月团圆。

诗作成后，金生便把它抄录在了一张纸上，并拆开布袍缝在了领子里面。接着，金生又把百来个铜钱交给仆人，并且对仆人说道："如今天气日渐寒冷，我的衣服实在是太单薄了，还麻烦你帮我把衣服拿进去交给妹妹，让她给拆洗缝补一下，好用来抵御寒冷。"于是，仆人便依照他的意思拿进去交给了翠翠。翠翠心里也明白丈夫送衣进来的意思。后来，在拆衣的时候果然发现领子里面藏有一篇诗稿，读后内心伤感万分，随即另外写了一首诗，以同样的方法把诗缝在领子里面，然后命仆人交给金生。那诗为：

一自乡关动战锋，旧愁新恨几重重。肠虽已断情难断，生不相从死亦从。
长使德言藏破镜，终教子建赋游龙。绿珠碧玉心中事，今日谁知也到侬。

金生读完诗后，清楚翠翠这是要以一死相报，更加确定今生重聚已是没有指望，所以越想越是忧愤烦闷，结果竟染上了重病。后来，翠翠再三向将军请求，才被准许来到金生床前问候，但此时金生的病已经十分危急了。这时，翠翠用手臂的力量扶起金生，金生勉强才能抬起头来，他侧望着翠翠，眼泪满眶，最后长叹一声，突然离世。将军看金生也着实可怜，于是便把他安葬在了道场山脚下。而翠翠送葬回来，当夜就得了病，而且不肯服用任何药物，如此将近两个月的时间，在床上辗转反侧，忧思杂乱，难以成眠。一天，翠翠对将军说："贱妾抛弃家庭跟随你，到如今已经长达八年了。我在外漂泊，孤苦无依，举目无亲，原本就只剩下一个哥哥，现在又死了。我的病必定好不了了，但死后请求你能够把我的尸骨埋在哥哥旁边，黄泉之下，幸有依托，也免得成为他乡的孤魂独鬼。"说完之后，就断了气。死后，将军不忍心违背她的意愿，果然把翠翠附葬在了金生坟墓的左边，结果东西两座坟墓宛然成双。

明朝洪武初年，张士诚已经灭亡，翠翠家有一个旧日的仆人，后来成了商贩，一次贩货路经湖州，偶然经过道场山下，看到一所房子，这房子用朱漆做大门，堂屋也十分华丽，槐柳树相互遮映衬托，而翠翠和金生正并肩站着。看到仆人，翠翠和金生马上邀请他进屋，问他父母存亡的状况和故乡旧事。仆人问："娘子和郎君怎么会住在这里呢？"翠翠回答说："起初是因为兵乱，我被李将军掳掠到这里，后来郎君为了寻找我不远千里来到这里，而将军也没有横加阻拦，把我归还给了郎君，所以我们就住在这里了。"仆人说："小人我今天就要回淮安去，娘子您可要写封家书，让我带回去好让老爷夫人知道您最近的状况。"于是，翠翠就让仆人暂且在这里住下，然后，用吴兴的香糯饭以及苕溪的鲜鲫鱼羹来盛情招待他，还拿出乌程酒让他喝。第二天早上，翠翠便写信给父母，信中写道：

父母生我养我，实在是难以报答这无边的恩情；夫唱妇随，其实也早就明白妇女"三从"的道理。夫妻的名分既然已经确定，可为什么世事又会如此艰难！汉族建立的王朝马上要崩溃，异族进犯的气氛也变得十分凶猛；皇朝倒持太阿，被人抓住把柄，盗贼如小儿私偷兵器，在池塘旁边戏耍，擅自开启兵端。而后大猪长蛇，相互争斗倾轧，不管是谁都忙着各自逃生。在这乱世之中不能够保住气节，那么就只好选择无可奈何地苟活。从此跟随着他人四处漂泊，驱驰战马。我每每仰望高空但即便是身上长着八个翅膀也飞不出去，思念故乡父母的三魂也屡屡被惊散。良辰美景最是容易错过，内心哀伤最终只能终日陪伴木鸡；一对怨偶就这样成为了仇敌，总是害怕遭受欺凌侮辱。虽然每天参与各种应酬作乐，但终是虚与委蛇，感愤激发而生悲哀。夜月下听杜鹃啼血，春风里忆蝴蝶旧梦。一切终究是时过境迁，苦尽甘来。现在有将军如杨素般看到破镜后归还了妻子，又如王敦开后宫的门放走了婢妾。在蓬莱履行当时的誓约，在潇湘与丈夫重逢。自己不免伤感命运艰难，不遗憾游春太晚。章台柳树，虽然已被他人攀折；玄都桃花，仍不改前度刘郎。本来以为瓶沉水底难以寻觅，玉簪断了也再难续，可谁料如今又物归原主，失而复得。这或许就是像玉箫女有两世姻缘，但不如红拂女当时就能够成为夫妻。这是老天给予我的方便，事情并非绝然。熬鸾胶再接断弦，重新和丈夫再续夫妻感情；托鱼腹来传递家书，告知您们的音讯。没有能够在双亲膝下侍奉陪伴，在这里深深表达我们的思念之情。

刘家父母得到女儿翠翠的书信，可真是喜出望外。尤其是她的父亲，随即租了一只船与仆人从淮安赶往浙江，直奔吴兴。仆人领他来到道场山下翠翠夫妇俩往日留宿的地方，可是到了之后却发现荒野上杂草丛生，小路上交错的都是狐兔的足迹，之前看到的大房子的位置，如今只不过是东西两座坟墓。正在疑惑之时，他们恰巧遇到一个持拿锡杖的云游僧人经过这里，于是翠翠的父亲便向他询问。僧人说："这是已故李将军埋葬的金生和翠翠两人的坟墓，哪有什么人居住啊！"听僧人这样说，翠翠的父亲大吃一惊，急忙取出翠翠的信，谁知那信如今竟只是一张白纸，上面什么字都没有。李将军也已经遭到明朝的杀戮，再也无从打听关于他们的详细情况。这时，翠翠的父亲在翠翠的坟前哭着说："你写信骗我千里迢迢到这里，无非是想与我再见一面。可是今天我来到这里，你却隐秘踪迹，不露真相。生前，我们是父女，死后又有什么不同呢？你若是在天有灵，务必要与我一见，以解除我心头的疑虑。"

这天晚上，翠翠的父亲就在坟旁露宿。大概是三更后，他发现翠翠和金生双双跪拜在自己面前，痛哭流涕。父亲挥泪抚摸着翠翠，问她这到底是怎么回事。于是，翠翠就向父亲仔细说了一下事情的来龙去脉："之前祸起萧墙，邻近的郡邑起义兵兴起兵灾。我没有能够效仿窦氏姐妹的贞烈，以致被番将劫持。

后来，我忍辱偷生，背井离乡，委身于像掮客这样低劣的人，生不如死，度日如年。丈夫金生没有忘记我们往日的恩情，不辞劳苦千里迢迢地来寻访。后来，他假托兄妹的名义，才使我们获得见面的机会。但是，我们夫妻之情被生生隔离，终究是无法通达。后来，丈夫金生相思成疾先我而去，接着我也含着悲愤离世。死后希望能够合葬，所幸最终也总算是如愿以偿。大概的情况就是这样，具体的细节太烦琐，也说不完。"

翠翠父亲听了，说道："我跟随旧仆来到这里，原是打算要接你回家，侍奉我终老的。可如今你却已经亡故，那我就把你的遗骨迁到祖先的坟墓旁吧，也算我没有白走一趟。"翠翠听了又哭着说："女儿不孝，活着的时候不能侍奉陪伴在双亲左右，死了也没有能够及时归葬祖坟。不过已经埋葬在这里了，加上阴间喜欢宁静，灵魂也应该得到安宁，如果再劳师动众进行迁坟，反而会增加烦扰。更何况这里环境甚好，山清水秀，草木繁盛，所以再迁移也并非是我想要的。"翠翠说完，便抱着父亲放声大哭，这时翠翠父亲一下子被惊醒了过来，方才发现原来这一切只是一场梦罢了。

第二天，翠翠的父亲便用三牲和甜酒在这两座坟墓旁祭奠了一番，然后就与仆人坐船回家了。据说现如今从道场山过路的人，还能够清楚地指出金生和翠翠两人坟墓的位置。

卷四

龙堂灵会录

在吴江，有一座龙王堂。而堂其实也就是人们常说的庙宇，用来供奉香火，所以才称它为堂。也有人说，这里岩石陡峭突出，又好像是堤塘，故而又称为龙王塘。从地理位置上来说，吴淞江在它的左面，太湖在它的右面，风浪波涛原本就十分凶猛，加上又是江湖汇集之处，所以过往的行人要想通过就一定要向庙宇进行祭祀，且向来十分灵验，而这些事情在范成大所编的《吴郡志》中都有详细的记载。

元朝元统年间，有一个叫闻子述的读书人，以诗歌见长，闻名吴下。由于经过此地，恰巧碰上龙吸水。定睛看去，这是一条白龙，龙须像是一条长长的玉柱蜿蜒下垂；龙鳞像是几百片银镜在乌云中翻滚飞旋，光芒闪耀，很久才渐渐隐没。子述觉得自己有生以来见过的所有奇观中，没有任何一件能够与这件事同日而语。雨停后，子述便走进庙宇，游览完后，还在廊屋下题写了古风一首，写道：

龙王之堂龙作主，栋宇青红照江渚。岁时奉事孰敢违，求晴得晴雨得雨。

平生好奇无与侔，访水寻山遍吴楚。扁舟一叶过垂虹，濯足沧浪浣尘土。

神龙有心慰劳苦，变化风云快观睹。鬐尾蜿蜒玉柱垂，鳞甲光芒银镜舞。

村中稽首朝翁姥，船上燃香拜商贾。共说神龙素有灵，降福除灾敢轻侮！

我登龙堂共龙语，至诚感格龙应许。汲挽湖波作酒浆，采撷江花当肴脯。

大字淋漓写庭户，过者惊疑居者怒。世间不识谪仙人，笑别神龙指归路。

闻子述题完诗，便回到船上，躺在了船篷的下面。这时，忽然从庙里跑出来了一个鱼头鬼身的怪物，来到闻子述的面前，行了个礼说道："我奉了龙王的旨意来特地邀请您到龙宫一趟。"闻子述听了，满心疑惑地问道："龙王居于水宫，而我混迹尘世，本就是两不相干、风马牛不相及的事。况且，即便是龙王有命，我这凡胎肉体又怎么能够到达水宫里去呢？"鱼头水怪说："这件事你完全不必担心苦恼，只需要闭上眼睛，不一会儿就可以到达。"于是，闻子述按照它说的闭起了双眼，只听到耳旁风声和水声呼呼作响，过了很长一段时间，声音才逐渐平息下来，渐渐消失。这时，闻子述睁开眼睛，只见那宫殿楼宇高峻华丽，殿旁的仪仗卫士排列森严，寒气逼人，不容细看，真不愧是龙王居住的水晶宫。

龙王听到闻子述到来，立刻把穿戴整理了一下，腰间挂着玉佩、宝剑出去迎接。随后，龙王带他走上台阶，满是谢意地对他说："我白天承蒙您慷慨地赐予佳作，不仅词意优美，而且又兼书法精妙，庙宇能够得到你这件墨宝，真可是光彩倍增啊。所以，这才劳烦您大驾来到这里，想要酬谢一下您的功劳。"可还没等坐定，守门人就来传话，说是有客人到了，龙王听到通告后，立刻急忙出去迎接。

不一会儿，就看到三个人一起走了进来，其中一个头上戴着高高的帽子，脚上穿着一双大鞋，仪态很是庄重。另一个则头戴着一顶黑帽，身着青色的裘衫，风度翩翩，很是潇洒。还有一个戴了一领用葛布做的头巾，身上穿的也只是一身粗布衣服而已。进来后，大家便按照次序一一落座。这时，龙王对闻子述说道："您或许不认识这三位贵宾吧？他们一个是越国范相国范蠡，一个是晋朝的张使君张翰，另一个是唐朝的陆处士陆龟蒙，他们三人虽出自吴地，但也都是天下闻名的高士啊。"然后，龙王又把闻子述题诗的事给大家说了一下，并把诗作给大家传览，看后都赞不绝口。龙王说："我的水晶宫今日不仅诗人光临，贵宾也不约而同地到来，可真称得上是赏心乐事啊。"随即命人在中堂摆设宴席，而凡是陈设在宴席上的东西，以及呈上的所有酒食等山珍海味，都不是人世间所能见到的。

等斟满了酒，大家正要喝时，守门人忽然跑进来报告说："吴国大夫伍子胥先生在门外求见。"龙王听后急忙起身，整理了下装束后便前去迎接。伍子胥大夫进来后，范蠡仍旧坐在首座的位置上，丝毫没有谦让的意思。只见，伍子胥突然大怒，脸色一沉对龙王说道："此处乃我吴国境内，龙王您也是我吴地的神龙，我是吴国的忠臣，可是范蠡却是我吴国的仇人。由于吴地百姓不知缘由，才稀里糊涂地奉他为高士，还为他专门建立了亭台祠堂。今日龙王您又邀请他参加如此盛会，甚至还让他坐在首座的位置，难道昔日越国吞并吴国的仇恨，可以忍耐和忘记吗？"说罢，伍子胥还接着数落起了范蠡的罪过，说："你身上背负着三宗大罪，只是因为不为世人所知，才得以在千年之后，欺世盗名。今天我就要把你的罪行给抖搂出来，使得像你这样的大奸大恶之人无处藏身，大罪大恶公诸于世。"范蠡听着，默然无语。

伍子胥于是说："遭遇挫败后，越王勾践卧薪尝胆，刻苦自励，一心想着复仇，于是花费了十年的时间来扩大人口，积聚物力，接着又花费十年的时间来影响训练百姓。凭借着这份坚韧和实力来攻城略地，又有谁可以与之相抗呢？可即使是这样，你竟然还不惜借卖柴人的女儿西施，去引诱吴王干奸淫的坏事，能够想出如此卑鄙不择手段的计谋，竟然还不觉得可耻。吴国被灭以后，你不但没有及时除掉这个祸国殃民的妖女西施，反而还同她私自乘车离开。姜太公不惜冒犯天子威严，最终杀死了妲己；隋代的高颎甚至敢无视军令，也要杀了张丽华，拿他们这些人和你相比，什么是得什么是失呢？显然，这把国家的利益抛诸脑后了啊。而且，既然已经把吴国灭掉了，按照勾践长头颈、尖嘴巴的面相来推测他的为人，想着这个人可以共患难，却不能同富贵，于是主动隐退，渡海而去，可是在走的时候却又给大夫文种留了一封信，说什么'飞鸟尽，良弓藏；狡兔死，走狗烹，你应该离开国君了'。自己不愿意冒险来侍奉国君了，还要引诱其他臣子和自己一道离开，从而让国君孤立无助，朝中无可用之人，成为真正的孤家寡人，你的心里能安稳踏实吗？想当初，鲍叔牙不计前嫌向国君推荐管仲，萧何借着月光一心要追上韩信，拿这些人和你相比，孰是孰非呢？显然，这是侍奉君主而没有忠心啊。既然你已经辞官退隐，本就应该隐居于山林，可却在私下里积聚谷粟财货，在海滨之地醉心于经商贩卖，父父子子不知疲倦地谋求暴利，财产一次次散失又一次次积聚，这到底是想要干什么呢？想当初，鲁仲连拒绝接受千金的恩赐，张良学绝食以求远遁退隐。拿这些人和你相比，什么是贤什么是愚呢？显然，这是你立身处世而不只懂得廉洁之道啊。你背负这三宗罪名，又怎么能够坐在首座，在我之上呢？"

范蠡听了伍子胥的这番话，面色十分难看，一时不知如何应答。过了好一会儿，才说："你对我的指责算正确的吧！不过，我也想听听你又有什么作为。"伍子胥回应说："因为家族遭遇不幸，我不畏艰难险阻，周游列国，后来投奔了吴国。在吴国期间，我报了父兄的仇恨，又替吴王夫差报了杀父之仇，就尽孝道来说，应该说已经足够且有余了。在吴国任职期间，到死都没有离开，对吴王也是尽忠效命，尽管最终惨遭属镂剑赐死，但自始至终都没有任何怨言，就对国君的忠诚来说，应该说也已经足够且有余了。吴王最终没有能够任用我，可是我到临死的时候，还在担心并预料到吴国可能遭受灭亡的祸害，把吴国的存亡当成是临死最后的忧患，就聪慧程度来说，应该说更是足够且有余了。若是我当时没有死，那么越王勾践在会稽山屯兵，就不可能有振兴的机会；越国在檇李之战中，也绝不可能因欺诈的计谋而侥幸获胜。若真是那样，越国上上下下恐怕就连吃早饭都顾不得了，又怎么会在我吴国实现复国的志愿呢？或者可以这么说，我吴国的覆灭并不在于越国进献的西施，而关键在于我受到莫须有的毁谤陷害；越国之所以能够称霸也不在于重用了文种、范蠡等人，而关键在于我早早地就惨遭杀身之祸。如果我没有死，那么所谓的美女也只不过是后宫的娱乐；华丽异常的飞檐栏杆，最多也就是殿堂的炫耀；姑苏台阁怎么会让麋鹿自由游荡，禾黍又何至于在吴国宗庙至德宗庙快速地生长？只是因为当初我残杀了正直的大臣，伤害了辅佐君王的人，这才使得仇人寻找到了机会，使敌国有机可乘，所以这只是你们的侥幸才得以取胜，又怎么会是因为你们为国家出谋划策而取得征伐别国的胜利？"范蠡听了伍子胥的这番话，无言以对，最后只得把上座让给了他。于是，伍子胥占有首位，范蠡坐在第二位，张翰、陆龟蒙则位居第三、第四位，闻子述排在第五位，龙王则坐在末席。

一会儿宴会上开始行酒奏乐，水晶宫里在座的各位宾客便纷纷以赋诗取乐。其中，伍子胥左手按着剑，右手敲击着盘子，唱道：

驾艅艎之长舟兮，览吴会之故都。怅馆娃之无人兮，麋鹿游于姑苏。
忆吴子之骤强兮，盖得人以为任。战柏举而入楚兮，盟黄池而服晋。
何用贤之不终兮，乃自坏其长城。泊甫东而乞死兮，始踯躅而哀鸣。
泛鸱夷于江中兮，驱白马于潮头。晒胥山之旧庙兮，挟天风而远游。
龙宫郁其嵯峨兮，水殿开而宴会。日既吉而辰良兮，接宾朋之冠珮。
尊椒浆而酌桂醑兮，击金钟而戛鸣球。湘妃汉女出歌舞兮，瑞雾霭而祥烟浮。
夜迢迢而未央兮，心摇摇而易醉。抚长剑而作歌兮，聊以泄千古不平之气。

唱完后，范蠡也拿起酒杯，吟诗道：

霸越平吴，扁舟五湖。昂昂之鹤，泛泛之凫。
功成身退，辞荣避位。良弓既藏，黄金曷铸？
万岁千秋，魂魄来游。今夕何夕，于此淹留！
吹笙击鼓，罗列樽俎。妙女娇娃，载歌载舞。
有酒如河，有肉如坡。相对不乐，日月几何？
金樽翠爵，为君斟酌。后会未期，且此欢谑。

张翰也靠着坐席，吟诗道：

驱车适敌国，挂席来东吴。西风旦夕起，飞尘满皇都。
人生在世间，贵乎得所图。问渠华亭鹤，何似松江鲈？
岂意千年后，高名犹不孤。郁郁神灵府，济济英俊徒。
华筵列玳瑁，美酝倾醍醐。妙舞蹑珠履，狂吟扣金壶。
顾余复何人？亦得同歌呼。作诗记胜事，流传遍江湖。

接着，陆龟蒙也离开座位，献上自己的诗作：

生计萧条具一船，笔床茶灶共周旋。但笼甫里能言鸭，不钓襄江缩项鳊。
鼓瑟吹笙传盛事，倒冠落佩预华筵。何须温峤燃犀照，已被旁人作话传。

最后，闻子述也创作了一篇长短句诗歌一篇，吟诗道：

江湖之渊，神物所居。珠宫居阙，与世不殊。黄金作屋瓦，白玉为门枢。
屏开玳瑁甲，槛植珊瑚珠。祥云瑞霭相扶舆，上通三光下八区。自非冯夷与海若，
孰得于此久踟蹰！高堂开宴罗宾主，礼数繁多冠冕聚。忙呼玉女捧牙盘，催唤
神娥调翠釜。长鲸鸣，巨蛟舞；鳖吹笙，鼍击鼓。骊颔之珠照樽俎，虾须之帘
挂廊庑。八音迭奏杂仙韶，宫商响切逼云霄。湘妃姊妹抚瑶瑟，秦家公主来吹箫。
麻姑碎擘麒麟脯，洛妃斜拂凤凰翘。天吴紫凤颠倒而奔走，金支翠旗缥缈而动摇。
胥山之神余所慕，曾谒神祠拜神墓。相国不改古衣冠，使君犹存晋风度。座中
更有天随生，口食杞菊骨骼清。平生梦想不可见，岂期一旦皆相迎。主人灵圣
尤难测，驱驾风云归顷刻。周游八极临四溟，固知不是池中物。鲰生何幸得遭逢，
坐令槁朽生华风！待以天厨八珍之异馔，饮以仙府九酝之深钟。唾壶缺，麈柄折，
醉眼生花双耳热。不来洲畔采明珠，不去波间摸明月。但将诗句写鲛绡，留向
龙宫记奇绝。

吟诵歌唱完后，在座的各位宾客觥筹交错，开怀畅饮。这时，已经依稀可以听见临水的村庄里传来雄鸡报晓的啼叫声，远山的佛寺晨钟也被敲响，发出隆隆声。伍子胥最先告别了龙王离去，而其他的三位高士，即范蠡、张翰、陆龟蒙也接着踏上回家的路程。最后，闻子述也告别龙王，临走之际，龙王捧出装着照乘珠的红珀盘、放着通天犀的碧瑶箱，赠送给了他，并且派专人送他回家。闻子述到达船上的时候，天已经亮了，船航行的路线也已经十分明晰，等船到中流的时候，闻子述以稽首礼拜别龙王，继而踏上了归程。

太虚司法传

冯大异，又名冯奇，是吴楚地方的狂放不羁之人。他这个人常常凭借着自己的才智而自高自大、藐视他人，对鬼神之事也是嗤之以鼻、从不相信。也正因如此，只要是遇到依附于草木的妖怪，或是见到那些奇怪而有别于流俗、让人深感惊骇畏惧的东西，他必然要捋起衣袖伸出胳膊来抵挡它们，而到了之后，他还会对它们凌辱诋毁一番才肯罢休，或者用火烧祠庙，或者是把塑像沉入水中，其勇气可谓不管不顾、不计后果，所以人们常常对他的胆魄赞许有加。

元至元三年（公元 1337 年），他寄居在河南上蔡县的东门。这天，他因为有事要到临近的村庄去。由于当时正值兵乱，不少地方都遭到纵火焚烧，四处望去只见这一路上到处是空荡荡的，遍地是黄土白骨，无人居住，目之所及无一例外。就这样，走着走着，还没到那个村庄，天就已经快黑了，愁闷的乌云也让人感觉压抑，但一路上竟然没有一家旅舍，又能到哪里过夜呢？这时，冯大异看见道路旁有一片古柏树林，便走了进去，靠着柏树休息。这时，只听见在他耳边响起了猫头鹰鸣叫的声音，背后还有豺狼狐狸在嗥叫。不一会儿，又来了一群乌鸦，它们一个接着一个地飞下来啼叫个不停，而且在啼叫时它们有的翘起一只脚，有的张开翅膀飞舞，如此往复回旋，甚至是排列成阵势，喧叫声让人心烦厌恶。再看，旁边还横躺着八九具死尸，后来阴风乍起，暴风急至，在一声惊雷声下，这些死尸竟然又都坐了起来，他们看到冯大异正靠在树旁，便一股脑地涌上去要依附。见此情形，冯大异立即慌里慌张地爬到树上躲避。这时，死尸们簇拥在柏树之下，叫的，骂的，坐着的，站着的，都争抢着大声说："我们今晚一定要抓住这个人！否则，我们就要遭受灾祸了！"

一会儿，乌云散开，雨也停了，月光透过树隙照在地上，可却从远处来了一个头上长着两只角的夜叉。他浑身上下都是青色的，大步大步地向前迈着，口中还大呼小叫的，走到树下后，就用手抓住死尸，摘取头颅后像吃西瓜那样食用。吃完后，那夜叉打了个饱嗝便睡下了，而就连那打鼾的声音也让人觉得惊天动地。冯大异想着此地实在是不能久留了，于是趁着夜叉熟睡，便从树上下来想要逃跑，可是还没有走出百步，夜叉就已经追了上来，冯大异见状拼尽全力奔跑，这才总算没有被追上。在逃跑途中冯大异遇到一座废弃的寺庙，便急忙进去躲避。只见这座寺庙东西两边的廊屋都已经倒塌了，只有主殿还算是完整，在里面还有一尊十分雄伟的佛像。冯大异看到佛像背后有一个洞，其他地方也无处藏身，便只好藏进了这个洞里。原本想着，总算找到了避难所，可以逃脱危险了。可谁料，这时却忽然听到佛像挺起肚子笑着说："那夜叉是求之不得，可我却是得来全不费工夫，今晚总算可以饱餐一顿荤腥，不用再吃斋了。"冯大异一听，顿时毛骨悚然，立即起身逃跑，但或许是因为步伐太过沉重一时未能迈开，走了十步左右，被门槛绊了一下，摔倒了，回头一看才知道，原来佛像的胎骨已经粉碎，土木碎石零零散散的撒了一地。总算是从佛像中逃出了，冯大异不禁叹了口气洋洋自得地说道："大胆鬼怪，竟然敢来招惹捉弄本大爷，这就是你自食恶果的下场！"

逃出寺庙后，冯大异又往前走。只见远处的田野中，有一个灯烛辉煌的地方，在那里一些人行了宾主之礼后便围坐在一起。看到这样的情形，冯大异十分高兴，急忙赶了过去，可是到了那里才发现，刚刚自己看到的那些人其实大都是一些无头鬼，即使是有头的抑或是少了一只手臂，或是缺了一只脚。冯大异顿时吓得掉头便跑。这时，众鬼怒吼着说道："这人实在是胆大妄为，竟敢来打扰我们在此畅饮。不过，也正好把他抓来当作我们的下酒菜。"随后，众鬼都跟着咆哮吼叫起来，只见有的鬼抓起牛粪就向冯大异扔去，有的鬼则抓起人骨投掷，而那些无头鬼则提着头前来追赶。幸运的是，前面一条河流拦住了他们的去路，没有敢跨越的，而冯大异则横流而过，逃到了对岸。如此跑了大约半里地光景，冯大异回过头来，虽已看不见众鬼怪的身影，但其喧哗咆哮之声，仍然不绝于耳。

一会儿，月亮下山了，四周漆黑一片，道路完全看不清，冯大异一不小心便失足坠落到了坑中，这个坑其实就是鬼谷，极深无比。坠入鬼谷后，忽然来了一阵寒风，阴寒之气令人不寒而栗，眼睛也被沙子迷了眼睛。揉了揉眼，才看到原来这里聚集了很多的鬼怪。他们有的是红色的头发长着双角，有的是身上长着绿毛还有两只翅膀，有的是尖嘴獠牙，还有的是牛头兽面，浑身上下都是深蓝色，且能够口吐火焰。这些鬼怪看到冯大异落在了这里，都纷纷庆贺着说道："是仇人到了！"说着便把冯大异的头颈用铁链锁住，把他的腰用粗皮绳拴住，驱赶着他来到鬼王的座下，报告说："这个人对鬼神大不敬，还肆意凌辱我们，非常地狂妄。"听众鬼这样说，鬼王怒气冲冲地对冯大异责骂道："你四肢头脑完备，富有知识学问，难道不知道鬼神的威德很昌盛吗？孔子作为万人敬仰的圣人，对鬼神仍旧不忘敬而远之。《易经》中曾有'载鬼一车'一说，《小雅》中有所谓的'为鬼为蜮'，而在其他如《左传》中也有记载晋景公的梦、伯有作厉鬼的事，这些都是鬼神存在的证明。可你却竟敢大放厥词，胆敢说世上并没有鬼神？我们忍受你的侮辱已经很久了！如今在这里遇上你，要怎么折磨才能解我心中之恨使我畅爽快意呢？"说罢，鬼王便命众鬼把冯大异的衣服帽子扒了下来，重刑拷打。这时，冯大异只觉得浑身都被打得鲜血直流，可以说是求生无门，求死不得。

一会儿，鬼王对冯大异说道："你想要把泥调和成酱吗？你想要身长三丈吗？"冯大异暗自想着泥怎么能够调和成酱呢，于是回复说想要身长三丈。说罢，只见众鬼便把他揪到了石床上，像是搓粉那样，用手反复对他进行按摩，不一会儿他的身体就渐渐长了起来，被扶起来后确实有三丈高，一眼望去细长得像是一根竹竿。看到他细长的身躯，众鬼取笑他为"长竿怪"。鬼王接着又对他说道："你想要把石头煮烂成汁吗？你想要让身躯变矮成为一尺吗？"冯大异也正在发愁身体太长，连站起来都不能自主，于是便回应说愿意让身变矮成一尺。说罢，众鬼就又把他带到石床上，像揉面那样，可用力一按便能够听到骨节发出咯咯的声响，接着众鬼又把它们堆聚起来，果然此时身高仅为一尺，而且整个身子都圆圆的，更像是一只巨蟹。众鬼看见又取笑他为"蟛蜞怪"。冯大异只能匍匐在地上缓慢地爬行，这种痛苦实在是让人难以忍受。而旁边的一个老鬼看到后却拍手称快，大笑道："你向来不相信什么鬼怪之说，如今又怎么会变成这般模样呢？"老鬼说罢便以请求的语气对大家说道："虽说这个人十分可恶，对我们毫无敬畏之心，但他受的污辱取笑也够让他担心害怕的了，看着这可怜巴巴的样子，我们还是原谅他这次吧！"得到大家的允许后，老鬼便把冯大异拎起来抖了几抖，不一会儿，他就恢复了原样。

接着，冯大异就请求能够放他回家，可是众鬼却说道："既然你已经来到了这里，我们也不能让你空着手回去，而为了能够让世人知道确实有鬼怪的存在，我们决定各送一样东西给你。"老鬼说："那么我们要送什么东西给他好呢？"一个鬼说："我可以把拨云角送给他。"说完便把两只高高相对的大角安放在了冯大异的额头上。接着，一个鬼说："我可以把哨风嘴送给他。"如此一副尖尖的像是鸟儿嘴喙的铁嘴就长在了冯大异的嘴唇上。另一个鬼说："我可以把朱华之发送给他。"于是冯大异的头发就立即被红水浸染，颜色红如火焰，头发随即也变得散乱且都竖了起来。又一个鬼说："我可以把碧光眼睛送给他。"说完就把自己的两颗青珠镶嵌在冯大异的眼眶里，顿时冯大异的眼珠变得清明澄澈，发出碧绿的颜色。这样以后，老鬼便把冯大异送出了鬼谷坑洞，并对他说："请你好自珍重，刚才众鬼们羞辱取悦来冒犯你，还希望你不要放在心上才好啊。"

虽说，冯大异侥幸逃出了鬼谷坑洞，但此时的他头上长着一对拨云角，口中长着哨风嘴，肩上披着赤红色的头发，眼眶里长着的是一双碧光珠，已经成为了一个令人惊诧感到奇怪的鬼。到家之后,他的妻儿都不敢和他相认。走到集市中,人们都聚集在他的周围盯着他看,认为他是怪物。小孩子看到他,都吓得惊慌啼哭赶快逃跑。于是,冯大异内心满是郁闷气愤,后来闭门不出绝食而死。临死之际,他对家人说:"由于我被众鬼纠缠折磨,现在马上就要死了!等我死后,你们要记得在棺材里为我多放一些纸笔,我要把这件事写成诉状来向天庭告状。几天后,蔡州如果发生一些令人感到奇怪的事,那就说明我的控告胜利了,你们到时可以洒酒在地来向我祝贺。"说完这些话,冯大异就去世了。

三天后的一个白天,突然云雾四起,风雨大作,且伴有惊雷霹雳,其声可谓惊天动地、声震世界,而且房屋上的瓦片都被全部打飞了,大树也全部被狂风连根拔起,过了整整一晚上总算是雨过天晴。而冯大异当初坠落的那个鬼谷深坑,如今也成为了一个巨大的赤红色的湖泊,绵延了好几里。见此情景,他的家人便照吩咐洒酒在地以示祝贺,而此时他的家人却听到棺材里有声音说道:"我的诉讼已经胜利了,现如今众鬼也都已经被消灭,没有任何的遗漏!而天庭因为我为人正直,所以任命我为太虚殿的司法,职位贵重,从此我也不会再到阳世来了。"听后,冯大异的家人祭祀后就让他入土为安了,隐隐约约之间,似乎神灵真的存在一般。

修文舍人传

夏颜,字希贤,江浙地区震泽县人。他博学多才,见识广泛,性格豪放,十分有气概;他经常头戴方巾,身穿布衣,游走在浙东和浙西之间。他素来喜欢评论时事,慷慨激昂,滔滔不绝,从不会厌倦,人们因此都很佩服他。但是他的命运却很不好,甚至连自己每天的生活开销都不能维持。他曾经喟然感叹道:"夏颜啊,你平时如此修身养性,谨言慎行的,为什么做不到让家里富裕一些呢？"说完之后又自我解释道："颜渊被困在陋巷之中，难道是因为道义不够吗？贾谊在长沙备受压制，难道是文章写得不够华丽吗？校尉得以封爵拜祖而李广却得不到封侯，难道是因为他的智谋勇气连校尉都比不上吗？侏儒吃得都快要撑死了而东方朔却要经历痛苦和饥饿的折磨，难道是因为他才能技艺还不够厉害吗？事实上，这都是冥冥之中命运的安排，我们都不能侥幸强求好运降临到自己的头上。我知道要顺从接受命运而已，又怎么敢不讲事理强求这些呢！"

元惠宗至正初年，夏颜不幸死于润州，后被埋葬在北固山下。朋友中有个曾与他交往密切、感情深厚的人，忽然在路上碰到了他。只见夏颜坐在高大的马车上，车上有巨大华丽的伞盖，他戴着高高的帽子，腰间挂着玉佩，俨然如侯爵、伯爵一般。随从的人手里都拿着各自的器杖，护卫仪仗前后随行保护，风采卓绝，不再像当年穷困潦倒的样子，车子一路向北走去，朋友一时间不敢呼唤他。

有一天，这位朋友早起出门，又遇到了他，夏颜马上拨开帷幔走下车来向朋友作揖，问道："最近老朋友过得还好吗？"于是朋友和他叙起旧来，握着他的手诚恳地与他说话，和平时没有什么差别。朋友于是问他："我和你分开时间并不长，可你却能够凭借着自己的能力平步青云，占据高位要职。如今，车高马大，随从如云，衣服和帽子都这么华丽，真是大丈夫志向得以实现的时候啊！我真是十分羡慕你啊！"夏颜回答说："我现在在阴间任职，虽然官位很高，但工作也很清闲。老朋友问我，我哪里敢有所隐瞒呢，只是现在是在出门路上，没有时间和你详细说。如果老朋友不嫌弃，我们可以定在后天晚上在甘露寺的多景楼一聚，但愿到时能够有足够的时间小叙久别之情，不知道这样可以吗？还希望你不要因为我在阴间任职而感到惊讶奇怪，并因此推辞我真诚的邀请。"结果，老朋友爽快地答应了。于是大家告别后便各自离开了。

到了这天晚上，老朋友带着酒菜前往多景楼，而夏颜早早地就到了，看到老朋友的到来他十分高兴，立即走上前去迎接道："老朋友为人诚实守信，真可以说是我的生死之交了！"接着又说，"阴间的快乐其实也并不比人间少，我现在担任的职位是修文府舍人，孔子的得意门生颜渊、子夏都曾担任过这个官职。话说起来，阴间里任用官员的时候，选拔和提升都非常精细考究，必定要具备一定的才能，能够担任这个职位，这样才可以当这个官，享受这个爵位的俸禄，并不像人间选用官职可以通过贿赂来铺路，依靠门第来晋升，凭外貌好而混个官位，用虚名来攫取不当的利益。我不妨试着跟您探讨一下：现在人间的官场中，在中书掌权做宰相的，难道都是像萧何、曹参、丙吉、魏相这样的人吗？领兵在边境的大将，难道都是像韩信、彭越、卫青、霍去病这样的人吗？在馆阁中的文学儒臣，难道都是像班固、扬雄、董仲舒、司马相如这样的人吗？在郡县治理人民的官吏，难道都是像龚遂、黄霸、召信臣、杜诗这样的人吗？千里马只能去拉盐车而劣等马却能够被喂养上等饲料吃得满足，凤凰栖息在棘刺丛中而猫头鹰却在庭院中鸣叫；有才德的人颈项枯瘦，面色苍黄地死在社会底层，没有才德的人却接连不断地富贵显达。所以政治清明的时间常常很少，而天下大乱的日子常常很多，真的就是因为这样。可阴间却不这样，官职的升降一定会公开，赏罚也一定会很公平，过去那些背叛君主的乱臣贼子，败坏国家纲纪的奸臣，他们在阳世接受了高高的官位并享受了丰厚的俸禄，但到了阴间一定会因为其作为受到灾祸，过去那些累积善行的人家，培养良好德行的人，他们被困社会的底层而穷困潦倒，到了阴间也一定会因为他的作为受到福报。这都是因为轮回的定数，因果报应的次序，到这里任何人都没有办法逃脱。"

于是夏颜倒满酒喝下，一连喝了几杯，倚着栏杆看向远方，即兴作成律诗两首，吟诵出来送给老友：

笑拍阑干扣玉壶，林鸦惊散渚禽呼。一江流水三更月，两岸青山六代都。
富贵不来吾老矣，幽明无间子知乎？旁人若问前程事，积善行仁是坦途。

满身风露夜茫茫，一片山光与水光。铁瓮城边人玩月，鬼门关外客还乡。
功名不博诗千首，生死何殊梦一场。赖有故人知此意，清谈终夕据藤床。

诗歌吟诵完后，夏颜挠挠头说道："最高的境界是树立好的德性，其次是建功立业，再次是著书立说。我在人世的时候，没有好的德性可以被称颂，没有伟大的功业可以记叙，但是编著的集录，却不少于几百卷。写的文章，差不多也将近一千多篇，这些都是尽力深入探究事物、竭尽全力写成的。自从我去世以后，家业衰败，家里没有什么用来照应的仆从，外面也没有能够理解我作品的知音，再加上盗贼的偷窃，老鼠的毁伤，留存下来的文稿已经不到十分之一，我觉得非常可惜。希望老朋友能够有爱惜人才的想法，念及旧情，捐献季札的宝剑，赠送范纯仁的一船麦子，将钱财用在需要的地方，施舍恩德给无法回报的老友，刻在桐梓之上，传给热心助人之人。如果文稿可以不与草木一样腐烂，那都是老朋友恩赐的缘故了。我想到这就说了这些，真是十分惭愧！"老朋友答应了他。夏颜十分高兴，双手捧着酒杯向老朋友拜谢，来表达自己真诚的谢意。不久，天已经渐渐开始亮了，夏颜拜别了老朋友就走了。

老朋友来到吴中，到他家拜访，发现除了已经散失的残缺文稿外，仍有找到遗留下来的数百篇文章，以及夏颜编著的《汲古录》《通玄志》等书，友人马上找工人雕版刻印，放在书铺出售，使其广为流传。夏颜又来到老朋友家登门道谢。从此以后夏颜和朋友间就保持着密切的往来，朋友家遇到好事或祸事，夏颜都会提前来告诉他。

三年后，老朋友染上了疾病，夏颜来探访，对他说："我在修文府的任职，已经到了年限，现在马上就要举荐合适的人来替代我了。在阴间里，众鬼最是看重这个职位，想要得到它需要花很大的力气，实属不易。如果你不想要这个职位，我也不敢勉强；可如果你想要得到这个职位，我必定会向上面全力举荐你。我之所以急于对你说这件事，就是想报答你为我雕版刻印书的大恩。人活着总是要面对死亡，即使勉强拖延多活几年，又怎么可能永远留在人间呢？"听他这样说，老朋友也高兴地答应了他，接着老朋友便开始处理死后的家事，也不再寻求医生给自己治疗，这样几天后就去世了。

鉴湖夜泛记

读书人成令言，不求声名显达，只是向来喜欢会稽的山水。元文宗天历年间，他在鉴湖之滨选了块地方居住，整天吟诵着"千岩竞秀，万壑争流"之类的诗句，四处悠游不止。他经常乘着一只小船，也不用竹篙和桨橹，以风为帆，以浪作桨，任意漂流，或在水边观赏游鱼，或在沙滩与鸥鸟嬉戏，或在水中小洲上与白鹭亲近，或在岸边的柳林中听黄莺啼叫。沿湖方圆三十里，不管是飞禽走兽或水中游鱼，都熟悉了他的样子，彼此忘却了物类的区别，随意来去，不再对他感到惊疑害怕。而那些打柴的、耕田的人，以及钓鱼、放牛的孩子遇到他，不管老幼，都能和他相处得很愉快。

一个初秋的晚上，成令言把小船停泊在千秋观的旁边，这季节秋风刚起，霜露还没有下，而天上的星斗交相辉映，水光与天色浑然一体，不时能够听到采莲女子的歌声，在洲渚之间相呼应和。

成令言躺在船上，仰望着银河，好像一条万丈长的白练，横贯南北，云彩像被扫帚扫过一样，一尘不染。于是，成令言用手敲着船舷，吟诵宋之问的《明河》诗，飘飘然有超然独立于世俗之外、飞升成仙的意趣。

小船忽然自己动了起来，行驶得非常快，风和江水都快速地向后退去，眼睛一眨，就过了千里之遥，就像有东西牵引着它。成令言也猜不透这究竟是怎么回事。

不一会儿，到了一个地方。这里寒气逼人，清冷的光亮得耀眼。既像是生长着奇花异草的玉田，又像是奇兽瑞鱼遨游的银海。这里到处种植着白色的榆树，树丛间起落着乌鸦的叫声。

成令言猜测或许这里已经不是人间，就披上衣服起来，只见眼前一座华丽的宫殿巍然耸立，有一个仙女正从里面走出来。她身穿白色的丝衣，肩披白绢的披肩，头上戴着翠凤形的钗子，脚上穿着琼纹九章鞋。她带着两个侍女，一个手执金柄长扇，一个捧着玉环如意，眼波清亮，姿容美丽，十分光彩照人。

到了岸边，仙女对成令言说："您为什么来得那么晚？"成令言躬身回答道："我隐迹于江湖之间，忘形于鱼鸟之群，和您向来没有过约定，也从来没有见过面，怎么会问我为什么来得那么晚呢？"仙女笑着说："您怎么会认识我呢？之所以请您到这里，是因为您一向抱有崇高的德义，我有一些真诚的想法，想通过您传到人世而已。"

于是她就请成令言登岸，请他走入宫门。走了几十步，成令言就见到一个大殿，匾额上写着"天章之殿"，殿后有一个高阁，上面题着"灵光之阁"。阁里设着云母屏风，铺着玉华席，四面都挂着水晶帘子，用珊瑚钩挂起，照得阁内亮如白昼。屋梁间还悬挂着两枚香球，如兰似麝的香气芬芳扑鼻。

仙女请成令言与她对席而坐，并对他说："您认识这个地方吗？这就是人间所谓的银河，我是织女神。这里距离人间已经有八万多里了。"成令言离座回道："我是下界一个愚蠢的百姓，自甘与草木共同腐朽。今天晚上我是何等幸运，能够身游天界，进入仙宫，得到的福气无可计量，受到的恩德超过我的盼望。但是不知道您要托付我什么事，告诉我什么话？我希望能详细地听一听，好让我打消疑虑。"

仙女于是低头正身，端庄严肃地说道："我乃是天帝的孙女，灵星的女儿，向来禀持贞节之性，离群独居。哪里想到下界的人无知，那些愚昧的百姓喜欢荒诞的言论，妄传我在七月初七的晚上会成为牵牛神的配偶，以致我清白的操行受到这种玷污。开此谬论源头的，是《齐谐》这本伪诈之书；而为这谬论鼓吹宣扬的，是《荆楚岁时记》中那些没有根据的话；附会这种说法并加以推广的，是柳宗元的《乞巧文》；夸大这种说法并予以应和的，是张耒的《七夕》诗。对这些强词雄辩，我无法自我辩白，而这些流言蜚语，又有什么地方听不到呢！甚至常常在文章中记述、传播，有的说：'北斗佳人双泪流，眼穿肠断为牵牛。'又有的说：'莫言天下稀相见，犹胜人间去不回！'还有的说：'未会牵牛意若何，须邀织女弄金梭。'又有的说：'时人不用穿针待，没得心情送巧来。'像这样的诗作不一而足，亵渎神灵还不知道忌惮，如果这都可以忍受，我还有什么不可以忍受的呢？"

成令言回答说："像鹊桥相会、牛渚之游这样的说法，我今天听了仙女您的一番话，已经知道这是不真实的了。但是，像嫦娥奔月、巫山神女高唐幽会，后土灵佑以及湘灵冥会这些事，到底真有，还是并非如此？"

仙女不快地说道："嫦娥，是月宫里的仙女；后土，是地神中的神女；大禹开辟三峡成功，巫山神女确实帮助了他；而湘灵是尧的女儿，舜的妃子。她们都是圣贤的后裔，贞节英烈之辈，哪像世俗传说的那样！而像上元夫人从空中降落在封陟面前，或云英遭遇裴航，杜兰香嫁给张硕，吴彩鸾许配给文箫，只是因为她们太容易滋生情欲，而所做的事情掩盖不住罢了。世人咏月亮的诗说：'嫦娥应悔偷灵药，碧海青天夜夜心。'题写三峡的诗句说：'一自高唐赋成后，楚天云雨尽堪疑。'太阳和月亮，在天地混沌的时候，开天辟地之初就已经形成了，哪里有后羿妻子的说法，偷窃灵药的事情，而随意用独眠孤宿侮辱她呢？云是山川的灵气，雨是天地的恩泽，怎么可以因为宋玉的谬误，就把云雨指作房帏之乐，比喻为枕席之欢呢？轻慢神灵，亵渎天威，没有比这更厉害的了！湘君夫人是帝舜的配偶，舜死的时候，就已经衰老了。李群玉又到底是什么人，竟敢用淫邪的词句，在黄帝陵的庙前亵渎说：'不知精爽落何处，疑是行云秋色中。'叙述自己的奇遇，却归罪到她身上，这简直是胡说八道，斯文扫地！后土的传说，是因为唐朝人不敢直接指斥武则天的罪恶，所以借此来讽刺她罢了。世俗无知，就以为确实是这样，以致有'韦郎年少耽闲事，案上休看《太白经》'的句子。欲界的天神们都有配偶，那些没有配偶的，则都是没有欲望的。君子和读书人在礼教伦常中自有快乐的境地，何至于编造那些粗鄙猥琐的故事，诬蔑、诽谤高尚明达之人，既欺骗了自己，又迷惑了世人，而让自己处在有罪的境地。希望您回到尘世，把这些全都解释明白，不要让云霄之上、星汉之间的仙女，长久地受到黄口小儿的诬毁和玷污。"

成令言又问道："世俗中多谎言，升仙得道之人常被诬陷，今天听到神女这番话，我已知道它们是虚假的了。但是像张骞乘木筏直上九天，严君平辨别支机石一类的事，是真实的呢，还是虚妄之说呢？"仙女说："这两件事倒确实是这样！博望侯张骞是金马门的值吏，严先生乃是仙宫的部曹，都是暂时谪罚到人间，灵性都在，所以能够周游八极，辨识异物。这哪里是常人能够与之相比的呢？您倘若不是三生有缘，今天晚上又哪能到得了这里？"说着，便拿出两匹彩锦送给成令言，说道："您可以回去了，我所托付的事情，希望您不要忘记了。"

成令言于是辞别仙女，登上小船，只觉得风大露寒，波涛汹涌，只是一顿饭的工夫，就已回到了原先那个地方。这时，淡淡的雾气刚生起，星斗渐渐坠落，而鸡叫三遍，已到五更了。他拿出彩锦一看，好像与人间所织的也没有差别，就把它藏在箱子里，准备等以后让见识广博的人来辨识一下。

后来，他碰到了一个从西域来的商人，就拿出来让他试试看。商人抚摸赏玩了很长时间，忽然动容道："这是天上的至宝，不是人间的东西。"成令言问他："你是怎么知道的呢？"那商人说道："我见这彩锦的纹理顺而不乱，颜色纯正而不驳杂。用阳光照射，就见瑞气升腾而起；用尘埃覆盖，则见尘土都自然地飞散开去。如果用它作帏帐，蚊虫都不敢飞入；如果用它做衣服，雨雪都不能打湿。隆冬穿着它，不用穿棉衣就会很暖和；盛夏铺开它，不用凭借风力就能感到凉爽。它的蚕大概是用扶桑叶喂养的，它的丝是用天河水洗涤的，这难道不是从织女的织机上所产的吗？你是从哪里得到它的？"成令言十分保密，不肯叙述其中的缘由。随后他就驾着小舟远游，没有再回来。

二十年以后，有人在会稽山玉笋峰遇到过他，只见他脸色红润，两只眼睛清澈湛然，头上戴着黄帽子，身上穿着布袄，既没有裹头巾，也没有扎衣带。那人向他揖拜并询问，成令言也不答话，乘风而去，快疾如飞，追也追不上。

绿衣人传

天水的赵源，父母很早就死了，也没有娶妻。元仁宗延祐年间，他游学到了钱塘，寄宿在西湖边的葛岭上，而居所旁边就是宋代权臣贾似道的旧居。

赵源一个人居住，觉得很是无聊，曾经在晚上的时候在门外散步，看到一个女子从东边过来，穿着绿衣，梳着两个圆圆的发髻，十五六岁的年纪，虽然没有浓妆艳抹，但是容貌远远超过一般人，赵源盯着她看了很久。

第二天晚上，赵源出门，又碰到了这位女子，这样一连有好几次，每天一到晚上，这女子就会过来。

赵源开玩笑地问她道："你家住在哪里，天天晚上到这里来？"女子笑着行了个礼，说道："我家与郎君您是邻居，只是郎君自己不认识罢了。"赵源试着挑逗她，女子欣然地回应了，赵源就留她住下，两人极尽欢爱亲昵。第二天早晨，女子告辞而去，但到了晚上就又来了。

这样过了一个多月，两人十分恩爱。赵源问她的姓名、住址，那女子说道："郎君只要得到一个美妇就够了，何必一定要知道我的姓名、住址呢？"赵源一直追问，女子只好说："我常常穿绿衣服，你就叫我'绿衣人'好了。"始终不告诉赵源自己住在什么地方。赵源以为她是大户人家的侍妾，夜里出来私奔到此，恐怕事情彰显，所以不肯说出姓名、住址。赵源相信了这个推断，也不再怀疑，对她更是疼爱。

一天晚上，赵源喝醉了酒，开玩笑地指着她的衣服说："这真是'绿兮衣兮，绿衣黄裳'啊。"女子脸上有惭愧的神色，接着好几个晚上都没来。等她再来，赵源问她缘故。女子说："我本来想同你白头到老，但你为什么像对婢女侍妾那样看待我，让人感到羞愧不安，所以我好几天不敢侍奉在你身边。但是郎君既然已经知道我的底细，现在我也不再隐瞒了，请让我详细地告诉你吧。我与郎君是旧相识，如今如果不是被深情感动，我不可能来到这里。"赵源问她缘故，女子凄凉地说道："说出来你能不为难我吗？我实在不是现在的人，但也不是要祸害你，这大概是命运使然，以前的缘分没有完的缘故。"

赵源大惊道："请你详细地告诉我。"女子说："我是已故宋代贾似道大人的侍女，本来是临安的良家女子，很小就擅长下棋，十五岁的时候，以棋童的身份入选为侍女。每次贾似道上朝回来，在半闲堂饮宴或闲坐，一定会召我去陪从下棋，我也因此备受宠爱。当时郎君是贾家的仆人，负责煮茶，每次因为要端茶送水，所以能够进入后堂。郎君当时年轻，长得又俊美，我见到你后十分爱慕，曾经绣了一个钱袋暗中投送给你，郎君也回赠了我一个玳瑁脂粉盒，我们虽然彼此有意，但内外防范严密，没有得到机会相会。后来这件事被其他的仆人们发觉，他们就向贾似道进谗言，于是我与郎君就一起被赐死在西湖断桥下面。郎君现在已经转世为人，而我还依然是鬼，这难道不就是命吗？"说完，女子呜咽着流下了眼泪。赵源也为此伤感动容。过了很久，赵源说道："如确实是这样的话，那么我和你就是两世的缘分了，应当更加相亲相爱，以补偿以前的心愿。"从此，女子就留在赵源的住处住下，不再离去了。

赵源本来不擅长下棋，女子就教他下棋，把奥妙都传给了他，平日那些以棋艺著称的人，现在都比不过赵源了。

女子每次说到贾似道的旧事，凡是她所亲眼看到的，总是讲得很详细。她曾说：一天，贾似道在楼上凭栏眺望，所有的姬妾都随侍着。正巧有二人戴着乌巾，穿着白衣，乘小船从湖中上岸。一个侍妾说："真漂亮啊，这两个少年！"贾似道说："你愿意侍奉他们吗？那就让他们来下聘。"侍妾笑着没说话。过了一会儿，贾似道让人捧着一个盒子，将侍妾们都叫到面前说："这是刚才为某侍妾下的聘礼。"打开盒子来看，原来是那个侍妾的头，姬妾们都胆战心惊地退下了。

贾似道又曾经贩运几百船的私盐到都市出售，从太学里传出一首诗写道：

昨夜江头涌碧波，满船都载相公醝。虽然要作调羹用，未必调羹用许多！

贾似道听说后，就把那个写诗的人打入了监狱，以诽谤罪论处。他又曾在浙江西部推行公田法，老百姓吃足了苦头，有人就在路边题写了一首诗道：

襄阳累岁困孤城，豢养湖山不出征。不识咽喉形势地，公田枉自害苍生。

贾似道见到后，抓到了那个人，把他充军到边远地区。

贾似道又曾斋供一千名道士，数量已经够了，最后有一个道士，衣衫破烂不堪，到门前求斋食。主事的人因为斋供的数量已满，不肯引他进去，道士坚持求斋，不肯离去，主事人不得已，只好在门边施斋食给他。道士吃完斋食，把钵盖在桌上就走了。大家都用力想把那个钵拿起来，但钵却纹丝不动。仆人向贾似道禀告，贾似道亲自来把钵拿起，才发现钵下有两句诗道："得好休时便好休，收花结子在漳州。"他这才知道是真仙降临却没有认出来，但始终不理解漳州这一句话的含义。可叹啊，谁知道以后会有在漳州木棉庵被郑虎臣杀死的灾难呢！

此外，曾经有一个船家把船停泊在苏堤，当时正是盛夏酷暑，他躺在船尾，整夜睡不着。忽然，他看到有三个不到一尺长的小人，聚集在沙洲上。一个说："张公要到了，怎么办呢？"另一个说："贾平章不是一个有德行的人，我绝对不会宽恕他！"还有一个说："我是完了，你们还可以看到他的败亡！"说完后，互相哭着跳入水中。第二天，渔夫张公抓到一只大鳖，有二尺多长，把它送到了贾府。果然不出三年，贾似道就大祸临头。大概动物也有先见之明，只是命运气数不可逃避而已。

赵源道："我如今与你相会，难道就不是命运吗？"女子道："这确实不错啊！"赵源道："你的精气能够长留于人世吗？"女子道："气数尽了就会散失。"赵源问："那么会在什么时候呢？"女子回答："三年而已。"而赵源却不相信。

到了三年的期限，女子卧病不起。赵源要请医生，女子不愿意，说道："我以前就跟郎君说过了，以前的缘分，夫妇的感情，都要结束了。"随即拉着赵源的手臂，与他诀别道："我以阴间之体，得以侍奉郎君，承蒙你不嫌弃我，我们一起盘桓了这么长时间。前世因为一念私情，我们都陷入无法预测的灾祸中。但是即使海枯石烂，这份感情也难以消除；即使地老天荒，这份感情也不会泯灭！现在有幸能继续前生的缘分，履行往世的盟约，在这里三年，我的心愿已经满足了，请让我从此告别，也不要再想着我了！"说完，女子面朝墙壁而睡，再叫也不应了。

赵源十分悲伤，为她备办棺木入殓。将要下葬的时候，他对棺木很轻感到奇怪，打开棺木一看，只有衣被、头钗、耳环等物事在里面。于是只好在北山脚下为她建了一个衣冠冢。赵源感念绿衣女子的深情，此后不再娶妻，到灵隐寺出家做了和尚，以此了结了余生。

附录

秋香亭记

元至正年间，有一个姓商的年轻人，跟着做官的父亲到了苏州，寄居在乌鹊桥，他家的隔壁是弘农杨氏的宅第。杨家是元延祐年间的大诗人浦城公杨载的后人，杨载当初娶了商家的女儿为妻，他的孙女叫采采，和商生是姑表兄妹。杨载当时已经去世，但是他的妻子商氏还在人世。商生年纪小，气质清和，性格温厚纯良，和采采都还在童年时期。而商氏，就是商生的姑奶奶。每当读完书有空闲的时候，商生都和采采在庭院里玩耍。商生特别被商氏喜爱，她曾经抚摩着商生并指着采采说："你要好好努力用功，我的孙女绝不会嫁给别人，以后让她嫁给你，以延续杨、商二姓的亲戚关系，使两家永远交好。"采采的父母听到这话很高兴，马上就想让女儿嫁过去，但是商生的父母因为儿子年幼，怕耽误了他的学业，就请求等过些时候再商量婚嫁的事。商生和采采因为商氏的话，也更加亲近友爱。

几年之后，这一天刚好是中秋节，两家人聚会饮宴，都有点醉了，于是就一同到商生家庭院里的秋香亭散步。那里有两棵桂花树，树荫浓郁，桂花也正在盛开，月亮圆圆，花香浓郁，商生和采采曾私下里在树下彼此吐露心声。后来，采采的年龄渐渐大了，就不再到商家来了，也只是每年的伏、腊节日，两人以

91

兄妹的礼节在中堂见一见面而已。闺房深幽，没有办法互相表达深情。过后一年，秋香亭前的桂花刚开，采采就以折花为借口，用碧瑶笺写了两首绝句，让侍女秀香拿去交给商生，并且要商生应和。两首诗道：

秋香亭上桂花芳，几度风吹到绣房。自恨人生不如树，朝朝肠断屋西墙！
秋香亭上桂花舒，用意殷勤种两株。愿得他年如此树，锦栽步障护明珠。

商生看到诗后，十分惊喜，于是当即吟出了两首绝句，写在纸上作为应答，交给侍女拿去。两首诗道：

深盟密约两情劳，犹有余香在旧袍。记得去年携手处，秋香亭上月轮高。
高栽翠柳隔芳园，牢织金笼贮彩鸳。忽有书来传好语，秋香亭上鹊声喧。

商生起初只是喜爱采采的容貌而已，却不知道她的文采也这么好，看完她写的两首诗后，高兴得都要疯了。此后只是每天翘首以待，等着结婚的日子到来，再也不考虑其他事了。采采后来因为多情思念而染上疾病，她担心商生不了解自己对他的眷恋之情，就在吴绫帕上题写了一首绝句，让侍女拿去送给商生。诗道：

罗帕薰香病裹头，眼波娇溜满眶秋。风流不与愁相约，才到风流便有愁。

商生读完这首诗后十分感慨，但没来得及和诗酬答。正好这时高邮张士诚起兵造反，三吴一带兵荒马乱，商生的父亲就带着全家回到了杭州，接着又辗转迁徙到会稽、四明一带躲避战乱。而采采一家也搬到了金陵，两家从此有十年不通音讯。

吴元年（公元1367年），明朝统一，各地的道路这才畅通无阻。当时商生的父亲已经去世，商生独自侍奉母亲居住在钱塘县老家，他派以前的老仆人前往金陵寻找采采，可采采却已经在至正二十四年（公元 1364 年）嫁给了太原姓王的人家，并且已经有了孩子。仆人回来报告，商生虽然感到惆怅绝望，但始终想向采采倾吐一下心事，以表达自己的感情。于是他就买了两盒剪彩花、一百块紫绵面脂，派仆人带往金陵送给采采。因为恨她背弃了当初的约定，也不再写信，只是让仆人以自己的名义，假托是亲戚，请求见一面，以了解采采的情况。

王家也是金陵的大户人家，在街上开了一个彩帛铺子。正巧采采独自一人站在帘子后面，看到仆人在门口想进又不敢进的样子，急忙呼唤他道："你不是商兄家的老仆人吗？"采采随即让仆人进来，询问商生的情况，神色间很是忧伤。仆人把两样礼物送给她，采采奇怪怎么没有商生的书信，仆人就详细地把商生的意思告诉了她。采采抑郁叹息，一时说不出话来，只是用酒菜招待仆人，约他明天再来讨回话。

第二天，仆人依约前往，采采裁剪印有墨线格子的绢纸，写信给商生道：

承蒙你派人来详细叙述了此前发生的事情。只恨老天不能成全我们，以致我们的事情多有阻隔。自从元朝政治混乱，各郡遭受兵灾，大的受到损伤，小的被灭亡，弱肉强食，接连遭受祸乱，到如今已经十年了。我有幸能生存下来，但已不是原来那个我了，只能东奔西窜，左逃右避。这期间我的祖母去世，父亲也亡故了。我既要避乱兵的狂暴，又要忧虑贞节的保全。我想遵守以前的约定，但是你却音讯全无；想讲求小忠小信，为你殉情，可就算死了也都没人知道是怎么回事。我无奈只好委身嫁人，苟活人世，虚度时日，顾念自己孤独的弱体，偏偏会遭遇困苦颠沛的凶年，所以常常触景生情，逢时起恨，虽然在应酬的时候也勉强露出笑脸，但是寂寞孤独之中却仍然不胜伤感。追念往事，就好像昨天刚刚发生一样。你的信我早已铭刻心中，你的声音总在我耳畔响起。为此我常常夜不能寐。看看自己日渐消瘦的容貌，知道我的憔悴完全是为了你。我常常惆怅跟你后会无期，也哀叹自己今生只能虚度！哪里料到你并没有忘记我，仍然深深挂念着我。又送上彩花、唇膏等装饰品，使我日渐衰败的脸色顿时改观。

你对我的恩惠真是太多了！我虽然承受了这些恩惠，但是却更增添了我的惭愧。更何况我近来形销骨立，食量大减，而心中郁结难以平息。我知道自己活在世上的日子已经不多了，有时也会感叹自己这一生就像寄宿在旅店一样。表兄如果见了我，也会厌恶我的，哪里还会怜爱我呢？假如我们的情缘还没断，那么来生一定会结为夫妻。写这封信的时候我低声哭泣，悲伤得难以自持，我又特意写了一首七律给你，倘若你能够体察我的意思而原谅我，那么我就虽死犹生了。诗是：

好因缘是恶因缘，只怨干戈不怨天。两世玉箫犹再合，何时金镜得重圆？

彩鸾舞后肠空断，青雀飞来信不传。安得神灵如倩女，芳魂容易到君边！

商生收到书信之后，虽然不再有破镜重圆的盼望，但还是依韵和了一首七律以排遣自己的思念之情。诗中写道：

秋香亭上旧因缘，长记中秋半夜天。鸳枕沁红妆泪湿，凤衫凝碧唾花圆。

断弦无复鸾胶续，旧盒空劳蝶使传。惟有当时端正月，清光能照两人边。

商生把采采的书信和自己的诗一起收藏在衣箱中，每次拿出来看，就要寝食无味好几天，这是因为他始终不能忘记自己同采采的感情的缘故吧。商生的朋友山阳县瞿佑对这件事知道得很详细，他既以道理劝慰商生，又填写了一首《满庭芳》词来记载这件事。那词中写道：

月老难凭，星期易阻，御沟红叶堪烧。辛勤种玉，拟弄凤凰箫。可惜国香无主，零落尽露蕊烟条。寻春晚，绿阴青子，鹈鴂已无聊。

蓝桥虽不远，世无磨勒，谁盗红绡？怅欢踪永隔，离恨难消！回首秋香亭上，双桂老，落叶飘飖。相思债，还他未了，肠断可怜宵！

我记述了这件事的始末，附在《古今传奇》的后面。多情的人读了它，则会感到章台柳被他人攀折，让才子佳人遗憾无穷。而仗义的人听说这件事，就会去寻求茅山道士的假死之药，使侠客之心长存！但是人们又哪里知道，真正的结局不过像上面所说的而已！

寄梅记

朱端朝，字廷之，宋王朝南渡临安后，他在太学里修习课业，与一个叫马琼琼的妓女很要好，时间久了，感情更加密切。朱端朝很有才华和文采，马琼琼知道他不是久居贫贱的人，于是就对他倾心相爱，凡是各种开销花费，都全力提供给他，并且屡次说要把终身托付给他。朱端朝虽然嘴上答应了，但心里却并不同意，这是因为他的妻子很泼辣悍妒，不是因为他负心薄情。

当时正好遇上秋季乡试，朱端朝获得了优胜。马琼琼高兴地慰劳他。于是朱端朝更加勤勉奋发，在春季的进士考试时，果然又有捷报传来，中了优等。等到了当庭对答的时候，朱端朝有些太过偏激，于是被点为甲等下级。

起初，朱端朝被选授为南昌尉，马琼琼竭力向他恳求道："我流落风尘之中，出身又卑贱，承蒙郎君你不嫌弃我。今天你的名字已经荣幸地登列在官吏的名册之中了，此后你我也将要如天地隔绝，我也不能再侍奉你了。而我这一生，也终将沉沦了！实在是太可怜！希望你能够替我谋划脱离乐籍的事，让我永远服侍你。郎君的家政虽然谨严，我一定迁就遵从，不敢唐突冒犯。如果万一能够让我脱离苦海，那么我从你这里得到的恩惠就实在不浅了。况且我的财产比较富足宽余，如果尽力图谋，脱离乐籍也应该不会太困难。"朱端朝说："谋划替你脱离乐籍的事固然容易，只是我担心这样做不能让家里人不嫉妒。我考虑这个问题也已经很久了。你的情意深厚，如果阻止你，我就近于无情无义，如果顺从你，我又担心会对不起你，怎么办呢？但既然这是你的心愿，我会慢慢劝慰我的妻子，让她柔顺一些，这样差不多能相安无事。否则，就没有其他办法可想了。"

一天晚上，朱端朝趁着空闲对妻子说道："我长时间在太学学习，虽然最近获得了一个官职，但是因为家里贫穷，急于谋求俸禄，又怎能等待得了几年的候补期？而且我所获得的官职，实在是出于妓女马琼琼的恩赐。现在她想拿出所有积蓄，托我替她销去乐籍。她是个很小心的人，能够迎合别人的意思，倘若真能让她脱离风尘之苦，也算是我们对她的恩惠。"妻子道："既然你主意已定，我也没有什么话可说。"

于是朱端朝高兴地回复马琼琼道："起初我还担心她不同意，所以我试着问她，没想到她竟欣然同意了。"朱端朝于是想方设法到处求托，马琼琼的妓女名籍最终得以销去，她就带着财产与朱端朝一起回家了。

到家以后，妻妾的关系还不错。朱端朝得到马琼琼带来的财物，家境也逐渐富足了起来。于是另外开辟了一个地方，建了两栋楼，以东、西来命名，东楼给妻子居住，让马琼琼住在西楼。

候补期满以后，来迎接他的小吏到了。朱端朝因为路途遥远，俸禄又少，不想带妻妾一起去，就独自一人去上任。快要出发的时候，家里设了酒宴为他饯别，朱端朝叮嘱她们说："以后凡是写家信，你们俩合写一封，我回信也这样。"朱端朝到了南昌，半年以后才得到家里的消息，但只有妻子的一封书信，他当时也没有放在心上。而朱端朝的回信到家之后，马琼琼也看不到，向妻子要吧，又遭到妻子的猜忌。马琼琼于是秘密地派遣了一个仆人，多多地给他盘缠，让他把一封信送给朱端朝，并嘱咐他说："千万不要让夫人知道这件事。"书信送到南昌，朱端朝打开一看，没有一字说到家里的情况，只有一幅马琼琼画的梅雪扇面而已。朱端朝反复观赏玩味，发现扇面后题有一首《减字木兰花》词，词中写道：

雪梅妒色，雪把梅花相抑勒。梅性温柔，雪压梅花怎起头？芳心欲破，全仗东君来作主。传语东君，早与梅花作主人。

朱端朝收到信以后就坐卧不安，日夜想着辞官回去。因为这意外获得的官职，都是靠马琼琼的力量，所以不能忘本。不久，朱端朝终究假托生病而弃官回家了。

到家之后，妻妾一起出来迎接，问他为什么任期未满就突然回来了。可怎么问他，他都不回答。一会儿，摆酒接风，朱端朝会集二阁说道："我留在千里之外做官，希望的是家里人能够和睦相处，以使我稍稍感到安心。前不久，我见到琼琼寄来的梅扇词，读了之后使我寝食不安，我怎么能不回来呢！"妻子听了，说道："你现在已经做了官了，你来试着评判一下谁是谁非吧。"朱端朝说道："这个不是用嘴可以说得清楚的，你还是去拿纸笔来让我写出来吧。"接着，他就作了一首《浣溪沙》词，词是这样的：

梅正开时雪正狂，两般幽韵孰优长？且宜持酒细端详。梅比雪花输一白，雪如梅蕊少些香，天公非是不思量。

从此以后，妻妾和好如初，而朱端朝也不再出去做官了。

续卷一

长安夜行录

在明代洪武初年，汤铭之和文原吉两个人文采斐然，政务能力都十分显著，被时人所推崇。后来，他们一起随秦王朱樉到所封的领地去，汤铭之被授予了右相职位，文原吉被授予了左相职位。当时四海升平，民阜物丰，关中又留存了汉朝和唐朝的许多遗迹，汤、文二公在辅佐秦王理政之余，徜徉在诗酒之中，悠游于山川之间，寻访古迹幽踪，没有一日停歇过。

一天，文原吉对汤铭之说："我们幸好没有公务的劳累，才有了赋闲的时间，汉代几个帝王的陵墓，都在这里，可以去登高赋诗，这应该是最好的时机吧？"府僚洛阳巫医马期仁说："汉高祖刘邦的长陵、汉惠帝刘盈的安陵、汉景帝刘启的阳陵以及汉昭帝刘弗陵的平陵，都在渭北咸阳平原上，高十二丈，周长为一百二十七步。只有汉武帝刘彻的茂陵在兴平县东北十七里，高十二丈，周长一百四十步，陵墓的形状方方正正，样子像一只倒覆的斗；陵墓的东面是将军卫青的墓；再向东是将军霍去病的墓，人们说形状很像祁连山；西北，是丞相公孙弘的墓，往西一里是李延年的妹妹李夫人的墓。这里山川雄伟秀丽，与其他地方大不相同。你们如果想去游览，应该先从茂陵这里开始。况且兴平离这里只有十八里地，一天工夫就可以到达了。"汤、文二人采纳了他的建议。次日是九月二十日，马期仁随汤、文二人前往茂陵，返回时，马期仁骑的马在半道上就疲惫无力了，追不上汤、文二人，于是就信马由缰慢慢前行。不大一会儿天就黑了，路途又远，快到二更天的时候，有鸟在夜空中惊叫，还有狐兔在路当中奔跑，马期仁看到这些心中很害怕，虽然害怕，但还是照样赶路。

往前赶了一会儿，他隐隐约约地看到前面好像有灯光，考虑到不远的地方应该住着人家，他就扬鞭催马向前。真是一座宅院，双门大开，屋内还亮着灯。马期仁下了马，把马拴在院子里的大树上，进屋坐在客位上，很长时间没有人出来招待，他又不敢贸然敲内院的门，只好屡屡咳嗽，让他们知道有人来了。不大一会儿，一个仆人从便门跑了出来，询问马期仁来处。马期仁就把实情相告，这仆人"唯唯"答应着又离开了。

没多大一会儿，主人模样的一位青年男子从内院出来了，身穿韦带布衣，相貌温和纯正，一副潇洒的样子。他向马期仁行礼寒暄，问些旅途劳顿的话，言辞简约，很是得体。茶后，这位男子引马期仁到中堂。这堂屋内的规制幽雅沉静，花卉芳香四溢，桌几雅致清洁。坐下来之后，这男子就叫自己的妻子出来拜见马期仁。马期仁一看，年龄二十多岁，真是国色天香，着衣平常，不爱浓妆艳抹，略施脂粉，往来于香烛云烟之中，柔婉美好，就像是仙女临凡一般。马期仁内心思索那青年男子是平常人，这妻子却如此美貌，一定是精怪，但也不敢多问。

男主人摆设宴席，杯盘罗列的菜肴，虽然不是丰盛极佳，但也是新奇精美，或许并不是人间食材。那青年男子十分殷勤地屡屡劝酒，酒过半巡，夫妻二人同时站起拜揖说："马公是前程似锦的贵人，我们有个小小的恳求，想托马公昭雪于世。"马期仁说："你们夫妇是什么人？有什么事？"那青年说："马公不要恐慌，我们会以实情相告。我们是居住此地已经七百余年的唐朝人，从来没有人到过这里。今天马公光临，应该是天意吧。我们的沉冤应该可以得到昭雪了。"马期仁说："愿闻其详。"那青年却又羞愧低头，欲言又止。这时，他的妻子说道："这有什么呀！我来说吧。我丈夫是唐开元年间长安的卖饼师傅，皇子李宪做宁王时，在兴庆坊建造府第，我们家正好靠近王府。我的丈夫本来是个儒生，因为知道定会发生安史之乱这样的事情，所以就以卖饼自隐自晦，我也因此操持家务，洗碗卖饼，从没有认为干此家务活是耻辱。一次，宁王经过我们家门口，看到我就喜欢上了，而我的丈夫又没有能力保护我，于是就被宁王夺去了。我一进王府就以死明誓，不食不言。宁王派人对我百般劝说，我仍不理不睬。一天晚上，宁王召见我行床帏之事，我推托例假来了，不能同房，才得以幸免。一个多月后，宁王对我无奈，只好骂了我一顿打发我回家。当时的史官就没有记载我们夫妻的事情，在唐代孟棨的《本事集》说：'唐宁王府旁，有一个卖饼者的妻子，长得很漂亮。宁王娶入府中一年，问她：还想念卖饼的丈夫吗？就把卖饼的人召来使他们相见，两人相见后泪如雨下，宁王怜悯他们，就让卖饼人的妻子回家了。'实不知，我被抢入王府前后总共只一个月，他却说有一年的时间；我拼死才得以被遣送出王府，他却说召我丈夫让我们相见；宁王没有询问过我，也没有让我丈夫到过王府。实在是难以忍受他们这样胡编乱造。而尘世中的无聊文人还有写《饼师妇吟》来记录我这件事的，过分渲染，也是在显示夸耀他们的才学，以致有诗说：'当时夫婿轻一诺，金屋茄槛两迢递。'天哪！回想那时，实在是形势所迫，宁王的气势盛炽，我丈夫还敢喘大气儿吗？今天以'轻一诺'来形容我丈夫，难道不冤枉吗？我们就是想以这件事拜托马公。"

马期仁言道："真是应该赞许像你这样守节的妇人，更应该秉笔直书来振奋风俗，却让沉默不彰，九泉之下怎么会不抱恨、含冤于百世之后呢？我虽文才平平，但是愿意为你显扬事迹。只担心此事已经传说很久了，世人都很了解旧说，一旦纠正，会让人怀疑。我想知道你们的姓名，以此来补正史官的缺失，不知道可以吗？"那青年听了，不高兴地说："如果显扬我们的姓名于人间，那么，我们更加抱愧得没有尽头了，这不是我们所希望的。"马期仁问："那怎么办呢？"青年说："只求把以前人们讹传的事，辨正一下就足够了。"马期仁又问道："历史上说宁王十分明智，辞让太子之位，堪称李唐宗室中的杰出人物，难道他会做这等不仁道的事吗？"青年说："他本就如此，有什么可奇怪的吗？在当时几个宗室王中，宁王还算得上是最喜欢读书好学的了。虽然他仗恃皇帝的恩宠，做些不仁的事，但看到我的妻子以礼守节，最终还是不能侵犯她。而其他宗室王的所作所为，那就更不值一提了。像岐王李范用餐，不设餐桌，以舞妓手捧器皿，让他品尝。申王李㧑在冷天把两只手放在歌伎的怀中取暖，从不烤火，一会儿就换好几个人。薛王李业则把木头雕刻成一个穿着青衣的美人，晚上宴饮时就摆设木人执持烛火，伎乐杂乱，歌舞繁多，那烛火特别奇怪，客人如果想纵情娱乐，烛火就自然熄灭，等事情完毕，烛火又重新燃起，也不知他玩的什么法术。像这样的事情，不胜枚举，穷奢极侈废弃了一切礼仪法度。如果我妻子落在他们手中，恐怕真就出不来了，从这个角度看，宁王的贤惠德行是可知的。"夫妇在酒宴完毕后各赠一首诗给马期仁，丈夫的诗为：

少年十五十六时，隐身下混屠贩儿。乍可无营坐晦迹，不说有学行求知。
四时活计看垆鏊，八节欢情对酒卮。紫糖旋泻光滴乳，白面新和软截脂。
大堪纳吉团遮筥，小可充盘圆叠棋。火中幻出不亏缺，素手纤纤擎日月。
汉贤逃难亲曾卖，今我和光还自匿。室中莱妇知同调，窗下儒仲敦高节。
自从结发共糟糠，长能举案供薇蕨。怡怡伉俪真难保，布服荆钗有人悦。
乐昌明镜一朝分，奉倩寸肠中夜绝。内家非是少明眸，外舍寒微岂好逑？
宝位鸿图既云让，柳姿蒲质底须留？贫贱只知操井臼，凡庸未解事王侯。
去剑俄然得再合，覆流信矣可重收。愿挥董笔祛疑惑，聊为陈人洗愧羞。

他妻子的诗为：

妾家阛阓本寻常，茆屋衡门环堵墙。辛勤未暇事妆饰，婉婉惟知佩礼章。
前年嫁得东邻子，博学多才贯经史。致身不愿取功名，鬻饼宁甘溷闾里。
朝朝日出肆门开，童子高僧杂遝来。得钱即已随闲户，促席相看同举杯。
何期忽作韩凭别，赴水坠楼心已决。红莲到处洁难污，白璧归来完不缺。
当代豪华久已亡，贞魂万古抱悲伤。烦公一扫荒唐论，为传梁鸿与孟光。

马期仁吟咏品鉴再三，随后放进袋中。那青年就让仆人引客人到东厢房休息。一会儿，只听得远方寺庙的钟声阵阵，还有邻村的雄鸡打鸣，天色发白，曙光渐起。马期仁睁眼，只见身沾湿淋淋的露水，马正在一旁不停地吃着草。他环顾四面，寂寥一片，宅院与众人都不见了。马期仁回去把诗呈送给汤、文两公看，他们都很欣赏，认为确实得唐诗真传，为使这些诗流传后世，命工匠把这两首诗镌刻在郡国东壁上。后来，马期仁果然凭借文才学问升官做了翰林，八十九岁才亡故，符合"前程似锦"的说法。汤铭之后来做了吉安太守，听说还经常对人们说起这件事的详细情况。

听经猿记

在江西庐陵郡的属邑吉水县，有一座盘亘近百里的东山，其威势可谓雄镇一方，而且这座山秀丽清奇，远远望去就如同是一幅美丽的图画，令人赏心悦目。后唐天成年间，有一位禅师，用茅草屋在东山绝顶上建造了一座庵庙修行。只见这里树木极为茂密，道路也崎岖不平，经年累月，都没有什么人能够来到这里。也只有砍柴的人来到这里的时候，看到禅师坐在松树下，有众多的鸟儿衔着野果停在他的面前，而禅师则以这些停放在眼前的野果为食，吃完后群鸟就会飞走。那些砍柴人回来后把这件事告诉了别人，于是便有不少人来到东山绝顶的草庵寻访。到达绝顶后，只见禅师正在鼾睡，旁边有兔子为他暖脚，床边有小鹿给他做护卫。看到这种情形，大家都感到十分惊奇，随即争着为禅师清除地皮，搜集木材，打算要为禅师修建一座华丽宏大的寺庙。

在寺庙开工前，禅师把工匠们召集起来对他们说："你们这些手艺人平时一定是经常喝酒吃肉，可是这里的山神老虎非常厉害，千万不能够轻易冒犯，你们打算怎么办呢？"工匠们齐声说道："我们在建造寺庙的时候，愿意断荤戒酒，避免冒犯山神。"说完后，禅师点头表示同意。

一个多月后，有个工匠忽然想吃肉，实在忍不住了，所以就私自跑下了山，过了好几天才回来。这天，他正在砍削建造寺庙的木头，可忽然间从墙壁外跳进来两只大老虎，它们一左一右地就站立在这个工匠的面前，双眼紧紧地盯着他，并且向他发出咆哮吼叫的声音。这个工匠惊恐万分。禅师对他说："看来，你一定是犯了戒，还是赶快老老实实地招供，招供后我自会让它们走开。"于是，工匠便把腰间的布袋解下来交给禅师，说道："那天我正好路过醪桥集市，实在没有忍住就买了一块熟牛肉，带来作为下饭菜，除此之外再也没有其他的了。"禅师说："这就对了。"说完禅师随即把牛肉截作两段喂给了老虎，并抚拍着虎背说道："老虎你们暂且回去吧。"只见话音刚落，两只大老虎就消失不见了。这件事过后，人们对禅师更加敬佩了。也正因如此，金银财帛的施舍，就像河水一样汇聚到这里，就这样庙宇没过多长时间就建成了，整座寺庙壮盛严整，令人肃然起敬。

庙宇落成后，禅师为了报答各位施主就为大家讲法说经，说得非常精妙。一会儿，禅堂下忽然涌现出五口井来，井里贮满了米、面、油、盐和蔬菜，禅师就把这些东西施舍给了大家，而这些东西不多不少正好够。禅师说："这是五方龙王用来救济那些匮乏的人的，我们可以把这座山取名为'龙济山'，把这座寺庙取名为'清凉寺'。"现在那四口井已经湮没，唯有一口井还在。寺庙前有许多高大茂盛的树木，遮天蔽日。而在树下有一块平坦的大石，禅师常常会坐在上面念经，已经成为常例。

有一只老猿猴经常在树间栖息，天天来偷听禅师念经，并且看着禅师已经很眼熟了。一天，禅师有事离开，老猿猴就从树上跳了下来，自己穿上他的袈裟，扮成禅师的模样在大石上念经。禅师回来的时候正好撞见了这一幕，老猿猴见到禅师就跟跟跄跄地逃走了，禅师没有多问，也没有把这件事告诉给其他的僧人，只是在心里记住了它，并且说道："看来，这只猿猴已然领悟了佛法。"第二天，果然有一位来自峡州的袁秀才到访，禅师知道后，就请他进来相见。只见袁秀才穿着黑色的衣服，头上戴着黑色的头巾，风采质朴。行完礼后，秀才对禅师说道："我姓袁，字文顺，峡州人氏。虽然家族庞大兴旺，但是对仕途没有什么追求，唯独我袁逊想要在京城求个一官半职，志在追求功名。但是明宗李嗣源是胡人，用人不明，晚年更是昏庸，不辨庸贤奸善，以至于贤良优秀的人才都遭到埋没未有提拔，我在京城滞留这几年，也终究是无所事事，无甚成就。后来，有一个知己好友推荐我做端州的巡官。我想着端州这个地方穷山恶水，还有瘴气，心里非常不情愿。而我的那个朋友劝我说："你既然已经窘困到了这种地步，哪还有什么余地选择自己任职的地方呢？"无可奈何，我这才带着一家老小走马上任。可还不到一年的工夫，妻儿都相继去世了，唯独留下我孑然一人，此后也就没有再做官。所以，我常常在江湖之间游荡，游山玩水，谢绝一切名利场上的纷乱；问道参禅，与人谈论佛经中的空空之道。如今听说有高僧在这里建立大法幢，所以我才远道而来，希望能够依靠您的这块净土。皱眉蹙鼻，原本也并不是嗜酒如命的陶潜；伸手来回推敲，却倒像是苦吟诗句的贾岛。如果有幸大师能够不嫌弃我，那我就心满意足了，没有什么可追求的了。"说完，他便拿出一封拜师的书札交给禅师。书札用的是骈文体：

我私下里认为区区梦幻之身，大概是由于前生造的孽；熟悉三峡这布满烟霞的道路，也算是结了个善缘。凡是处在天地之间的，都处在轮回之内。我恭敬地致书龙济山主人，修公大禅师座下：

您灵性浑融如明月，双目洞明能够识破一切。推衍术数的高明要超过图澄，逞露神通与杯渡相比也远远超过。菩提本无树，论讲佛法您要远远高出同辈；松柏枯倒变为柴薪，浮名世事也属一场泡影。十方瞻仰，四众归依。像我袁逊这样的人，不过是天地间一根毫毛，只能在山林活动，悲来抱树，有谁可怜我伤弓之鸟的凄惨；途穷则遁入树林，哪有时间选择好树居住？无家可返，有佛堪依。心中衰痛妻子和孩子沦亡，蹉跎岁月使功名无着。逢人舞剑，素来不是通臂之才；过寺题诗，忽然兴起归山之兴。天旋地转，无端变化经过了多少次湮沉；春去秋来，管什么繁华有枯槁。想要出类而拔萃，除非舍妄以归真。请大师指引迷途，让我步入涅槃之路；导领我登上觉岸，攀上般若之舟。我衷心希望您慈悲，和南摄受！

禅师看完，对他说："绝好的文才，同时又通佛典，承蒙你不以此地为僻远，定能使佛寺增添雄伟宏伟的气象。只是有一件事不便，我不敢不告诉你。"袁逊说："什么事？请您明示。"禅师说："你如果顶着头巾蓄起头发修行，在我们佛教里就叫作猕猴戴帽，并不就像人；如果即刻让你剃去头发穿上僧衣，在你们教派就叫作打着儒家的名义，却是墨家的行动。像这样两种情况，你怎么处理呢？"袁逊恭敬不安，好像脸上还有几分愧色。过了很久，才说道："只要心向禅宗，又何妨通俗的打扮？希望不要拘泥于外形。倘若能够食用吃残一半的山芋，那李泌自然是俗人；能够补写未抄完的佛经，房琯难道不是僧徒吗？佛门广大，什么人不能包容呢？"禅师说："像你这番话，真可以说是朝三暮四的猿人了。"袁逊说："为什么这样厉害地讽刺我？"禅师说："随便说说而已。"于是禅师就把袁逊留在西馆，让他教教小和尚。

袁逊虽然天分聪明，文辞敏捷，但是玩耍腾跃屋梁，喜欢作小孩子的样子。有时他在床上结跏趺坐，用被子蒙住头，让僧徒向他礼拜，说："这是白衣观音现身了。"有时又在佛龛中张开两腿像簸箕那样坐着，用深蓝色的染料涂在脸上，让厨工向他致敬，说："这是洪山大圣前来监督斋食。"有时他又会把蛇放在碗钵中，说这是降龙；有时还将猫儿缚在座位下面，把这叫作伏虎；像这样的情况不一而足。寺里的僧侣很讨厌他，就向禅师禀告。禅师笑着说："这不过是故态复萌罢了，好好对待他。"众人于是不敢再说，而袁逊也依然如故。但是山中景物，经过他题写吟咏的很多，以致多得不能全部记录下来，这里仅仅抄录其中写得特别好的一小部分：

题解空寺
古塔凌空玉笋高，斜阳半压水嘈嘈。老禅掩却残经坐，静听松声沸海涛。

书方丈

凡曲风琴响暗泉，乱红飞坠佛龛前。白云深护高僧榻，不许人间俗客眠。

送僧出山

松翠侵衣屐印苔，杖藜几度此徘徊。山僧忘却山中好，去入红尘不再来。

咏　鹤

远辞华表傍玄关，别却浮丘伴懒残。金磬数声秋日晚，双飞带得白云还。

赠　僧

一瓶一钵一袈裟，几卷《楞严》到处家。坐稳蒲团忘出定，满身香雪坠昙花。

布袋和尚

童子牵衣也不管，放下布袋打鼾睡。萦缠只是贪嗔痴，解脱无过戒定慧。

毛女图

衣纫槲叶不须裁，萝月秋悬宝镜开。鹤背几随王母去，蛾眉曾识祖龙来。
蟠桃结子三回熟，若木为薪十度摧。回首同时金屋伴，重泉玉匣葬寒灰！

落　叶

万片霜红照日鲜，飞来阶下覆苔砖。等闲不遣僧童扫，借与山中麇鹿眠。

方丈巢燕

花正开，雨霁春欲回。缂垒成双到，穿帘作对来。

飞上下，上下去又还。白门辞王谢，出入傍禅关。

钟梵定，长廊清昼静。远近雏学飞，呢喃语堪听。

栖寺好，画栋雕梁巢莫保。秋去春复来，永伴山僧老。

山中四景

门径苔深客到稀，游丝低逐软红飞。松梢零落飘金粉，童子枝头晒衲衣。

风敲窗竹惊僧定，鸟触残花坠涧香。《圆觉》半函看已了，纫针自补旧衣裳。

几点归鸦几杵钟，纷纷凉月在孤峰。清霜独染千林树，明月漫山一片红。

十笏房清百衲温，名香长是夜深焚。道人爱看梅梢月，分付山童莫掩门。

禅师有一天忽然身登佛堂，命令侍者把袁秀才叫来，告诉他说："秀才，腊月三十到了。"袁逊回答："我已知道了。"禅师随即唱偈暗示他说：

万法千门总是空，莫思啸月更吟风。这遭打个翻筋斗，跳入毗卢觉海中。

袁逊顿时大彻大悟，也作二偈回答禅师说：

泉石烟霞水木中，皮毛虽异性灵同。劳师为说无生偈，悟到无生始是空。
万种喽啰林大节，千般伎俩木巢南。从今踏破三生路，有甚禅机更要参?

唱完，袁逊端坐圆寂。禅师集合僧众说："这个人有奇特的地方，你们不可草率，必须仔细观察。"众僧于是围着，也细细观察，原来是一只猿猴。禅师这才给僧众说以前发生的事，众僧都赞叹称异。点燃柴草火葬他的时候，禅师亲自抚摩他的头顶说："二百年以后，包你受用。"

到了宋朝南渡末年，有一个普通百姓家的妇女，怀孕将要生产，忽然梦见一只猿猴进入房内，结果生了一个男孩，相貌与猿猴十分相似。等到他长大成人，却不喜欢娶妻生子，坚决要求出家当和尚，父母只好顺从他，送他到龙济山做了和尚，法名叫作宗鉴。以后他在修持方面的声望很高，常常是虎作侍者，猿作随从，变化神奇莫测，简直说不完，世人叫他肉身菩萨。宗鉴果然能够重修佛寺，大转法轮，像吉水的螺山接待庵、永宁桥，都是他所建造的。由于他的法号叫支云，寺院里也叫他为支云鋆禅公。他有十卷语录和四卷文集，其《蛇秽说》一文尤其在各地流行。至今龙济山的寺庙仍奉他为重开山祖师。在他坐化的忌日，仍然有虎群围绕宝塔这样灵异的事。后人按照宗鋆出生时间推算，正好符合修禅师的预言，也真是神。

月夜弹琴记

　　乌斯道，四明人，是一位学识渊博、为人正直的君子。明朝洪武初年，他出任吉安府永新县的知县，到县学府去谒拜先圣孔夫子时才上任三天。当时，他隐隐约约好像看到殿堂前柱下的石墩旁边有人形，就觉得很奇怪，所以就问身旁人是怎么回事。读书人贺仲善答道："这是宋代谭家的节妇赵氏的影子。元兵南下，此地被占领，丞相文天祥起兵救援了王室，收复了此地。不久，原江西运使镏槃降元后引元兵攻陷永新城，城中兵火致使百姓大部分家破人亡。谭氏一家在慌乱之中避难县学。节妇赵氏躲藏在大成殿，乱兵追来，见她貌美如花、姿色尤佳，就想玷污她。节妇大骂道：'我是宗室之女，名门之媳，岂能成为你们这群猪狗的配偶？况且我的公公和婆婆都死在你们手里，我恨不能把你们斩碎成万段去喂乌鸦老鹰。我就是死，也不会给你们这班猪狗做配偶！'元兵大怒，就把她和怀里抱着的孩子都杀了，那孩子才一岁，他们的鲜血渗入地砖。宋元至今，无论是用沙石磨，还是用烈火烧，这地上血迹越见，地砖光亮莹洁，同乡的人认为她的行为是道义的典范因而才祭祀她。"

　　乌公听后，就询问祠在何处，贺仲善就领乌公到了祠庙。祠庙里只见老鼠在破损的墙壁间穿行，空空的台阶上长满了青苔。真是时过境迁，怨叹今天离贞节的冤魂太远了，只有留下了这破旧的祠庙。乌公于是叹息说："这是我做县令的责任。"就捐出自己的工资，把节妇的祠堂修缮一新，将节妇的影像刻在碑石的反面，还将自己撰写的祭文刻在廊屋的墙上，读得人毛发耸立，感动得涕泪俱下。因此，节妇赵氏的美名得以显扬。

乌熙是乌公的儿子，字缉之，非常崇尚风度气概，并且精通琴艺。他听到节妇的事迹，心中仰慕至极，作诗歌《贞松操》一首，并谱成琴曲。一天晚上，明月皎洁，夜色清凉，万籁俱寂，乌缉之独坐窗旁，正在以音位标识，调试琴弦，忽然，有一个美女缓缓走进房来。乌缉之惊讶地问："你是谁，怎么跑到这里来了？"美女向乌缉之行礼说："我叫钟碧桃，是宋朝谭节妇的侍女。我的主母贞烈，天帝已让她位登仙籍以示褒奖，自此享受天上的快乐。现在临视南岳衡山魏夫人的处所，因为节妇的影像还留在下界，担心后人会亵渎轻慢，天帝就要派火神往下界取回，让影像穿上仙服，戴上道冠，藏入神仙的居处。文昌忠孝司说：影像在孔子礼殿，已得其所，如果现在一定要取回，下界必然会伴随着狂风霹雷，这会惊吓到宣圣孔子，不是重道尊儒的方式。还不如将节妇的影像留在人间，这样能够永远激励鼓舞人们，这样对世风教化，也大有益处。天帝认为这个建议很有道理，就命令玄枢省下文鄮都，让县学的土地神经常加以守护，雷神巡视，按时稽查。不久，地府长官提出，男女有别，以避嫌为贵，县学的土地神可在祠堂外护卫，节妇身旁的护卫，应该起用旧人。因为我前世没有造过什么罪孽，原先就侍奉主母，所以就授给我这个内侍卫的职位。只是我任职以来，无处栖身，只能暂时寄居在土地祠中，与众多男神在一起，很是不方便，想请求在节妇神座旁边，另外设立一个题写'故侍儿钟氏神主'这几个字的牌位，那么我就有了栖身之所，如同燕雀那样有了巢穴，使鬼也有了归宿，以免男女混杂。如果您有怜悯之心，恳请您马上就做这件事。"

乌缉之听后，便答应了她的请求，就问她："节妇现在仙居南岳衡山，会经常到祠中来吗？"碧桃说："不来了。自从您父亲将祠庙修葺之后，主母只是临时来过一次。万籁俱寂的夜晚，月光明亮，主母在云头俯视故乡，物是人非，看着黄尘清水，土块草堆，就像当年丁令威化鹤归停华表柱一样发出了自己的感叹！于是就拿出琴来，演奏了一曲《悲风》，我听了很是凄惨，泪如雨下。主母对我说：'你的身籍现在仍然留在鬼籍之中，我也无能为力安慰你，你把纸笔拿来。'我将纸笔奉上，主母就提笔蘸墨集古人诗句，成七言诗歌二十首赠给我，然后把笔抛向天空而去。"乌缉之问道："那些诗在哪里？"碧桃说："那诗歌如玉珍宝。原稿是不能给你的，即使给了你，你也不可能认识那上面仙人所写的奇字和道家符篆字体，但我可以吟诵，你可以根据我的吟诵记录下来。"诗为：

花压栏干春昼长，清歌一曲断君肠。云飞雨散知何处，天上人间两渺茫。
已托焦桐传密意，不将清瑟理霓裳。江南旧事休重省，桃叶桃根尽可伤。

魂归溟漠魄归泉，却恨青娥误少年。自是桃花贪结子，只应梅蕊故依然。
风流肯落他人后，哀乐犹惊逝水前。何事黄昏尚凝睇，孤灯挑尽未成眠。

寒蛩唧唧树苍苍，城上高楼接大荒。午夜漏声催晓箭，六街晴色动秋光。
满庭诗景飘红叶，此地悲风愁白杨。舞袖弓弯浑忘却，人间惟有鼠拖肠。

云想衣裳花想容，青春已过乱离中。功名富贵若长在，得丧悲欢尽是空。
窗里日光飞野马，岩前树色隐房栊。身无彩凤双飞翼，油壁香车不再逢。

应笑无成返薜萝，年年惆怅是春过。时攀芳树愁花尽，寒恋重衾觉梦多。
桂岭瘴来云似墨，蜀江风澹水如罗。人生富贵须回首，世事无几奈尔何。

家在寒塘独掩扉，高情雅澹世间稀。不将脂粉浣颜色，惟恨缁尘染素衣。
归目并随回雁尽，离魂潜逐杜鹃飞。东风吹泪对花落，惆怅朱颜不复归。

有时颠倒著衣裳，万转千回懒下床。艳骨已成兰麝土，蓬门未识绮罗香。
汉朝冠盖皆陵墓，魏国山河半夕阳。满眼波涛终古事，离人到此倍堪伤。

一寸相思一寸灰，且将团扇暂徘徊。月明古寺客初到，风静寒塘花正开。
绿水青山虽似旧，红颜白发递相催。无情不似多情苦，肯信愁肠日九回。

形容变尽语音存，地迥难招自古魂。闲结柳条思远道，欲书花叶寄朝云。
窗残夜月人何在？树蘸芜香鹤共闻。今日独经歌舞地，娟娟霜月冷侵门。

风火年年报虏尘，每回回首即长颦。明眸皓齿今何在？异服殊音不可亲。
几树好花闲自昼，数株残柳未胜春。狂风落尽深红色，水绕山长愁杀人。

弦管遥听一半悲，罗衾滴尽泪胭脂。鸟啼花落人何在？节去蜂愁蝶未知。
鹏上承尘才一日，雪残鸲鹆亦多时。绿云斜軃金钗坠，独立苍茫自咏诗。

烟郊西望夕阳曛，世路干戈惜暂分。蒹葭淅沥含秋雨，铜雀荒凉锁暮云。
内屋金屏生色画，粉霞红绶藕丝裙。旧业已随征战尽，独留青冢向黄昏。

愁心一倍长离忧，到处明知是暗投。雨尽香魂吊书客，夜深灯火上樊楼。
山中老宿依然在，槛外长江空自流。明月易低人亦散，寒鸦飞尽水悠悠。

叶满苔阶杵满城，登高望远自伤情。琼枝璧月春如昨，冰簟银床梦不成。
往事悠悠增浩叹，清愁苒苒扫余酲。岂知一夕秦楼客，肠断绿荷风雨声。

芙蓉肌肉绿云鬟，泣雨伤春翠黛残。歌管楼台人寂寂，山川龙战血漫漫。
千年别恨调琴懒，几载幽情欲话难。回首旧游真是梦，寒潮惟带夕阳还。

一见清明一改容，每惊时节恨飘蓬。风尘荏苒音书绝，人物萧条市井空。
荒堠暗鸡催晓月，野花黄蝶领春风。玉环飞燕皆尘土，只有襄王忆梦中。

处处斜阳草似苔，野塘晴暖独徘徊。侍臣最有相如渴，欲赋惭非宋玉才。
丝管变成山鸟弄，屦廊空信野花埋。情知到处身如寄，莫遣黄金谩作堆。

落落疏星满太清，寒江近户漫流声。长疑好事皆虚事，道是无情还有情。
且尽酿醑消积恨，休将文字占时名。秋来见月多归思，斜倚薰笼坐到明。

绕门清槿绝尘埃，白石苍苍半绿苔。酒力渐消风力软，桃花净尽菜花开。
一泓海水杯中泻，万里铭旌死后来。世上英雄本无主，争教红粉不成灰。

门前不改旧山河，莲渚愁红荡碧波。坠叶飘花难再复，浮云流水竟如何！
鱼龙寂寞秋江冷，鸿雁不来风雨多。穷巷悄然车马绝，磬声深夏出烟萝。

乌缉之依吟诵记录诗歌结束后，碧桃又指点各句让他细细标注出处，乌缉之感到这些诗歌十分新奇，就问她："节妇已在仙籍之列，扬名天下后，她的公公婆婆和丈夫，又是什么情况呢？"碧桃答道："天界神医用玄洲不死药膏涂擦他们的身体，又把符篆赐给他们恢复形体，一家百口，现在都已经前往梯仙国了。"乌缉之又忙问："什么叫梯仙？"碧桃回答："在这里修行的都是刚刚得道的，然后慢慢攀登位次，就好像爬梯子一样，所以叫梯仙。"乌缉之又问："你为什么不和他们一起去梯仙国修行呢？"碧桃说："因为我前世做女医用错药物损伤了一个贵胎，所以为了偿宿债投胎转世后被罚作女身，因此暂缓登仙，目前仍还隔了两番尘世。"乌缉之接着又问她："那么你出身情况如何啊？"碧桃回答说："当时，父母因为家里穷，在我年幼的时候就被卖给赵家；赵氏是前朝宋宗室，为了给他们的女儿作陪嫁才买了我。那女儿就是与我年龄相仿的节妇，承蒙她可怜，把我看作同胞骨肉。让我跟随她嫁到谭家。当时谭家正值门第鼎盛的显贵时期，爵位官职前后承续；在当时富贵到了极点，被褥都是芙蓉绣的，砚台里用的是宫廷园林的井水，书写出篇篇妙文，字字珠玑。所见所闻，没有不符合礼义的；无论老少，都有才华。女主人从不出闺房，聪明贤惠，善写歌词文章。她都像丈夫那样抄录下来每次吟咏的诗词，然后却把诗稿再烧掉，或许是不想让别人知道是妇人做的这些事。男主人一表人才、风流倜傥，才智卓群，并有所成。文思泉涌，词源倾三峡；谈笑风生，雄辩惊四座。我侍奉他们左右，也多闻教诲之言，所以我虽然出身贱微，但也知一点诗书礼义。不幸宋朝气数已尽，元朝当兴，草莽英雄乘时而起，可敬文丞相起兵勤王。万里江山，生灵涂炭，可恨镏槃卖国投敌。主母为保贞节而亡，作为婢女却忍辱苟且，颠沛流离，逃匿乡野。主人的恩情难以报答，让我这小女子空怀结草报恩之心；女子的形体容易殂谢，时光如梭却作了蟊桑的饿鬼。世风日下，谁来招碧玉的游魂？前途艰难，谁来葬绿珠的弱骨？千言万语都说不尽，事情大抵如此，因为阴阳各异，我也不便久留。"说完便离去。

　　第二天，乌缉之告知了父亲昨晚的情况。乌公不同意另设牌位，认为诗作虽然奇妙，但是事情离奇古怪，不合常理。两个月后的一天晚上，乌缉之醉酒后睡不着，起身在书房外散步，吸取丹桂芳香，赏玩皎洁的月色。不一会儿，之前的那位碧桃女子又来拜见他，并说："我之前所求之事您答应了，我原本认为您是一个有德行的人，一定会伸出援助之手。但是，我等了好长时间，也没有听说你有什么行动。君子能成人之美，为什么不实现原来的允诺呢？"乌缉之回答说："我父亲不相信你的话，怎么办？你可以告诉我一些没人知道的事情，我再去告诉家父，如果有证据能够证实你的话，这事情就好办了。"碧桃说："当初，文天祥丞相起兵时，我们主家和东门的张御带家是永新县保卫皇室的七大姓首领。县城光复那天，人们都互相庆贺，唯独我主母紧锁眉头，她告诉丈夫说：'县城虽已光复，但兵马必定会再来，城中百姓必定还会遭到毒手，我们夫妇生死未卜，若日后遭遇不幸，誓死不受污辱。'我们家主人用好话暂且宽慰她，女主人仍不以为然。主人又引用司马光的话：'老天如果降福给大宋，必定不会发生那种情况。'女主人摇头长叹，在衣裙上面题写了十首诗，也是集的古人成句：

高髻云鬟宫样妆，嫁来长在舅姑傍。宁知革动风尘起，坠素翻红各自伤。

双鬟慵整玉搔头，百感中来不自由。富贵繁华何处在？夕阳西下水东流。

夫子红颜我少年，嫁来不省出门前。子今抛掷长街里，万古知心只老天。

残妆满面泪阑干，鬓乱钗横特地寒。不见玉颜空死处，故园东望路漫漫。

潮生苍海野棠春，剑逐惊波玉委尘。青血化为原上草，人生莫作妇人身。

百年世事不胜悲，大厦原非一木支。慷慨西风泪横臆，此心惟有老天知。

血进金枪卧铁衣，江山犹是昔人非。旧时王谢堂前燕，更傍谁家门户飞。

不见人烟空见花，烟笼寒水月笼沙。人生自古谁无死？莫怨春风当自嗟！

侧垂高髻擂金钿，闲过春风六六年。今日乱离俱是梦，英雄无策庇婵娟。

起看天地色凄凉，尘梦那知鹤梦长。血污游魂归不得，新坟空葬旧衣裳。

主人读后说：'如果真是这样，我就没什么遗憾的了！'过了一会儿，女主人又指着怀抱中的孩子说：'我死了他可怎么办？'主人说：'听天由命吧。'于是，他在孩子的脖子上挂着一枚金钱，摆弄着金钱，并说道：'如果遇到恶人，孩子可用它来买条性命。'说着，夫妇互相对看，泪流满面。但后来遇害的时候，不见了金钱，在孩子身旁只留下了被血渍印成的一枚钱影，察看的人不仔细看，所以就不知道这事情了。女主人写的那十首诗也只有我记得。像这两件事，都是世人所不知道的。"乌缉之虽然将诗记录下来呈给父亲看，乌公仍是半信半疑，随即命手下人骑快马前往文庙，取水洗砖来验证，只见孩子的影子旁边，钱币的痕迹清晰可见，众人这才惊愕不已。乌公遂在节妇神座的旁边题写了一块碧桃的神主牌，乌缉之又用酒肴祭祀了她。

当天晚上，碧桃女子又来感谢他："感谢您帮忙设立了牌位，又送了祭礼，没有什么可以报答您。听闻您生平喜欢琴，《广陵散》在世上已经失传很久了，我曾受教于主人，愿将此曲教授给您。"说着，她取出琴谱赠予乌缉之并说："您多保重，我以后不会再来了！"随即就离去了。自此以后，乌缉之的琴艺大有进步，在浙中地区无人能及。乌缉之对此曲十分吝惜，秘不传人。乌缉之亡故后，这琴谱再度失传。

何思明游酆都录

宋朝人何思明，号烂柯樵者。他精通五经，尤擅《易经》，他把宣传性命理气之学作为自己毕生的职责，极讨厌道、佛两教，即使在路上遇到二教的徒众，也斥责他们："即使不做四民中的士、农、工、商，何至于成为释道两教的徒众呢？"

何思明有著作《警论》三篇，每篇洋洋洒洒有数千言，都是在推衍天理阐明道理，辨析异端，扶植世教，使人心归正。那上篇大意说："儒家先师说：天就是理。就形体的角度而言，称之为天；从主宰的角度来说，称之为帝。帝就是天，天也就是帝，并不是在苍天的上面，另外有一个天。天上有天宫，天帝也像人间帝王那样，这是释、道两教的说法。不仅如此，还有所谓三天、九天、三十三天；三帝、九帝、十方诸帝的说法，这么多天和这么多帝都是哪里来的呢？由此说来，天就像台阶的形状，帝就有割据的争斗了。更有甚者，竟把汉代的张道陵尊奉为天师，天难道有老师吗？还把宋朝林氏的女儿封为天妃，天果真有妃子吗？天，是理学的本源，所以圣人效法天。张道陵即使是圣人，也只是人亡故后的鬼，让天以他为师，那就认为天还不如张道陵了。林氏女儿死后，只是游魂，让天以她为妃，那就说明天仍然有情欲而不能相忘，又凭什么让人效法他呢？那些人把不敢直接称张道陵为帝而叫作天师，加以'师'的称号，仿佛是为了崇敬天。其实这根本就没有道理，反而是一种轻慢天的行为。那些人又把林氏的女儿叫作天妃，不把她与鬼并列，而加以'妃'的称号，以为这是为了崇敬天。其实这正是诬蔑天的一种行为。诬蔑天，轻慢天，这简直是罪不容诛了。"

元至正十七年（公元 1357 年）正月初六，何思明偶然得病，几天以后病情加重。他的几个弟子依照当地的风俗，暗中为他祈祷。何思明知道之后，就训斥他们："你们虽说是读书人，但是考察事理还不能看到本质，鬼神可以用酒肉贿赂吗？人命难道可以用纸钱购买吗？我欺骗谁？欺骗天吗？"当天夜里，何思明就去世了，但是心窝下面尚有余温，家人也不敢装殓。弟子们围绕在床前守候，七天后突然发现放在口鼻上的新絮在动，等了一会儿，鼻中的气息竟一阵阵地出来。大家急忙把生姜汁水给他灌下去，过了很久，他的眼睛缓缓睁开了。到天亮时，他也能正常呼吸了。十天之后，何思明能够开口说话了，他就把弟子召来，告诉他们说："释道二教的宏大显著，真是到了极点呀！以前我对这二教抱有偏见，过分地毁谤道、释两教，才招致了今天削去官职、减去俸禄的惩罚，几乎不能活着回来，你们要给我牢牢记住。"

弟子们询问详细情况，何思明说："孔子不谈怪异和鬼神，确实如此；但是也应该让你们知道因果报应并不虚妄。先前我病危时，仔细看两只落在床前的苍蝇变成人了。身穿青衣，头戴黄巾，额头上点抹着一点红，向我作揖说：'奉命来召您。'我问：'谁召唤我？'那人说：'御史台。'我说：'现在天下纷乱，道路有阻，哪条路可以去呢？而且在御史台我并没有朋友啊。'那人说：'是酆都地府的御史台。'我说：'我是读书人，不知道有什么酆都御史台。'那两人听后大怒，随即把我装进一个用细绳编成像网兜的口袋。两人抬着坐在口袋里的我，在树梢上行走如飞，我时时听到树梢擦过口袋的声音。接着又进入渺渺茫茫的境界，四面没有边际，感觉波涛汹涌，还有带着腥味的风一阵阵吹过来。两个黄巾力士提着口袋，如履平地，我也并没有什么痛苦。又过了半天，到了陆地才把我从口袋里放出来，押解我经过一个类似关卡的地方，看到守卫像是伊斯兰教的人，他们都是高鼻子，凹眼睛，卷头发，长胡须。他们问黄巾力士：'什么符契？'黄巾力士回说：'红符契。'又有两个穿黑衣的押解一个男子和三个妇女，守卫又问：'什么符契？'黑衣人说：'黑符契。'守卫说：'一定要仔细一点儿，请拿来符契让我看看。'黄巾力士和黑衣人各拿出一块长约一寸半、宽约一寸的符契，他们的字我都不认识，应该是一个写着红字，一个写着黑字。守卫说：'好了。'于是就放进门，黄巾力士和我在左边廊屋前行，黑衣人同那几个人沿右边廊屋前行。我就问道：'这是什么地方？'回答说：'这里是酆都地府第一关。'我这才知道自己已经死了，便又问道：'你们拿的符牌，为什么有红、黑的区别？'力士说：'阴曹地府追捕人，用红符牌的表示暂时到地府最后又出去的；用黑符牌的则是永远出不去的。'我不觉失声说：'这么说来我还能复活出去了？'黄巾力士说：'即使能够复活，但是也颇费一番周折才行。'我见他们很有垂怜的意思，就请求他们说：'我这次复活全靠二位恩公帮忙了。'黄巾力士说：'自有作主的人，我们能帮上什么？'又继续走了几里路之后，来到一座铁围城前，城门守卫比前面第一道关卡还要严格。

进门后不大一会儿，就到达了御史台。黄巾力士说：'你虽然没有重罪，然而阴间的法制森严，不同阳间。'说着，就解开镣索绑缚住我的头颈，拉着我进去。首先到了冠服司，主管命人除去我的头巾和外衣，说：'送到寄存处收存。'我穿着短衣，蓬头散发，带着镣索继续前行。到了第二重正门，一个黄巾力士先进去通报，接着出来五六个人抓着我进去，让我跪在阶下。御史台长官穿戴着像帝王的服饰，身边还有很多侍卫。他问我：'你是衢州的儒生何思明吗？'我回答：'是的。'长官说：'作为一个通习儒家经书的人，上要窥知宇宙之初的浑沌状态，中要效法非凡智慧道德的人，下要穷究事物的道理和规律。从而使天地开合，臻妙探微；陶冶精粹，调和阴阳；探究无中生有的底蕴，体悟动静阴阳的根本；以深沉静默作为事物的本体，以倏忽变化作为事物的作用；使世界贯通变化无穷，融三教于一炉，这才是真正的儒生。现在你执持偏见，炮制文章，毁谤升仙得道之人，讥笑道佛两教。你用台阶来比喻至大的老天，你用割据来戏弄至尊的上帝；天师的封号，你竟敢狂妄地议论，天妃的称号，你也敢狂妄地辨析，这些罪过可不轻。况且儒家经典中说到天的有许多处，像《春秋》说到"天王"，《诗经》称说"倪天之妹""昊天其子"，如果都按你的逻辑，那么老天既然没有老师和妃子，又怎么会有王、有妹、有儿子呢？看来你的学问确实是拘泥有余而通达不足，滞涩阻碍显著；拘泥就会局限于一处，滞涩就会固执于一端，不通就会闭塞浅陋，有碍就会鄙陋荒僻。你这个迂腐荒谬庸俗的人，怎么配得上这儒生的称号呢？'说着，就叫手下把何姓簿籍拿来，用红笔在我的姓名之下注了一行字。然后，清楚地对我说：'你本来应该做职事重要而政务不繁的六品官，正是由于你不相信神仙佛道，诬蔑鬼神，特把你降为七品。'我赶紧磕头谢恩，并请求允许我改过自新。长官说：'这个人口是心非，回去后又会有另一套说法，带他去参观一下地狱，使他心服口服。'几个卒吏就揪着我下殿，交给黄巾力士领着我去省业司。

省业司有一座宝塔，一个和尚站在塔旁，香烛和幡幢辉煌罗列。我跟随黄巾力士向着和尚拜了两拜，和尚打开塔门，取出一颗金盘盛放的大珠，黄巾力士用双手擎着盘向前走，我在后面跟随，一路上都是黑漆漆的。我问：'和尚是谁？'力士回答：'是导冥和尚。'我又问：'珠子干什么用？'他回答说：'这是地藏王菩萨的愿珠。需要依靠珠光的照射才能破除这地狱中的深重业气。不然的话，鬼王在暗中就会吃掉人的心肝，你就不能出去了。'第一层地狱，叫'勘治不义之狱'。用砖砌的长槽内堆满炭火，他们让罪人跪在槽边，取出火中粗如手指的铁条，刺入罪人的眼中，接连穿透十来个罪人的眼睛，然后挂着一串干鱼似的吊起来。黄巾力士指着一个罪人说：'这个男子在阳世不尊敬兄长、护佑弟弟，把兄弟关系看作像秦国越国那样相距遥远，他们受到这个报应是因为蔑视基本的伦理道德，只看重财物货利。'接下来的一个地狱叫'勘治不睦之狱'，关在里面的每个妇女舌头上挂着一个钩子，钩子上面悬挂一块圆石头像西瓜一样大小，不停地旋转，舌头被拉出一尺多长，痛苦不堪。黄巾力士指着一个妇人说道：'这个妇女在阳世的时候，不恪守妇道，家庭不能和睦融洽，使夫家分门立户，彼此当作贼人仇人，因此要受到这种报应。'东南一个地狱稍微大一点，叫作'南赡部洲总狱'，在这个地狱中都是各类百姓，各种闲杂人等，黄巾力士没让我进入里面去。总狱北面是'剔镂'狱，用刀子把绑在柱子上的罪人雕刻成襄衣的样子，然后用小扇子一扇，那肉茸茸地直跳动，再把滚烫的醋浇上去，罪人立刻昏死过去，又苏醒过来，然后仍用水浇灌洗涤，使肉又恢复原来的样子，这样要'剔镂'十几回。在这里受到惩处的是尘世中凶残并且虐待迫害良民的人。靠近'剔镂'的地狱是'秽溷'地狱，这个地狱全是大粪池，发出的臭气使人无法接近，大粪像热水那样滚烫沸腾，狱鬼用长叉子把罪人叉下去煮烧翻滚，一会儿罪人就溃烂化作了蛆虫。狱鬼又用竹篓把蛆虫捞在锅中，细细翻炒直到成为灰烬，然后又用粪汁洒在灰上，又重新恢复成人形，这样也要反复十几回。我问：'这是惩治什么人啊？'黄巾力士说：'在这里受惩处的是尘世中的小人，是专门毁谤正人君子的罪人。'看完这个地狱，黄巾力士对我说：'没必要全部都去看了，直接引你去那里看就行了！'于是带我出来，走了百多步路，进入一扇大门，也是一个大地狱，匾额上题着'惩戒赃滥'，有十多个全身裸露的罪人在地上，几个相貌狰狞凶恶的夜叉，用铁链拉着八九个饿鬼到地狱，夜叉拔出锋利的刀在罪人裸体的胸部、大腿处割肉，然后放到锅中煎烤，让饿鬼吃，然后，又割肉煎烤，直到最后只剩下几根筋骨才停止。一会儿，地狱阴风一吹，罪犯的肢体又恢复了原来的样子。地狱中还有专门吸人的血液骨髓的铁蛇铜狗，罪犯叫苦的声音惊天动地，这些罪犯都是人间地位显贵而政务不繁的官吏，但玩弄权术，收受贿赂，欺世盗名。有的在任所表面上很是廉洁，但暗地里却接受贿赂；有的在乡里依仗官势，操纵公事。那些欺瞒世人只顾自己私利的人，其中也有一两个与我相识的人。

参观完毕，回到省业司将宝珠还给和尚，随后到长官处回报参观完成情况。长官又教训我说：'今后你要改过从善，再不要犯过去那种错误。如不思悔改，那么就罪不可恕了。'说完就命令黄巾力士去掉颈上的镣索送我回去，前往冠服司取回寄存的衣服。黄巾力士说：'您在此等候，我们二人去领符牌后再来送你。'大约过了有一顿饭的工夫，他们回来说：'我们现在走一条捷径送你回去。'于是我们一同前行，出了好几道关卡，其中一道关卡是新建的'蜉蝣'关，守关的知道我是一个读书人，让我作一篇《蜉蝣关铭》，我请问这题目命名的意义，那守关的说：'凡是鬼投生到人间的，都从这里出去，但是不久又都要回到地府，就好像蜉蝣早上出生晚上死亡那样。'我受命撰写几句话赠答，铭文为：

有崇者关，镇厚地也。有赫其威，把关吏也，名之蜉蝣，精取义也。
凡厥有生，自兹逝也。去未逾时，旋复至也。何殊此虫，一日毙也。
南阎浮提，光阴易也。憧憧往来，曷少憩也。请视斯名，悟厥譬也。
六道四生，早出离也。逍遥无方，证忉利也。举为天人，关可废也。
敬听余铭，发弘誓也。咨尔幽灵，守勿替也。

守关人的看了铭文很高兴，就放我出关，到二更天，我到家看见自己在地上躺着的尸身，长明灯照在头边，妻子、儿女、门徒痛哭一片。黄巾力士把我猛然推了一下，我就跌入尸体里面，恍然间我就醒了过来。"

此后，何思明果然以七品知县终老，地方主政都清廉谨慎自奉自守，堪称廉洁，或许是有所戒惧吧。

两川都辖院志

镇江京口吉复卿，是唐代吉温的后人。大宋建炎年间，有一个避讳称其名的吉姓长者，补缺担任润州金坛县尉一职，之后便在那里安了家。子孙后代都为金坛人，以家资称雄乡里，人称吉半州家。复卿天生异质，一只眼有两个瞳子。与常州的富户赵得夫、姜彦益是莫逆之交。复卿为人爽快，讲义气。三个人曾经携带重资到福建、浙江一带经商。当时杭州妓女蒋秋娘、陶玉箫，在官妓中名声较高，赵得夫、姜彦益与她们关系很是亲近，复卿屡屡劝说，却并未起到作用，依然往来自若。仅仅两年时间，便钱财一空，便商量回家，打算再装点行装，狎妓青楼，毫不吝惜钱财。又过一年，便花光了所有钱财。二人偷偷商量着变卖家产，带着钱物再去杭州。家中老小，一概不顾。复卿替他们着急，百般劝告，可他们全然不听。一怒之下准备去福建，置备下酒席与他二人作别，席间又苦口规劝说道："我既然与你们深交，怎么能沉默不语，劝诫之言好比良药，这是做朋友的责任，即便我人微言轻，不能让你们醒悟，难道你们就不替妻儿做打算吗？"赵得夫、姜彦益便假装答应道："兄长说得是，我们明白其中的利害。"复卿寓居福州，生意兴隆，不觉间已过三年，方才乘船返乡。船过钱塘时，首先想着去见赵得夫、姜彦益二人，没想到在路上遇到了他们两个。他们形容憔悴，衣衫褴褛，几乎认不出来，大家于路边手握着手，不胜唏嘘！

吉复卿随即拉他们到船上，让他们换上干净漂亮的衣服，喝上好的酒，慰劳再三，情义礼数都到。赵得夫、姜彦益二人哭着说道："我们当初不听兄长所言，才到了这个地步，纵然后悔也是于事无补。只是恨烟花女之泼辣下贱，不讲一点情谊，我们二人万金之财，因为她们而耗尽。昨天经过她们门前，她们竟然像从不相识一样，驱赶呵斥，让我们离开，害怕成为自己的羞辱，我们非要杀掉她们才算完。"复卿宽慰他们说："你们二人平时游玩于烟花柳巷之中，岂能不知她们本就如此，还发什么怒呢？人命关天，万万不能动此恶念，趁早收拾回家吧。若是需要做生意的本钱，我都可以资助，古人说朋友有通财之谊，若只是喝喝酒，游戏玩乐，有贫困而不相互抚恤救助，遇到困难而不互相照顾，那么猪狗都不会吃这种人的肉，还能称作人吗？"于是，他们各从吉复卿那里借了两万银钱。二人拿着从吉复卿那借来的钱，又去了青楼之地，妓女见他们衣饰干净齐整，容光焕发，颇为惊讶，又像过去那样款待他们。复卿催促他们回乡，二人哄骗他说："容我们稍微收拾一下行装，稍等几天，万一你有要紧的事情，就先回去！"复卿说道："哎呀，这是什么话！我如果一走，你们肯定不会动身，就算是一两个月，我也要等，怎能抛下你们？"不久，姜彦益病倒在了妓女家里，赵得夫每天去照顾他，也传染上了病症，不到十天，二人相继去世。吉复卿前往大哭哀悼，丝绸衣服，涂漆棺木，一切照礼装殓，另外又杀羊摆酒祭奠，将棺木暂时殡寄在灵隐寺僧房。等将要开船时，又带酒肴前往祭奠，并赋诗悼念，诗中说道：

生死交情不敢亏，一杯重奠泪双垂。游魂好共故人去，莫向东风怨子规。
人间急景似飞梭，枉费黄金买笑歌。断雨残云休更念，相携莲座礼弥陀。
秋月春花闲妓馆，清风明月寄僧房。欲知人世伤心事，浑似南柯梦一场。
名花两朵色偏娇，惆怅看花客去遥。绝似章台杨柳树，别人手里舞长条。
泉路茫茫隔死生，江湖赢得浪游名。邻家怕听妻儿哭，断尽人肠是此声。
舞困歌阑未肯休，繁华不为少年留。早知白骨无埋处，惜取黄金换土丘。

祭奠完毕，解开船缆启程了。到家一个多月后，吉复卿就去了常州，探望赵得夫二人的妻子儿女，并将他们的死因告知她们，叙说殡殓的详情。又拿出四万贯钱给他们两家，要求他们的族人替她们经营，使她们不至于流离失所。并安慰她们："尊夫的尸骨，等在下经过杭州，一定取回来，在贵乡择求福地安葬，不要担心。"过后不久，吉复卿果然又到两浙做生意，获利十倍。亲自去往灵隐寺，打开停厝的棺木，用小木盒盛放尸骨，带回无锡山中，买地安葬，所有开支，都由吉复卿承担。同时他还请僧人举行三天三夜水陆法会，为两人荐求冥间的幸福。吉复卿高洁的品格，对朋友高贵的情谊，在江湖之间广为传颂。

不久，正值元末战乱，人们都骚乱不安宁，吉复卿也无法外出做生意，只好待在家中。突然赵得夫、姜彦益竟结伴而来，复卿忘记他们已经过世，高兴地接待他们。姜彦益说道："兄长为何闲居深思，像是有很重的心思？"复卿将正值战乱，不能外出的原因告诉他们，两人同时回答说："不要紧，我们已经请求上天，率阴兵来护卫您的住宅家眷。"说完他们二人就不见了，吉复卿这才想起他们已经死了。

从那以后，吉复卿的家虽然在兵荒马乱之中，却很少遇到惊吓之事，就像平时一样安然无恙。到明朝洪武二年（公元1369年），吉复卿年龄八十一岁，无疾而终。又过了两年，同县的徐建寅做了四川苍溪县丞，在路途山中看到旌旗兵马，随从者有百余人，气派壮观。徐建寅以为是上司官员，就站在路旁，等候他们过去，等到他们走到跟前才发觉是吉复卿。吉复卿对徐建寅说道："听说你到此邑担任县丞，早就想见你一面。"说罢便下马叙话，详细询问乡里及自己家里的情况。对吉复卿来说，徐建寅是姻亲的儿子，于是拜两拜问道："老伯离世已有三年，丧服已经解除，怎么会这样？"吉复卿回答道："上帝因为我小有阴德，让我做了两川都辖院的主管，职事很是尊显，全蜀的土地，包括没有载入祭祀典籍的神灵，都听从我节制管辖。前方村子有座古庙，就是我的官邸，部下应有四个判官，现在还少两名，已上奏天庭保举赵得夫、姜彦益了，他们早晚就要到达。应当为我修茸一下庙宇的外观，我就可以为国家祈福保佑百姓。何况你一个年轻人，刚得官上任，若非我暗中相助，怎么会有这么大的名声？"徐拱手向吉复卿请教如何做官。吉复卿对他说："廉、恕这二字罢了。只有廉洁，才能约束自己；只有宽容，才可以接近民众。廉洁就能休养心神，宽容的话百姓就容易和睦。百姓和睦，教化施行，就能成事了。"说罢，鞭马而去，快得像飞一样。徐不觉惘然，走到前面的村落，果然有一座破旧的祠庙，峙立在山顶。向当地乡老询问，都说："这是都辖相公庙，已经坍塌多年了。最近，渐渐有人看到有骑马和随从出入庙中，很有些灵验征兆。我们正打算翻新庙宇，只是尚未动工。"徐丞听说后非常高兴，就把刚才见到吉复卿的事告诉他们，鼓励他们动工翻新，同时又赞助部分经费，专门委派县吏邹忠监督这项工作。不久完工，仍旧悬挂旧时匾额，在堂中塑立吉复卿的塑像，在东西廊屋分别塑有赵得夫和姜彦益的塑像。并派人去夔州，请求太守盛南金撰写文章，刻在碑上，叙述吉复卿的事迹。自此之后，这座庙的威名和恩泽名震天下，利泽昭著，远方的百姓，碰到水旱灾害或疾病瘟疫，只要到庙里祈祷，就会有求必应。

后来，徐建寅任期满，经过老家，访问吉复卿的两个儿子元礼和元信，特别说了这件事。吉元礼说："我们兄弟以前梦见赵得夫、姜彦益二个人说：承蒙令尊大人举荐我们担任两川都辖院判官，不日就要启程，所以前来拜别。今日有来自常州的人，能说我们二人家中的事，也做了这样的梦，但都不知道什么意思。今天听您所说，才知道亡父早已为神，对于赵得夫、姜彦益二君来说，家父也可以说得上是让死人复生、使白骨长肉的人了。"第二年，徐建寅再次赴任，前往都辖相公庙谒拜，只见庙宇金碧辉煌，灯烛辉耀，祭祀所用的牲畜、酒肴、纸钱，从不脱空，各村、各户无不虔诚礼拜，都希望能得到福惠。听说直到今日，庙宇依然显灵著名，香火仍然一直不断。

续卷二

连理树记

上官守愚，原扬州江都人，曾在京担任奎章阁授经郎，膝下有一儿子，单名一个粹字，生得十分清俊，又聪明伶俐。因其出生时别人送了一部《唐文粹》，所以小字就叫粹奴。上官家居所的东面住着国史检讨贾虚中，贾虚中人物风流，擅长诗词绘画，与"自许才名今独步"的柯九思是朋友。柯乃世人极为推崇的书画家、鉴藏家，他曾对贾虚中家里收藏的三张古琴"琼瑶音""环珮音""蓬莱音"一一鉴定过。贾虚中没有儿子，只有三个女儿，个个娇美淑雅，他曾赞曰："我这三个女儿可比得上家中珍藏的三张古琴。"于是就用琴的名字来作为女儿的名字。上官守愚素来喜欢吟咏，再加上嗜好琴艺，因此与贾虚中交往特别密切。每逢休息闲暇，总要来往走动，诗酒琴棋，悠闲终日。

上官粹奴十岁的时候，父亲上官守愚把他送到贾府的私塾读书，贾虚中夫妇爱他如子，而贾氏的三个女儿也待他如亲兄弟，称呼他粹公子。粹奴入塾后，与贾虚中的幼女蓬莱一同读书学画，渐生儿女情愫，互相深深爱慕。一日，蓬莱母亲笑说："如若他日蓬莱能嫁得像粹公子这样的夫君我就满足了。"蓬莱羞不能言，却心中暗喜。粹奴亦是欢喜不尽，回家便告诉了父亲。上官守愚也极欢喜，道："我也正有此意。"于是让媒人前去提亲，双方都欢喜允诺。粹奴、蓬莱二人自觉终身有定，日日情意更浓。

谁料贾虚中忽然被免官，即日起身，放归故里，莫说婚事，二人竟连道别都未能！可怜一对有情人，忽而天涯陌路，从此再无彼此音讯。

三年后，上官守愚出任福州治中，举家迁往任上，租住在当街的三间楼房里，门前人流熙攘，遥望对街一座楼，十分清静雅致，上官守愚一打听，竟是贾虚中的宅第。上官守愚连忙前往拜访，得知贾府的琼瑶、环珮已经嫁人，只有蓬莱还没出嫁，但也已经许配给林家了。粹奴从父亲口中听闻消息后，犹如惊天霹雳，十分忧郁烦闷。蓬莱虽然已被父母许配他姓，但也不是自己的意思，如今知道粹奴来到，想会一会却没有理由，两人时常站立在楼上凭栏凝视，彼此相望，却说不出一句话来。

日子漫长而无奈，一日，蓬莱用白练帕子裹了一枚象棋子扔给粹奴，粹奴接过一看，上面画着一幅红色的桃花，题了一首诗：

朱砂颜色瓣重台，曾是刘郎旧看来。只好天台云里种，莫教移近俗人栽。

粹奴感叹蓬莱痴情深意，不觉滴下泪来，将那棋上桃花晕染得一片模糊。百转千回间，却又不得不替蓬莱着想，她父母已将她许给林家，嫁给林氏已成定局，自己与蓬莱这一世的缘分怕是要尽了。遂狠心想道，只要蓬莱幸福就好。于是也画了一枝梅花，写诗回复，诗为：

玉蕊含春揾素罗，岁寒心事谅无他。纵令肯作仙郎伴，其奈孤山处士何？

然后，他用彩色丝绳系上三枚琴上调弦的小柱以作坠子，掷还给蓬莱。蓬莱打开一看，见有"孤山处士"之说，疑心粹奴在怪自己已与林氏订立盟约，潸然泪下，喟叹自己衷情不能表白，只有绵长无尽的烦闷而已。

二人暗中彼此思慕，奈何束于礼法人情，并不敢越矩。恰逢元宵佳节，闽地风俗放灯很盛行，男男女女都要出去观灯。粹奴思念蓬莱甚深，猜想贾府的女眷也许也会前去观灯，于是就潜伏伺候在贾府门前。夜深人静，果然有轿夫抬着几乘轿子前来，蓬莱与她母亲等三四人上了轿，婢妾在后面跟随，互相接续不断。粹奴失魂落魄地尾随在她们的后面，直走了十几条街，担心这样下去大概走到天亮都见不到蓬莱，于是就边走边在轿旁吟诵道：

天遣香街静处逢，银灯影里见惊鸿。彩舆亦似蓬山隔，鸾自西飞鹤自东。

蓬莱在轿中听得粹奴声音，心中欣喜无限，想打招呼与他说话，倾诉心怀，又恐随从人员流言蜚语，不敢贸然开口，只得倚在轿中低声吟诵道：

莫向梅花怨薄情，梅花肯负岁寒盟？调羹欲问真消息，已许风流宋广平。

粹奴听到后，知道她是酬答自己的梅花之作，不觉更加感慨，步子也慢下来，看那轿子渐渐走远了，粹奴越发伤怀。回到家里，坐在楼中，想到蓬莱虽情义深重，但林家的聘约终不可更改，竟无可奈何地彷徨了一夜。翌日清晨，含泪作了一首《凤分飞》曲赠给蓬莱，曲云：

梧桐凝露鲜飙起，五色琅玕夜新洗。矫翮翩跹拟并栖，九苞文彩如霞绮。惊飞忽作丹山别，弄玉箫声怨呜咽。咫尺秦台隔弱流，琐窗绣户空明月。飐飐扫尾仪朝阳，可怜相望不相将。下谪尘寰伴凡鸟，不如交颈两鸳鸯！

诗写成了，却不知该如何送过去。恰有贾府派遣婢女送来一盘荔枝，粹奴遂留下婢女道："往日在京城，我与蓬莱曾是同学，有几册书还没取回，你把这封帖子交给蓬莱，让她早点把书还我。"婢女不晓得是诗，就拿去递送给蓬莱。蓬莱读后，伤心不已，泪如雨下，自语道："可叹啊！郎君还是不肯原谅我啊。"于是就作了《龙剑合》一曲酬答他，以表示终身跟从他的意思，诗写在鱼子笺上，夹在《古文真宝》中，交给婢女绿荷说："粹公子要取回旧日所读的诗集，就是这一本，你拿去送还给他。"婢女闻命，就把书送到粹奴家中。粹奴翻开一看，里面夹有一张书笺，光彩照眼，自度一定是回复的诗词。果然，上面题有《龙剑合》曲，词为：

剑埋没狱间久，巨灵昼卫鬼夜守。蛟螭藏，魍魉走，精光横天气射斗。冲玄云，发金钥，至宝稀世有。奇姿烁人声撼牖，鹈膏润锷凤刻首。龙剑煌，新离房，静垂流电舞飞霜。影含秋水刃拂铓，麓簌团金宝珠装。司空观之识其良，悬诸玉带间金章，紫焰煌煌明瑀珰，星折中台事岂常！逡巡莫敢住，一去堕渺茫。龙灵是龙精，莹如鹍尾摇清冰。雄作万里别，雌伤千古情。暂留尘埃匣，何日可合并？会当逐风雷，相寻入延平。纯钩在琫瑜，纵然贵重非我匹，我匹久卧潭水云，一双遥怜两地分。度山仍越壑，苦辛不可言。天遣雷焕儿，佩之大泽渍。铿然一跃同骏奔，骇浪惊涛自昼昏。始知神物自有耦，千秋万岁肯离群。

粹奴读完以后叹道："蓬莱不但心意在我之上，文采更在我之上，如此风韵气度，哪里有半分闺阁女儿的萎靡自怜，倒有几分李杜的慷慨悲壮，可叹我一个须眉男子，竟不如她！怪道天不赐我佳妻！"粹奴又是感叹蓬莱心意，又是悲叹自己无能，日日愁眉难展。

不久，治中地区流行瘟疫，蓬莱所许配的林氏竟然死于瘟疫，贾虚中夫妇知道粹奴尚未婚配，就派人向上官守愚求缔婚姻之好，上官守愚欣然同意，粹奴更是喜从天降，日日疑似在梦中。待纳采、问名、纳吉、纳征、请期等礼仪完毕后，迎亲的日期也确定下来，粹奴终于相信自己即将与蓬莱成婚。花烛之夜，粹奴与蓬莱相见，飘飘然如同神仙，二人执手相望，互诉衷肠，不觉相拥而泣。见红烛案上盈泪，二人便又伏案各作一首诗以纪念这个大喜的日子，当时正是至正十九年（公元 1359 年）二月八日。粹奴的诗为：

海棠开处燕来时，折得东风第一枝。鸳枕且酬交颈愿，鱼笺莫赋断肠词。
桃花染帕春先逗，柳叶舒黄画未迟。不用同心双结带，新人原是旧相知。

蓬莱的诗为：

与君相见即相怜，有分终须到底圆。旧女婿为新女婿，恶因缘化好因缘。
秋波浅浅银灯下，春笋纤纤玉镜前。天遣赤绳先系足，从今唤作并头莲。

蓬莱自从进入上官家的门，尽孝侍奉公公婆婆，恭敬顺从丈夫，一家老小，
邻里街坊皆称赞她贤惠孝顺。闲暇时她就与粹奴唱和诗词，愉悦于弹琴作画之
中，将其平生所作诗词，编成一个集子，粹奴为其题名为《絮雪稿》，并且在
卷首替她作了序。诗与序因为文字多而不能全部载录，姑且抄录其中的一小部
分供诸君赏乐：

闺　怨
露颗珠团团，冰肌玉钏寒。杏梁栖只燕，菱镜掩孤鸾。
残树枯黄遍，圆荷湿翠乾。绣衾生画色，窗下带愁看。

白苎词二首
茜裙紫袖映猩红，飞絮轻飔桃花风。缓歌白苎捧玉钟，娇音芳韵绕帘栊，
梁尘飞堕云凝空。秋波回目蛾扫黛，余声悠扬歇还在。歌当细听杯当再，绿鬓
朱颜能久待！

响如苍玉触鸣玑，蹁跹锦袖红地衣。回风激雪当世稀，翻身按节疾如飞。
香尘蒙蒙发委坠，玳筵夜静纱灯晦，鲛绡湿透胭脂泪。

春晓曲
芳池冰影薄，曲槛鸟声娇。鸾镜红绵冷，蛾眉翠黛消。
冶容舒嫩萼，幽思结柔条。纤指收花露，轻将雪粉调。

秋夜曲

幽兰露华重，罗幌凉风动。木匣掩香纨，绣衾谁与共？

萤影度疏帘，兽炉袅袅烟。银缸芳焰灭，自脱翠花钿。

咏　蝶

薄翅凝香粉，新衣染媚黄。风流谁得似？两两宿花房。

谢大娣惠鞋

莲瓣娟娟远寄将，绣罗犹带指尖香。弓弯著上无行处，独立花阴看雁行。

咏并蒂荔枝

植物生联蒂，应知造化成。深闺憔悴质，见尔重含情！

园中咏菜

满圃绿纤纤，芳苗雨后添。惟应穷措大，咬得寸根甜。

粹奴渐渐才名卓著，当权的人就想举荐他到朝廷去做官。蓬莱苦口婆心劝止道："现在战乱，道路不通，望京城就如同在天上，郎君难道可以舍弃对父母的奉养，而去远赴功名吗？曾有后汉名士王霸的妻子说：楚相令狐子伯的尊贵，哪比得上郎君你清高的节操呢？"粹奴深以为然，也无意外出做官，就以双亲年迈为由推辞掉了。

至正二十一年（公元 1361 年），粹奴的父亲上官守愚病故。隔年，福州被强盗占据，城中大户人家大多躲避隐藏在深山中，粹奴也带着全家逃亡。强盗循迹捉住了他们，将粹奴一家老小都杀了，因见蓬莱容貌美丽，气度华贵，便想将蓬莱娶为妻子。蓬莱冰雪聪慧，猜知强盗的意图，并不愿苟活于世，就哄骗强盗说："我一家皆亡，我亦无处投奔，将军您若不弃，妾身愿终生侍奉将军，只请求把我前夫埋葬，也是积份阴德。"强盗听闻她自愿跟随侍奉，十分高兴，就依从了她，和她一同到了粹奴的尸体旁，拔出佩刀掘了一个坑。掘完坑之后，强盗把刀插在地上，坐在一旁说道："我累了！我累了！"并用眼睛示意蓬莱，想让她用刀取土掩埋尸体。蓬莱立即举刀自刎，说："我能与粹公子生同衾、死同穴，此生无憾也！"强盗急忙站起来夺她手里的刀，但蓬莱已将咽喉割断了。强盗大怒，道："就是死，我也偏不让你们在一起！"随即把蓬莱埋在二十步以外，让两座坟墓遥遥相望。

这一年，燕只普化做福建行省平章，召集各县民兵攻克福州，百姓这才恢复生计。几年后，有与粹奴一同躲避贼寇的人详细说了蓬莱的事迹。平章派人前去查看，打算按照礼节改葬。使者到了那里，发现两座坟墓上，各自生出一棵树互相靠拢，枝干连抱，互相纠缠，不可解开。使者回来报告，平章亲自前往查看，果然使者所说不差。平章也不敢再动坟墓，只是对两座坟墓加以修葺，仍然设立奠仪祭祀。之后，人们就把这树叫作连理树，福建人至今仍然称颂不绝。

田洙遇薛涛联句记

广州人田洙，字孟沂，明洪武十七年（公元 1384 年）四月，跟随父亲田百禄到四川成都赴教官之任。那田洙生得清雅标致，学富五车，琴棋书画无所不能。那些入学的生员每天与田洙游玩嬉乐，喜欢他犹胜自己的亲兄弟。远近的名山胜地，也被田洙他们观赏吟咏，足迹一一踏遍。田洙曾言："我生平最懒于追逐声色名利，只要常有好地方登临足矣！"

第二年秋天，田百禄准备把田洙送回老家，田洙的母亲舍不得他回去，就说："洙儿来了没有多少时间，怎么就让他回去了呢？况且你这寒官冷署，路费难以筹措，夫君还要三思而行。"田百禄闻言，就与学校中几个关系密切的生员商议，准备让儿子寻这里的人家办个私塾，一来自己可以继续读书进学，二来可筹集俸金为回家做打算。这些生员深以挽留田洙为幸，就向近城的一个大户张氏推荐，定于洪武十九年（公元 1386 年）正月十八日开馆授学。到了那一天，乡学中要好的朋友，一同送田洙到张家。张氏大喜，大摆宴席招待，将他们奉为上宾，并对田百禄说："以后令郎晚上就不要回去了，可以在寒舍留宿。"田百禄答应了张氏的请求。

不久便是花朝节，到了二月十二百花生日的这一天，田洙放了学回家探望父母，偶然经过一个地方，环境十分幽静偏僻，山下都是桃树，灼灼盛开，染得山中似披了锦缎。田洙心里喜欢，就来回站立了一会儿，观赏景致。忽然，他看见桃树林中有一个美女，正伫立在花下，田洙不敢顾盼就匆忙离开了。此后，他每每经过这里，看到那美女必定立在门口，田洙感到奇怪，却又不敢造次。

一天，田洙又经过这里，偶然间把东家给他的俸金失落了，桃林中的美女就命婢女捡起来送还给他，田洙十分感谢，隔日便来登门道谢。田洙来到门口，丫鬟向里报告说："昨天那个丢失俸金的郎君来了！"说着，把他请进内室。那美女出来见他，笑着问："郎君可是张运使府上的塾师？"田洙道："正是。"就谢她昨天归还俸金。美女说："我与张氏一家是亲戚，他们的塾师也就是我的塾师，哪里需要感谢呢？"田洙站起来作了一个揖，说："斗胆问夫人高门姓氏，与我的东家是什么亲戚？"美女说："此家姓平，是成都的旧族。我是文孝坊薛氏的女儿，嫁给平家小儿子平康，不幸丈夫早早去世，我独自一人在这里守寡。"田洙坐了很久，喝完第二杯茶后，起身告退。美女挽留他说："今天晚上暂且就在寒舍住下吧，假如贵东家知道郎君到过这里，而我却没有款待你，那就十分惶恐惭愧了。"当即吩咐婢女陈设酒馔，设立两个座席，与田洙相对而坐。坐中殷勤劝田洙喝酒，笑语之间还夹杂一些谑浪的话头。田洙因为她是张家的至亲，不敢十分放纵。美女说："我听说郎君洒脱且才智卓越，向来善于赋诗填词，何至于今天作书呆子气呢？我虽愚钝，但也稍稍懂得一点诗词，今天既然遇到知音，高山流水，何不就弹奏一曲呢？"说罢，拿出家里全部所藏给田洙看，乃是唐代贤才遗留下来的墨迹，其中，元稹、杜牧、高骈诗词的手札特别多，都是真迹。墨色鲜明，如同刚刚写成一般。田洙赏玩观摩，爱不释手。美女命令婢女撤去酒席，另外摆出佳肴，其中多有山珍海味，也叫不出什么名字。美女取出玻璃杯斟酒给田洙，田洙口吟一诗道：

路入桃源小洞天，乱红飞处遇婵娟。襄王误作高唐梦，不是阳台云雨仙。

美女说：“这首诗好是好，不过短篇诗章，未免有些冷落，不足以尽兴；我们还是用'落花'作为题目，共同联它一首长篇怎么样？”田洙回答：“那就遵命了。”于是美女首先吟唱道：

韶艳应难挽，芳华信易凋。（薛）缀阶红尚媚（洙），委地白仍娇（薛）。
坠速如辞树（洙），飞迟似恋条（薛）。薛铺新甃绣（洙），草叠巧裁绡（薛）。
丽质愁先殒（洙），香魂痛莫招（薛）。燕衔归故垒（洙），蝶逐过危桥（薛）。
粘帙将晞露（洙），冲帘乍起飙（薛）。遇晴犹有态（洙），经雨倍无聊（薛）。
蜂趁低兼絮（洙），鱼吞细杂藻（薛）。轻盈珠履践（洙），零乱翠钿飘（薛）。
鸟过生愁触（洙），儿嬉最怕摇（薛）。褪英浮雨涧（洙），残蕊漾风潮（薛）。
积径教童扫（洙），沿流倩水漂（薛）。媚人沾锦瑟（洙），瀹茗入诗瓢（薛）。
玉貌楼前堕（洙），冰容梦里消（薛）。芳园曾藉坐（洙），长路或追镳（薛）。
罗扇姬藏瓣（洙），筠篱仆护苗（薛）。折来随手尽（洙），带处近鬟焦（薛）。
泥涴犹凄惨（洙），瓶空更寂寥（薛）。叶浓阴自厚（洙），蒂密子偏饶（薛）。
岂必分茵溷（洙），宁思上研硝（薛）。香余何忿窃（洙），佩解不烦邀（薛）。
冶态宜宫额（洙），痴情妒舞腰（薛）。妆台休浪拂（洙），留伴可怜宵（薛）。

长诗联成之后，美女就取出深红小彩笺抄写，写完，夜已经二更了，就把田洙引到卧室，服侍他安歇。两人鱼水情欢，极其缠绵。美女在枕边殷切叮嘱田洙说：“千万不要将此事告诉别人，如果你的东家知道这件事，那么你我的名节就都完了。”

天亮后，美女把一个卧狮玉镇纸送给田洙，送他到门外，说：“没有事就来走走，不要学薄情人！"田洙到张家，就骗主人说："我的老母亲十分想念我，一定要我回家睡觉，所以以后晚上我不能再留在这里。"东家相信了他的话。自此田洙就经常宿在美女家里，整整有半年，并无一个人知晓。田洙与美女赏花玩月，饮酒抚琴，享尽人间的欢乐。

一天晚上，美女与田洙议论诗词之道，说："唐朝人喜欢作回文诗，近世就很少见了。"田洙说："只有夫人柔情深思，谈笑之间就能写出来。像我这样愚钝，恐怕就写不出来了。"美女笑着说："请出试题，我做了请你指教！"田洙急忙说："那就以'四时'为题吧。"美女随即吟诵道：

花朵几枝柔傍砌，柳丝千缕细摇风。霞明半岭西斜日，月上孤村一树松。
凉回翠簟冰人冷，齿沁清泉夏井寒。香篆袅风清缕缕，纸窗明月白团团。
芦雪覆汀秋水白，柳风凋树晚山苍。孤灯客梦惊空馆，独雁征书寄远乡。
天冻雨寒朝闭户，雪飞风冷夜关城。鲜红炭火围炉暖，浅碧茶瓯注茗清。

田洙听完，惊叹她的敏捷颖悟，准备挥笔应和。美女说："正所谓投之木桃，报之琼瑶，我哪里敢指望回报？"田洙回答说："你的诗真是'阳春白雪，和者盖寡'，让我难以应和。"于是也步美女原韵作四时回文诗道：

芳树吐花红过雨，入帘飞絮白惊风。黄添晓色春舒柳，粉落晴香雪覆松。
瓜浮瓮水凉消暑，藕叠盘冰翠嚼寒。斜石近阶穿笋密，小池舒叶出荷团。
残日绚红霜叶赤，薄烟笼树晚林苍。鸾书寄恨羞封泪，蝶梦惊愁怕念乡。
风卷雪篷寒罢钓，月辉霜柝冷敲城。浓香酒泛霞杯满，淡影梅横纸帐清。

美女一边读一边笑，说："真是绝妙好词，如果倒过来读也能和韵就更好了。"田洙说："我还是输了一筹。"又说："蜀中山水景物优美，自古以来多出美女；如王昭君、卓文君、薛涛等人，拿夫人与她们相比，恐怕也有优劣吧？"美女说："王昭君远嫁匈奴，卓文君以卖酒为耻辱，两人貌美却命薄，都遭受痛苦。假如你遇到薛涛，也不过像今天这样罢了。由此说来，本算得优胜了。"田洙说："薛涛是妓女，怎么可以与夫人相比？但是她的才貌，倒也可以算是难得了。我曾经读秦再思的《纪异录》，那上面称：高骈镇守蜀地的时候，曾经摆下宴席，改一字酒令说：'口，有似没量斗。'薛涛说：'川，有似三条椽。'高骈说：'为何一条曲。'薛涛回答说：'相公尚且用没量斗，穷酒陪同三条椽而有一条曲，又有什么值得奇怪呢！'妇人这样机灵多智，确实不大容易相比。"美女说："你只晓得这样，而不晓得为什么这样，像如此之类的传说，不过是开玩笑罢了，至于她的'水国兼葭夜有霜，月寒山色共苍苍。谁云万里自今夕，离梦杳如关塞长'的作品，可以与杜牧媲美。薛涛又特别善于制作小彩笺，到今天四川人仍然称颂'薛涛笺'。而你却因为她是妓女而看轻她，你不是薛涛的知音了。"美女闷闷喝酒，似有不悦，田洙送了一副八珠耳环给她，她眼中泛起柔情，柔声道："我会时时戴着它，就像郎君常在耳边一样。"

又过了一段时间，田洙的母亲生了病，田洙只好停止私塾的教学，回家侍奉汤药，这样有三个多月光景，他母亲的病才痊愈。美女对田洙长久不来感到奇怪，担心他有了外遇，于是就作了一首《懊恼曲》，吐露心中的怨悲。正好田洙的母亲病愈，他又恢复私塾的教学，这天晚上，就去拜访了平氏。美女迎着他说："为什么长久不来？"田洙把母亲生病之事告诉她。美女说："我与郎君三个月没有分开过，如今分开却有三个月了。"田洙也开玩笑地说："三个月内吃不上肉，知道肉的味道就在今天晚上了。"谈笑戏谑之间，美女拿出《懊恼曲》给田洙看，曲为：

黑铅铸剑难为锋，碧芨制衣宁御风？歙漆阿胶忽纷解，清尘浊水何由逢？
请看绿草南园蝶，并宿花房花亦悦。鸳鸯头白不相离，那学秋胡便长别！
东邻美女红玉梭，雪缕凤机成素罗。雨意云情肯轻许，纵然折齿将如何？
深深永巷闲风月，锦帐兰缸泪如血，血点年深久尚红，至今洒在同心结。

田洙喜爱她的文才美貌，对她眷恋更深。美女也看重田洙的文采，尽情竭诚地接待他。她对田洙说："过去我们联句，还没有尽兴；今天晚上应该轻歌曼舞，浅饮微吟，再联它一首，这样的话，差不多可以知道我们彼此的诗才是劲敌了。"于是就用睡鸭炉焚上好香，以红蚶脯佐酒，钩起帘子眺望月亮，并排坐在柱前。田洙说："过去韩愈与孟郊有'城南联句''斗鸡''石鼎'，'秋雨'等作品，宏词险韵，真是脍炙人口。今天赋诗，应该叫'月夜联句'，以五十句为限，夫人认为如何？"美女说："正合我意。"田洙请美女先赋上句，自己联下句：

庭月如铺练（薛），池星似撒棋（洙）。天空河影澹（薛），节换斗杓移（洙）。
梨枣低垂树（薛），藤萝密蔓篱（洙）。草纷萤火乱（薛），干偃鸟巢欹（洙）。
怪石形疑魅（薛），芳花色胜姬（洙）。鬟盆凉沁水（薛），纨扇静摇飔（洙）。
双陆收骰局（薛），琵琶上练丝（洙）。砌蛩音远近（薛），檐马响参差（洙）。
银作弹筝甲（薛），鼍为冒鼓皮（洙）。秋筠斜织簟（薛），暑帐薄裁绤（洙）。
宿燕栖还起（薛），惊禽下复疑（洙）。地幽尘闉寂（薛），城远漏逶迤（洙）。
窈窕来红拂（薛），雍容识紫芝（洙）。缘深天作合（薛），誓重鬼难欺（洙）。
幸已逢良夕（薛），艰哉遇少时（洙）。殷勤酬契阔（薛），倾倒极淋漓（洙）。
莲实瑶琴轸（薛），荷筒碧酒卮（洙）。鲙呼能婢斫（薛），瓶唤小鬟持（洙）。
壳破开螃蟹（薛），唇腥啖蛤蜊（洙）。菱烦纤手剥（薛），肉拔利刀披（洙）。
令急觥行速（薛），讴清曲度迟（洙）。劝酬兼尔汝（薛），讲论杂乎而（洙）。
冷脆尝瓜果（薛），咸酸啜醯醢（洙）。艳杯浮琥珀（薛），异器捧玻璃（洙）。
熊掌停犀筋（薛），酥汤进蜜脾（洙）。渴来便茗好（薛），酣后快冰宜（洙）。
妙句联将就（薛），狂心坐已驰（洙）。歌筵浑可罢（薛），卧具早教施（洙）。
不用寻桃叶（薛），那须听竹枝（洙）！媚人莺语滑（薛），恼醉蝶情痴（洙）。
咳处珠凝唾（薛），颦时黛蹙眉（洙）。钗斜金溜髻（薛），钏冷粟生肌（洙）。
小小真能谑（薛），盼盼最解诗（洙）。风流云雨梦（薛），宛转艳阳词（洙）。
步缓腰肢袅（薛），鬟低耳语私（洙）。夜香防窃听（薛），午浴避潜窥（洙）。

绣履含羞脱（薛），银灯带笑吹（洙）。素罗床畔解（薛），粉汗枕前滋（洙）。
暖玉绡笼笋（薛），春葱指露锥（洙）。云偏松绿发（薛），浪飐动青帏（洙）。
狎态堪归画（薛），娇颜可疗饥（洙）。袜尘新舞涴（薛），鬓腻宿油脂（洙）。
荀鹤离文誉（薛），崔莺绝世姿（洙）。未夸连蒂好（薛），只美并头奇（洙）。
何处空题叶（薛）？谁家谩结缡（洙）？漆胶当自固（薛），衽席只余知（洙）。
慎勿萌嫌隙（薛），毋令惜别离（洙）。芝兰同臭味（薛），松柏共襟期（洙）。
永奉闺房乐（薛），长陪楮墨嬉（洙）。泰山如作砺（薛），此志莫教亏（洙）。

　　一天，田洙的东家偶然经过学宫，就劝田百禄说："令郎每夜回家，不胜
奔走辛劳，让他仍然宿在寒舍，岂不更加方便？"田百禄说："犬子自从私塾
开馆那一天起，一向是住在您家里的，前一阵子因为他母亲生病，暂时停止上
课三个月，后来复馆后并不曾回家住宿，怎么这样说呢？"张运使大为惊骇，
晓得其中有些蹊跷，也不敢把话说完就告辞了。

　　当天晚上，田洙果然又要求回家去，张运使暗中派仆人跟着他，看他到哪
里去，走到半路上，田洙突然不见了。仆人跑回来报告主人，张运使急忙又派
仆人进城，去田百禄府上问田洙有否回家，结果也没有找到他。张运使猜想他
少年放纵，一定去眠花宿柳了，但是想想这条路上又没有妓馆，感到十分奇怪。
第二天田洙回来，张运使便问他："昨晚你寄宿在什么地方？"田洙说："我
睡在家里啊。"张说："不对！我已派人跟踪过你，不知道你到什么地方去了，
学宫里也不见你的踪影。"田洙骗他说："因为我访问一个朋友，谈了很长时
间的话，到家时天已黑了。"张运使知道其中有诈，急忙呼唤追田洙的仆人，
让他当面对证。田洙叱骂仆人说："你到我家后，看我不在随即就出城了，等
到我回家，你已经离开了，怎么可以妄言我不在家？"仆人说："我昨天晚上
就宿在您府中，今天吃了早饭以后才回来，老教官也十分惊讶，要亲自来找你。"
田洙大为窘困，脸色都变了。张运使说："先生如果有家眷，应该把事实告诉我，
不要隐瞒了。"田洙看隐瞒不下去了，就把事情的来龙去脉详细说了出来，并
且惭愧地谢罪说："这是贵亲戚自己要留我的，不是小生敢作这无礼的事情。"

张运使说："我家何曾有亲戚在这里？再加上各房姊妹也没有嫁给过姓平的人家，这一定是鬼魅在作祟了。今后你要自爱，千万不可再去了！"田洙口里只有"唯唯"应承。到了傍晚，他私下里又去了美女家，告诉她形迹已经败露。

等到了那里，美女已经知道这件事了，对他说："郎君不要怨恼，这大概是气数已到，缘尽于此了。"于是与田洙痛饮美酒，畅叙欢情。天快亮时，美女对田洙说："从此就将永别了，后会无期，我也没有什么可以表达心意。"随即拿出一枝洒墨玉笔管作为赠礼，说道："这是唐朝的物品，郎君好好收藏。"说罢，哭着告别而去。

张运使料定这个晚上田洙还会再去美女家，就亲自到私塾察看，果然，田洙不在私塾里。于是他回房对妻子说："塾师这件事情，不可不让他父母知道。"于是到学宫把田洙的所作所为，详细地告诉了田百禄。田百禄闻知，十分愤怒，就叫手下把田洙叫来鞭打，田洙只好吐露真情，并且把玉镇纸、玉笔管和联句诗一起都交了出来。田百禄拿过物品逐一细看，发现笔管上刻着"渤海高氏文房清玩"几个字，就对张运使说道："这些物品很稀罕，诗又写得很清逸，必定不是普通的精怪。"于是叫上田洙一同前往查访。快要到的时候，田洙遥指前方说："就在这个地方。"大家到前面一看，则完全不是以前所见过的那个样子，房屋全都没有了，只是山青水绿，桃株依然茂盛。张运使对田百禄说："是了，是了，此地相传是唐代名妓薛涛的葬地，后人因为郑谷的《蜀中》诗有'小桃花绕薛涛坟'的句子，就栽种了桃树百株，作为春天游览观赏的处所。令郎所遇到的，想来必定是薛涛了。她所说嫁平家幼子平康，分明是平康巷了。再说这'文孝坊'，城中实际上并没有这个坊名，'文'和'孝'合起来就是个'教'字，指的是教坊啊。教坊是唐朝妓女居住的地方，薛涛原是四川乐妓，所以居住在教坊，这不是薛涛又会是谁呢？况且笔管上刻着'高氏清玩'四个字，那是唐代西川节度使高骈的藏物。当时高骈镇守蜀地，薛涛在所有妓女中是最受宠爱的，笔和镇纸，都是高骈赐给她的。再加上所藏的诸家墨迹，以高骈、元稹、杜牧为最多，那是因为元稹和杜牧都曾有诗送给薛涛，就是'锦江腻滑峨眉秀，幻出文君与薛涛'这二句了。这是薛涛的精灵可以确定无疑了，这些物品出自高骈也很清楚。这件事我看没有必要再深究了。"田百禄认为张运使的话很对，但是恐怕儿子还会被薛涛的精灵迷惑，就急急打发他回广东老家了，但是田洙收藏的这几件物品，还常常拿出来给人看。过后两年，田洙也考取了州学，成为生员，后来又中了洪武二十七年（公元1394年）的进士，做了山东曹县的知县，竟然也安然无恙。

青城舞剑录

元朝至正年间，有两个籍贯不明的道士，一个名为真本无，一个名为文固虚。他们不仅通晓剑术，并且擅长谋略以及用兵之道，因此成为皇室威顺王库春布哈的门客。虽然他们文韬武略，样样兼备，可是一开始威顺王并不看重他们，只有樊口的卫君美慧眼识才，十分赏识他们。

一天，威顺王率众人来别苑游览，他们二人奉命侍奉左右。他们见威顺王高枕无忧的样子，便不由自主地劝说道："大王，虽然天下物产富饶，百姓安居乐业，一派天下太平的样子，在您看来，觉得高枕无忧，可以声色犬马、纵情玩乐了，根本不用担心其他事情发生！可是在我们看来，平静的背后却暗流涌动。如今，顺帝年迈体弱、昏庸无道，皇后奇氏恃宠骄横、蛮横霸道，雪雪、哈麻兄弟等人，为了蛊惑国君，大肆用房中术'大喜乐'等手段来讨好顺帝，是非黑白全部被颠倒，大权也早已旁落。可是顺帝等人却毫无知觉，当前朝政荒废，军备不治，小人当道，君子隐退，百姓也处于水深火热之中，整个朝野上下一派混乱，形势十分危急，真可以说是千钧一发，稍不留神，就会崩塌离析。苏洵曾言：'有了变乱的萌芽，还没有变乱的表现，这叫作将要变乱。'大王作为皇室宗亲，一方诸侯，应早做准备，一方面访贤纳士，招募将士，训练军队；另一方面开源节流，减少开支，储备物资。万一国家出现危难之时，大王就可以闻风而动，高举义旗，挥师京城，上可以为君主解除危难，尽臣子之本分、之忠心，下可以救百姓于水火之中，平定叛乱，收复失地。无论是君主还是百姓，都会记住大王的功绩的。功成之后，大王可以选择身退，回到自己的封地，让史官将您的功绩记入史册，藏在金匮里面，以流传千年，甚至万年，这将是一件无比惊动人心的事情。"可是威顺王听完之后，十分生气，并且大声责怪他们："你们是不是犯病了，怎会如此疯狂，怎么说出如此大逆不道的话来？你们不要说了，否则我一定会将你们捆了送去官府。"二人只好退下了，他们无奈地商议道："真是昏庸之徒，如此不明事理，这样没有主见之人，一定是不会有所作为的，也不值得我们为他出谋划策的！我们还是趁早离开吧，去寻找真正的英雄豪杰吧，否则将来一定会受他牵连的。"说完之后，他们二人在黄鹤楼题诗后，就离开了。真本无题写了一首诗，诗是这样的：

平生智略满胸中，剑拂秋霜气吐虹。耻掉苏秦三寸舌，要将事业佐英雄。

文固虚写了二首诗云：

胆气堂堂七尺躯，壮心肯作腐儒迂？桥边黄石徒为尔，自有龙韬一卷书。
芙蓉出匣照寒铓，上带仇家血影光。前席早知无用处，错将豪杰待君王。

威顺王得知后，非常生气，就派人四处寻找他们，可是他们二人早就躲藏了起来。没有多久，就如真本无、文固虚所预料的一般，国家战乱爆发，烽烟四起，民不聊生。

元至正十五年（公元 1355 年），隶属徐寿辉的倪文俊，率领军队攻陷了沔阳。威顺王闻知消息后，命儿子报恩奴和湖南的元帅阿思蓝一起讨伐叛军。他们水陆并进，很快来到了汉江。可是由于他们都不谙水上作战，导致战船因水位不深而搁浅，倪文俊便采用火筏子烧了他们的战船，报恩奴也因此被杀害。消息传来后，威顺王痛哭不已，并且十分后悔没有听取真本无、文固虚二人的意见。于是他便派人千方百计、大肆寻找他们二人的踪影，可是却石沉大海，杳无音信，威顺王为自己的鲁莽行为后悔不已。陈友谅对真本无、文固虚二人也是久闻大名的，后来听说他们二人常在光州、黄州一带活动，便准备了很多贵重礼物，去邀请他们加入他的麾下。可是他们二人却没同意，并且一路来到了四川。不久，明玉珍占据了四川这块天府之地，他对这二人也是慕名已久，也是派人千方百计地访求，结果都没有发现他们的踪迹。后来，明太祖朱元璋结束了混战的局面，实现了政权的统一。朱元璋对各方面都进行了改革，社会生产逐渐恢复。君美的哥哥君彦成为四川西充县县丞，君美前去探望，没想到的是在回来的途中，船只触礁而沉，同船的人全部葬身鱼腹，只有君美一人碰巧抓住一块木板，随着水浪漂到了岸边，得以保全性命。虽然幸免一死，可是行李路费等都不知道被水冲到哪里去了。庆幸的是腰间尚有几钱碎银子，浑身湿透的君美在江边找了一户人家，烘烤衣服，并买了一些食物来充饥。他一时也没有什么好办法，只能走一步算一步了。

　　君美虽然落魄，可是其相貌、言语，均让人感觉不是普通人，那户人间的老人不敢有丝毫的怠慢，认真地款待他。这一天，君美外出散步，途中遇到两个道士，只见他们对着他边作揖边说道："卫君怎么寒酸到这个地步啊！"君美大吃一惊，定睛一看，原来是真本无、文固虚二位老友，这种"他乡遇故知"的喜悦，让君美不禁把目前的状况告诉了他们。两人说："君兄，何必忧虑呢？吉人自有天相！"然后，他们就带着君美前往他们在青城山的住处。来到之后，只见围墙高耸，屋舍壮丽，庭院美观，还有些奴仆分列左右侍候，菜肴都是珍馐佳馔，飞禽走兽尽囊与桌上，席间还有专人载歌载舞，极尽奢华，让君美惊叹不已。君美在与二人叙谈旧事时，不禁问起他们是如何躲避战乱的，并且还有这么好的居住环境。二人解释道："自从题诗黄鹤楼后，我们先后进入黄牛峡等地，最后在青城山隐居。其中也受到了不少豪杰的重视，那种慰藉让我们无比高兴，几乎不能用言语来表达。只不过经过一番事情后，我们的雄心都已经丧失殆尽，面对人世，就像是一棵飘摇无所的浮萍，最后只好在这僻静的处所孤老终生，真的是愧对朋友们的厚爱了。"

　　君美听过，不禁为他们唏嘘不已，于是三人便痛饮。俗话说得好"酒壮人胆"，酒酣之余，便议论起世事来。真本无说："天下的事情在于知'几'。'几'，就是事物的隐微变化，吉凶显现出来的先期征兆。《易经》说：'能知几的恐怕是神吧？'又说：'君子见几而起，不等待终日。'述圣孔伋说：'君子知几。'说的无一不是这个道理。纵观古今，能称得上豪杰的人不胜枚举，可是能够'知几'的人却没有几个。汉高祖刘邦开创的汉朝有许许多多的豪杰，可是能称得上'知几'的只有一个张良。在汉高祖的诸多臣子中，名声最显赫的是"汉初三杰"，张良又是'三杰'中的杰出者。楚汉相争时，项羽占尽了优势，最后却被高祖所消灭，其中最主要的一个原因就是张良的谋略，甚至可以说，张良的才能比刘邦、项羽都高。汉高祖在把他们三人称为'三杰'时，其实就是对他们猜忌的开始，可惜三人之中，只有张良明白了汉高祖的用心，待天下大定之后，便要求退隐了，封地也是小得可怜，整日寻山游水，不问世事。可是萧何、韩信却缺少张良这样的'知几'，不仅为自己招来了灾祸，也为自己的家族招来了祸端。

　　真本无说完之后，文固虚接着说："宋朝也有一个这样的人，这个人就叫陈抟。五代时期的战乱，是前所未有的，城头的大王旗三天两头就要变幻一次，人民饱受了战乱的摧残。若是没有一个胸怀天下的人出来平定战乱的话，那么战乱不知何时才能停止。陈抟就是一位看破了'几'的人，他决定以国家大事为己任，救百姓于水火之中，整日往返于关中、洛阳之间。可是等到他听说宋太祖赵匡胤平定战乱，并且登基做了皇帝，于是他在驴背上一边哈哈大笑，一边吟着'属猪人已着黄袍'的诗句，接着就长袖一甩，去山中隐居了。他居住在山林深处，望白云，赏野花，听流泉，闻鸟鸣，过着闲云野鹤般的潇洒日子。在后世的人眼里，他只是一届隐士、一位神仙，谁能了解他那份胸怀天下、胸怀黎民的大境界呢？所以说，与张良相比，陈抟是有过之而无不及。人们也常说，英雄回头就是神仙，难道不可信吗？"听闻二人的一番话后，君美说："你们二位在名山修炼，视富贵如尘土，实在是让我敬佩。可是听你们的高谈阔论，尚有喜怒哀乐之情，这会不会成为你们日后修行的累赘？"二人听后，大笑不已，并且说道："卫君平日里是多么地有见解，谈论起世事来也是那么地有见地，可是今天的一番话却失去了往日的见识与情趣。在我们看来，儒家的糟粕就是把卷吟诵，在字里行间讨论生活；道家的糟粕就是所谓的导气引体，像熊攀树而悬、鸟伸脚而立，这些都不是我们奉行的修行。"说完之后，他们就领着君美参观他们的住所，去感受他们的修行。在参观的过程中，君美看到了堆积如山的金玉珠宝，充塞屋舍的锦缎绮罗。最后，君美被带到了一个山岩中，让他想不到的是山洞里有数百个髑髅头，他们二人对君美说："这些人都是世间的不义之人，被我们抓到杀了的。"君美十分惊讶，目瞪口呆，一句话也说不出来。第二天，真本无、文固虚二人为君美设宴饯行，在一番大快朵颐之后，二人让侍女端来了两个盘子，一个盘子里是十颗光彩夺目的夜明珠，另一个盘子里是一百两黄金。君美惊诧之余，也没有推辞，只是在嘴里连连感谢。此时，真本无、文固虚二人也已经大醉，并赋诗祝福君美，真本无先吟咏道：

盖世英雄盖世才，关河百战起尘埃。辽东白鹤空留语，天下黄金漫筑台。
壮志已成终古恨，残编付与后人哀。东风万斛曹瞒舰，尽化周郎一炬灰！

文固虚接着赋诗曰：

豪杰消磨叹五陵，发冲乌帽气填膺。眼前不是无豪杰，身后何须论废兴！
当道有蛇魂已断，渡江无马谶难凭。可怜一片中原地，虎啸龙腾几战争。

听完他们的诗后，君美赞赏不已，他也知道自己绝对不能吟出超过他们的诗，便另辟蹊径，填了一首《喜迁莺》，以助酒兴：

乾坤如昨，叹往事凄凉，长才萧索。景物都非，人民俱换，非是旧时城郭。
世事恰如棋子，当局方知难着。胜与败，似一场春梦，何须惊愕！
寥落，相见处，萍水异乡，烂漫清宵酌。说到英雄身同梦，涩尽剑锋莲锷。

看破浮云变态，休问谁强谁弱！堪叹息，这一番归去，似辽东鹤。

　　一番唱和之后，君美要求回家，二人说道："唐朝有女剑侠红线，我们则有女剑侠碧线，就让她送您回家吧。"等碧线来了之后，君美发现她是一个十七八岁的女子，娇小可人，十分漂亮。只见那女子背着一个竹箱，随同他们一起来到了青城道上。真本无、文固虚二人对君美说："后会难以为期，愿为君起身舞剑。"碧线打开箱子，取出四枚剑丸，每一个都像鸡蛋般大小，君美仔细一看，原来是一对雌雄宝剑。只见真、文二人接过剑丸，往空中用力一抛，如线一般笔直，他们上下跳跃挥舞，没多大一会儿工夫，天地就昏暗了起来，风云突起，只见电光闪动，四剑相互缠绕。君美看得目瞪口呆，胆战心惊，一动也不能动。等他回头望过去时，发现原来的住处都是悬崖峭壁，根本没有道路。君美紧张得连大气也不敢喘，眼睛也不敢闭，似乎那剑刃时时会在自己的脖子上飞舞。等到舞剑完毕，真本无、文固虚二人也不知去向了，只有碧线站立在他身旁，并且倒出皮囊里的酒请君美共饮。等到了夜晚时分，碧线握着君美的手朝东南方向飞驰，三更时分就来到了君美的家。等到君美彻底清醒过来时，碧线女却不知离开了多长时间，若不是看到了床上的夜明珠和黄金，君美以为是在梦中。明洪武二十年（公元1387年），君美的女婿单公铉作为府库的官员，偶尔会同别人说起岳父遭遇的奇事，大致也与此相吻合。

秋夕访琵琶亭记

　　明洪武初年，吴江的沈韶才刚满二十岁，容貌长得很漂亮，他的诗学的是萨都剌，书法学的是边伯京，都受到当时名士的赞赏。沈韶曾经和萨都剌《过嘉兴》诗韵作《吴中》诗二首：

七泽三江通甫里，杨柳芙蓉映湖水。阊门过去是盘门，半卷珠帘画楼里。蘼芜生遍鸳鸯沙，东风落尽棠梨花。馆娃香径走麋鹿，清夜鬼灯笼绛纱。三高祠下东流续，真娘墓上风吹竹。西施去后靥廊颓，岁岁春深烧痕绿。

东南形胜繁华里，一片笙箫拂江水。小姬自苎制春衫，桂楫兰桡镜光里。舞台歌榭临鸥沙，粉墙半出樱桃花。采香蝴蝶飞不去，扑落轻盈团扇纱。吴歌《子夜》凭谁续？柳阴吹彻柯亭竹。范蠡扁舟去不回，惟有春波照人绿。

其他诗作都与这两首诗作类似。

然而因为家境富裕，沈韶并不想做官。一些人虽然知道他的想法，但贪图他们家的钱财，有的要举荐他做孝廉，有的要保举他做生员，繁杂纷纭，连一点安宁的日子都没有。沈韶虽然不吝惜钱财，但实在厌烦那些扰乱，于是就与大舅子张某商议说："这该怎么办才好呢？"张某说："只有远游，或许可以躲避。"沈韶觉得他说得很对，就拉上表兄弟陈生、梁生，乘着大船，带着重金，遨游在襄水和汉水之间。

船到九江府停泊了下来，沈韶喜爱庐山的秀丽和鄱阳湖的清波，于是留连盘桓于郡县城郭，凭吊古迹，寻幽览胜。人们渐渐对他们有非议，但沈韶却一点也不在意。他感慨地说："我们几个幸好家里富裕，年纪又轻，并且粗通文墨辞章，此行本来就是为了躲避俗人的骚扰。难道我能效仿王戎这种人拿着象牙算筹，斤斤计较些微末的小利吗？"于是游览更加频繁。

一天，偶然秋雨后新晴，水天浑然一色。沈韶和梁生、陈生一同游览琵琶亭，他们在亭上吟诵白居易的《琵琶行》诗篇，想象诗中浔阳歌女"银瓶乍破水浆迸，铁骑突出刀枪鸣"的琴艺，引目四望，久久地徘徊着。这时候，月明风清，夜深人静。三人正拿出酒肴共同饮宴，忽然听到月下好像有歌声传来，声音时远时近，时高时低。三人互相看看，都感到十分奇怪。

梁生开玩笑地说："该不会是浔阳歌女知道我们在这里吧？"沈韶说："当

时白乐天尚且需要千呼万唤她才肯出来，今天哪里是这么容易就现身的呢？"陈生说："她年纪又大，弹出的琵琶声又哀怨，即使在酒席前轻拢慢捻地弹拨，也只会增加我们天涯沦落的感觉，哪里能有一醉方休的欢乐呢？"沈韶说："大家别说了，姑且静静聆听。"过了很久歌声才消失不见。喝完酒后大家一起回船休息，竟然也没有人能了解其中的缘故。只有沈韶心中七上八下，既喜欢多事而又多情。

第二天，他就独自一人前去查访究竟。但在那里徘徊了好久，也没有什么发现。沈韶兴尽体乏，正要打算回去，突然有一阵浓郁的奇香缥缈而来。沈韶感到奇怪，就站在原地等待着。过了一杯茶的工夫，只见一个美女，身着宫妆，画着浓艳的妆容，长得就像天上的仙女一样。有两个年轻侍女在她前面导引着，一个拿着黄金吊炉，另一个抱着紫罗绣被，慢慢地登上台阶。沈韶猜想这必定是富贵人家的女眷，到这里登临观赏，就躲避在石壁后面以让开她们。侍女把绣被铺在亭中央，那个美女席地坐下。她转过头对侍女说："怎么会有活人的气息？该不会是昨晚那几个狂生在这里吧？"

沈韶担心她派人搜查，就站出来行礼，并且为自己的唐突致歉。美女说："我们所处朝代不同，又没有从属的关系，有什么唐突呢！但是诸位郎君昨夜谈笑中，以长安妓女、浔阳歌妓来和我相提并论，未免也太过分了吧？"沈韶仓促之间不知道怎么回答。

美女便让沈韶同席而坐，沈韶再三推辞，美女坚持如此，沈韶这才入座。接着，沈韶就问起美女的姓名。美女说："我很想告诉你事情的来龙去脉，又担心你听了害怕，但是我不会害人，希望你不要吃惊！我是伪汉国主陈友谅的嫔妃郑婉娥，二十岁时就死了，葬在琵琶亭附近。这两个侍女一个叫钿蝉，另一个叫金雁，都是当时殉葬的人。"沈韶向来就有胆量，又加上喜欢女子的风情，所以也并不因此而感到惊异。美女说："我独居抑郁，没有什么可以解闷，所以每每在这里吟唱，聊以排遣心事，但没想到昨晚被各位占据，所以我败兴长歌而回。今晚恰好碰到这样的夜色，又遇到贵客，也足以补偿了。"说着，就派钿蝉回去取来酒肴，二人在亭上饮宴。美女又唱起昨天唱的那首歌，并说道：

"你还记得吗？我现在唱的就是昨天所唱的《念奴娇》。"这首歌的词为：

离离禾黍，叹江山似旧，英雄尘土。石马铜驼荆棘里，阅遍几番寒暑！剑戟灰飞，旌旗鸟散，底处寻楼橹？暗呜叱咤，只今犹说西楚。

憔悴玉帐虞兮，灯前掩面，泪交飞红雨！凤辇羊车行不返，九曲愁肠慢苦。梅瓣凝妆，杨花飞雪，回首成终古。翠螺青黛，绛仙慵画眉妩！

唱罢，美女劝沈韶开怀畅饮。几杯酒过后，沈韶豪气奋发，谈笑风生，与美女谈起元朝末年众豪杰兴亡的事迹，说得就像亲眼看到过的一样，并且又询问陈友谅的详细事迹。美女说："《春秋》为尊者隐讳，为亲人隐讳，这不是我所敢说的。"沈韶说："那么请让我说说陈友谅的为人。这个人和颜悦色却缺少英明果断，孜孜以求却不明事物预兆。委任的臣僚部属，没有才能的人居多，像平章陈明、姚天祥，都是器识狭窄的小人，却让他们掌握要职，执掌兵权。詹同文、魏杞山等，乃是难得的贤才，却让他们处在闲散之地，担任闲职。武将纵情酒色，文臣只会说空话。城门狭小不能通过车子，于是就造起飞桥；九江狭小却急切建都，就像要留下遗址。如此之类的事，可笑的很多。更何况他暗中杀害徐寿辉，公开占据他的位子，并且改元建号，其实，他们弟兄二人就是井底之蛙，与汉代的公孙述一样；并且气量狭窄，智谋浅薄，只不过是像李璟一样沦为奴仆罢了。然而他却想螳臂挡车，抗拒雄师。结果大将被歼灭在鄱阳湖，自身也死于流矢之下。一朝败亡，军马四散。至于能够运筹帷幄，广为救助艰难时局的，只有五大王陈友仁一人而已。可叹啊！群雄纷扰动乱的年月，时世黑暗战乱频仍的时代，他的谋臣战将、贤臣能吏只有这么几个却也不能重用，怎么可能不败亡呢？"

美人听了这番话，心中凄楚，流下了悲伤的眼泪。哭完，她擦干眼泪说："今天只谈风月，不必多说了，这只会让人心中难过。"于是随口吟诵了一首诗道：

凤舰龙舟事已空，银屏金屋梦魂中。黄芦晚日烘残垒，碧草寒烟锁故宫！隧道鱼灯油欲尽，妆台鸾镜匣长封。凭君莫话兴亡事，泪湿胭脂损旧容。

她吟诵完后就要沈韶和诗，沈韶随即依原韵酬和了一首，诗道：

结绮临春万户空，几番挥泪夕阳中！唐环不见新留袜，汉燕犹余旧守宫！
别苑秋深黄叶坠，寝园春尽碧苔封。自惭不是牛僧孺，也向云阶拜玉容。

美女听了，啧啧称赞道："你也可以算得上是知音了。"于是两人把坐席靠拢，
开怀畅饮。夜晚就一同睡在亭中。二人交媾的欢乐，就如同人世间一样。不久，
枝上的乌鸦开始啼叫，城头的更鼓停歇了，两人搀扶着起来。美女说："你今
晚应该和我回到居所，以谋求长久之计，不宜再露宿在野外，免得让俗人们讥
笑！"沈韶点头称是。

沈韶急忙回到旅馆，陈生和梁生正急切地等待他的到来以便开船。沈韶就
骗他们说："我昨天收到家信，急急地催促我回去，我想一定有什么缘故。看
来我是不能同行的了，二位兄长先行前往，可以在途中等我，小弟暂且回家一
趟，随后再赶上来。希望两位兄长预先备好鳊鱼，多买团脐大蟹，三两月之间，
我们当共同到襄阳习家池痛饮，一起寻访晋朝羊祜的堕泪碑，倒戴头巾，咏唱《大
堤》之歌，这样的出游，也会成为一时的快事。"陈生和梁生相信了他，于是
握手告别。

沈韶这一天晚上又去了琵琶亭，金雁已早早地在那里等候。见了他，就立
刻引导他穿过亭子北面的竹林，走了半里多路，就看见朱门白墙，灯烛辉煌。
才进入外堂，美女就笑着迎了出来。酒宴中美女拿出紫玉杯让沈韶饮酒，说：
"这个杯子是我主陈友谅所用，今天拿出来劝郎君饮酒，情意也算不薄的了。"
沈韶留宿了一个多月，两人如胶似漆。

一天晚上，美女对沈韶说："我死的时候，伪汉正好处于兴盛时期，主上
对我宠爱又深厚，所以随葬品穷极当时的富贵，葬礼具备一品官的礼仪，因此
我身体如故，魂魄不灭。当初庐山君的爱女南极夫人偶然到这里游玩，教给了
我太阴养形之法，我修炼了很久，与活人没有什么差别，夜间出去，白天隐藏，
十分逍遥自在。郎君最好到集市中买半杯青羊奶，经常滴在我的眼里。等到羊

奶滴完，我的双眼就能睁开，那样，我白天也可以行动了。"沈韶就按她的话买到了青羊奶，用来滋润她的双眼，等到三十天后，美女就白天也能行走了。两人有时手拉着手，游玩在墓道之间；有时又肩并着肩，在亭上欢歌笑语。

美女对沈韶说起往事道："还不到十二三年，这里就已成为遗迹了。记得我主有一天读《天宝遗事》后很高兴，就于春秋季节在宫中设立宴席，让我们这些人都簪着奇花，他亲自放一只蝴蝶，蝴蝶闻到花香，就飞到发钗上。蝴蝶所停留的这个人，当天晚上就会受到召幸，这叫作'蝶幸'。他还对我们说：'过去唐明皇经常玩这种游戏，后来杨贵妃专宠，就不再举行了。可我就不这样做，对你们众人不分厚薄，你们这些人也应该了解我对你们一样的恩宠，严守宫规，不要相互猜忌。'大家都叩头谢恩。"美女又说："我主曾经捕得元朝进士沔阳知府刘闻，十分礼待他，并在日理万机之暇，带他进入便殿，从容地问他道：'听说你做太常博士时，很有名声，果然是这样吗？'刘闻回答说：'臣做礼官时，正逢至正三年冬十月的戊戌日，皇帝将要祀天，告祭太庙，到宁宗牌位前，皇帝问：朕是宁宗的哥哥，该不该下拜？臣回答说：宁宗虽然是弟弟，但他做皇帝时，陛下还是臣子。春秋时鲁闵公是弟弟，僖公是哥哥。闵公先做国君，宗庙祭祀的时候，没听说僖公不拜。所以，陛下应该下拜。'皇上听从了他的话。我们主上又召见刘闻说：'你在元朝做官，未曾身居显要的位置，但是你的文章学问，却是无法掩没的。如果你能像奉事元朝一样奉事我，不愁做不到大官。'刘闻磕头谢恩。主上又说：'你与李黼是同科进士，如果李黼不死，我一定会重用他，但是李黼为他的君主死了，幸好我得到了你。听说你善于作诗，近来有什么作品吗？'刘闻回答：'臣不能为义而死，相对李黼而言是有愧于心的。过去我曾经用杜甫'满目悲生事，因人作远游'为韵，作了十首诗以表明自己的志向，现在都忘了，只记得其中的一首，让我为陛下朗诵一下。'于是就跪下朗诵道：

世运厄阳九，干戈祸生民。陵谷有高卑，一朝易其陈。间关中郎将，慷慨远与巡。志同事乃异，非有屈与伸。堂堂李江州，求仁而得仁。清风已十载，而我犹为人。

刘闻退下后，主上对身边的侍卫说："他的诗让人感到羞愧！"从此后就看不起他的为人，也不再有重用他的意思。刘闻这个人，正像朱熹所说的是文人无行。照我看来，也不仅仅是写凝碧池诗的王维，或没有为周世宗一死的范质，才是有罪的人！"沈韶听了她的议论，心里十分佩服。美女所说的当时宫廷中的事，大部分都记不全了。无奈沈韶迷恋美女的感情深厚，思念故乡的念头淡薄，春去秋来，一转眼在这里已经待了四年，即使是比目并游的鱼、比翼双栖的鸟，也不足以和他们缠绵缱绻的恋情相比。

这年初冬，美女忽然无缘无故地流起了眼泪，悲痛得不能控制自己。沈韶感到奇怪，就问她缘故，开始美女强忍着不肯说，接着就放声大哭。沈韶百般劝解安慰，她才开口说："我与郎君的缘分，到明天就要结束了，所以才悲痛伤心到这种地步！"沈韶听了之后，感到凄惨悲怆，就要在墓道里自杀。美女阻拦他说："郎君阳寿还没有终结，我的阴质也还没有改变，倘若再沉溺于尘世的缘分中，一定会致郎君于死地，阴间必然会对我们重加责罚，彼此牵扯，什么时候才是了结？再加上定数这个东西，没有谁能逃过，郎君纵然想轻生，也是白死。"沈韶这才不再自杀。金雁、钿蝉两人也依依不舍，都陈设饮食，给沈韶送行。天色破晓后，美女拿出一双赤金的腕钏、一对明珠首饰，交给沈韶说："这寄托着我的心意，希望你见物思人，能想起我，我们后会无期了，愿郎君多多保重。"然后亲自送沈韶到大门外，用衣袖遮着脸哭着回去了。沈韶悲痛得不能控制自己，热泪盈眶。他正在顾盼之间，之前的一切都已不见了。沈韶于是重新找到原来居住过的旅店安顿下来，然后收拾东西准备返回吴江。

过了几天，梁生从襄阳到了这里，此时陈生已经客死在房县。梁生正责怪沈韶负约，沈韶便偷偷把这件事情告诉了他。梁生不相信，沈韶就拿出腕钏、头饰给他看，梁生这才惊讶地说："这不是埋在尘土间的东西，而是珍奇宝物，你真的是遇到仙人了。"沈韶再三叮嘱，叫他不要轻易说出去，所以也没有人知道。

　　二人一同坐船回家，等进了家门，沈韶方才知道妻子已经死去很久了。沈韶于是把一只腕钏拿到波斯人开的珠宝店变卖了，得到万锭钱币，就在虎丘僻静处建立祭坛，请道士鹤林周玄初设立经坛，打醮祈福三天三夜。在念经拜忏超度亡妻的主斋那天晚上，沈韶等道士们做法事结束离开后，亲自写了一封悼词，暗地里在香炉中焚化，为美女求取冥福。设坛祈祷完毕，周玄初梦见有两位妇人，一个姓张，一个姓郑，姓郑的还带着两个侍女一起来拜谢，说："我们都已得到善果，已授予瑶台西王母处随侍的职务。"说完，就驾起祥云向西而去。第二天，周玄初问沈韶说："你昨日所超度的，只是正妻张氏一人，怎么又会有郑氏等三人呢？"沈韶心里知道肯定是美女及金雁、钿蝉三人，但是假装不知道，说："我做梦也是这样，不知道那三个人是谁？"最终还是没有告诉他。知道这件事的，只有梁生一个人。所以梁生有一首《琵琶佳遇》诗，一并附记在这里。诗道：

　　忆昔少年日，加冠礼初成。春衣紫罗带，白马红樊缨。吴中自昔称繁华，回环十里皆荷花。窥红问绿谢游冶，与余共泛星河槎。星槎留连溢浦边，空亭醉访琵琶弦。银篦击节不堪问，锦袜生尘殊可怜！庐山月上犹未去，娉婷玉貌湖边遇。追随钿雁双娇娆，直入金屏最深处。春风东来绽牡丹，洞房香雾瀹椒兰。含情惯作雨云梦，鸳枕生愁清夜阑。前朝佳丽夸环燕，图出千人万人美。太真颜色赵肌肤，绣帐恋灯几回见。情缘忽断两分飞，归来如梦还如痴。缥囊留得万金赠，凄凉忍看徒伤悲。徒伤悲，难再得。当初若悟有分离，此生何用逢倾国！

　　沈韶从此也没有续弦再娶，就拜道士周玄初为师，学到了五雷正法以及斩妖除怪的法术，从此往来于两浙之间，为百姓驱除恶鬼，治疗疾病，求神降雨或者祈祷天晴，大多都很灵验。再后来，就不知道他的去向了。听说近来有人在终南山和嵩山几个地方见到过他，估计他已经得道成仙了。

鸾鸾传

赵鸾鸾，字文鹓，是山东东平路赵举的女儿。小时候，家里人用香粉掺和在食物中喂她，所以长大后她身上就散发出香味，因而又名叫香儿。鸾鸾有才气又漂亮，喜欢文词，尤其擅长裁剪、刺绣等女红。他的父亲打算把她嫁给近邻的才子柳颖，鸾鸾自己也十分愿意嫁给他，只是虽然已经许配了，却还没有下聘。正巧柳颖的家里犯了事，家境一天天衰败，鸾鸾的母亲就反悔了，把鸾鸾嫁给了缪家。缪家虽然是富户，但是子弟愚蠢粗俗，从不读书。鸾鸾出嫁后，郁郁不得志，凡是遇到良辰佳节，看到奇花异卉，她往往遮镜哀叹，关上房门含忧默坐。有时触景生情或者有感于心，就把这一切全部寄托在诗中，日积月累成为卷册，命名为《破琴稿》。

出嫁刚三个月，缪生就死了，鸾鸾也回到父母家中。第二年冬天，柳颖也死了妻子，就派人到赵家重申以前的婚约，要求娶鸾鸾为妻。赵举夫妇不答应，而柳颖却一心要达成所愿，因为他听说鸾鸾十分贤惠，并且也十分喜欢鸾鸾的容貌。

于是他查访到一个穿珠工匠的妻子王妈妈，这个人经常出入赵家，与赵氏夫妇非常熟悉，赵氏夫妇对她言听计从。柳颖就用重金买通了王妈妈，求她前去说亲，同时又让她私下问问鸾鸾，看鸾鸾的意思怎么样。

王妈妈答应后，就到赵家去劝说道："老妇早有一桩心事，几次想告诉你们，因为各种原因一直没空说。今天正巧有机会，不能再迟了，只不知你们两位的意思如何？"赵举听了，就问道："什么事情？"王妈妈说："令爱目前守寡在家，已经守丧期满要除去丧服了。我听说柳家又提起以前的婚约，你们坚决不同意，不知你们打算怎么样？并且当初先开口攀亲的，是你们家。后来因为他家遭事后贫困，你们就背弃了当初的意思，两家各自缔结姻缘，本来这事也已经没有希望了。谁又想到令爱死去了丈夫，柳颖又死去了妻子，好像事出前定，似乎这一切并非偶然。何况柳颖的文才学问，要超过那个缪生一百倍，二人不可相提并论。鸾鸾的心里，想必也不会嫌弃，再说柳家现在温饱富足，已大大超过从前，像柳颖这样的青年，难道会长久困顿么？有这样的女婿，你们怎么舍得放弃呢？"赵举夫妇听了这番话，也就爽快地答应了。

王妈妈又私下劝鸾鸾说："柳颖爱慕你，就好像大旱之后盼望云霓。现在，令尊已经答应了这门亲事，好事就要成功，但是既然遇到了知音，你不能没有一句话来回应他的深情。只恐怕日后相遇时，后悔就晚了。"鸾鸾觉得王妈妈说得很对，但是又难以开口，就写了一封信让王妈妈带去。那信上说道：

我本是良家女子，从小接受父母的教诲，梳妆打扮，深居闺房。织麻纺丝，遵奉女子的三从四德。只知道女人的天职是缝纫补缀，不懂得夫妇间的举案齐眉。老天给了我美好的容颜，父母疼爱我的灵巧秀慧，冰神玉骨，颈如蝤蛴，手如柔荑。到了青春年华，父母为我遴选佳婿。没有想到我命薄，竟然许配给了愚笨粗俗的人。这就辜负了我出众的才华，委屈了我倾国倾城的容貌。我把这些怨恨懊恼，全部寄托在诗词中。每当遇到月色皎洁的夜晚，轻风凉爽的白天，我只好强颜欢笑，如鸾鸟陪伴山鸡，触目惊心，似凤凰追随野鸭。谁想到我的庸才丈夫短命夭折，羸弱的我成了寡妇。我的形体已像土木一样，恶劣的状况也可以暂时不顾；但是我天生感性风流的性情，那种隐藏在内心的感情在面对酒杯的时候依然郁结于胸。但我只能徒然怀有蔡琰的悲愤，长久抱着朱淑真的怨恨。我本来已经甘于孤寡，没想到你又来聘求，可能是履行前时的约定，作成今后的佳话吧。我确实愿意嫁入柳家，委身于你，像桓少君一样，与丈夫一同挽拉鹿车回乡；像萧史和弄玉一样，弄乐吹箫。我愿和你白头偕老，希望能从此追随你。趁现在还没有能够侍候你，我预先说明我心中的想法，只希望你能够理解我！

王妈妈回到柳家向柳颖表示祝贺道："事情可以成功了，请你拿出一百两银子来作赏钱吧。"柳颖说："假如事情成功，我哪里会吝惜一百两银子！"

王妈妈便拿出鸾鸾的信交给柳颖。柳颖读后，欢呼雀跃道："真可谓是'窈窕淑女'，我难道可以不'琴瑟友之'吗？"即刻选择吉日纳聘，再行婚娶。

结婚那天晚上，鸾鸾偷偷对柳颖说道："我虽然是个寡妇，但还是处女，郎君不可以不知道。"柳颖惊愕地问道："你为什么这么说？"鸾鸾回答道："过去缪生有病，不能近女色，虽然我与他做夫妻将近有四个月，但实际上并没有做过夫妻之事，后来他就死了。但是这件事只有我母亲知道，其他人并不知道。"柳颖不相信，鸾鸾请他检验，果然不假。

鸾鸾嫁到柳家后，孝顺公公婆婆，与姊娌融洽相处，对婢仆以施恩惠为先，协助丈夫勤俭持家。邻居中贫穷的，她就尽力周济；亲戚中有来往的，她总是以礼相待。因此里里外外都交口称赞，说她贤惠。闲暇时，鸾鸾就与柳颖一起诵读诗书，吟咏诗词。至于像吴绛仙的容貌，曹文姬做文章的才思，她认为不值得谈论。

柳颖的中表兄弟当中，有从京都回来的，抄得贯云石的《兰房谑咏六题》，分别题的是云鬟、檀口、柳眉、酥乳、纤指、香钩六首。柳颖就借了回来，与鸾鸾一同品读，准备仿效它的体制也作六首诗。还没等他构思好，鸾鸾就已先赋诗道：

云 鬟

扰扰香云湿未干，鸦翎蝉翼腻光寒。侧边斜插黄金凤，妆罢夫君带笑看。

柳 眉

弯弯柳叶愁边蹙，湛湛菱花照处颦。妩媚不烦螺子黛，春山画出自精神。

檀 口

衔杯微动樱桃颗，咳唾轻飘茉莉香。曾见自家樊素口，瓟犀颗颗缀榴房。

酥 乳

粉香汗湿瑶琴轸，春逗酥融白凤膏。浴罢檀郎扪弄处，露华凉沁紫葡萄。

纤 指

纤纤软玉削春葱，长在香罗翠袖中。昨日琵琶弦索上，分明满甲染猩红。

香 钩

春云薄薄轻笼笋，晚月娟娟巧露锥。簇蝶裙长何处见？秋千架上下来时。

鸾鸾抄写出来，递给柳颖看，柳颖非常佩服她的敏捷颖悟，自己就搁笔不写了。

第二年是至正十八年（公元1358年），田丰攻破了东平路，柳颖与鸾鸾在战乱中失散了，不知道她流落到哪里去了。不久，毛贵又攻下东昌路，留伪将军俞左丞镇守。俞左丞是一个讲道理的人，凡是被掳掠的男男女女，他都张贴榜文，召人前来认领发还。柳颖听到这个消息，猜想鸾鸾或许会在其中，所以冒死前来寻访，结果却没有找到。正在忧愁窘困之间，有人指着女道观对他说："你何不到那里去找找看呢？"柳颖听从他的话去那里寻找，果然看到有十多个妇女，关押监禁在那里。柳颖上前问鸾鸾的姓名和死活，一个妇女回答说："几个月前被叫去了，不在这里了。真是一个贤德的妇女，可惜！可惜！"柳颖又问："你怎么知道的？"那妇女回答说："我也是被掳来的良家妇女，与赵氏相处有五个月。其他人家的家眷，都被贼寇污辱，然后就被放还了。只有我和赵氏以及关在这里的几个人，誓死不受污辱，所以被囚禁，什么时候能够再见天日啊！"说罢，她泪如雨下。柳颖也不禁流下了眼泪，他低声问这个妇女道："赵氏是我的妻子，不知她现在在什么地方？"那妇女道："听说有一个叫周万户的，将她领去了，没人知道去了哪里。她在临走之前，知道你一定会来寻找她，就留下书信托付我，让我转交给你。"说着，就从衣领中拿出书信交给柳颖，让他赶快拿去，因为怕被看守知道，那样一定会遭到鞭打斥责。

柳颖拆开信阅读，果然是妻子的笔迹。书信上面写道：

我鸾鸾自从出嫁以来，突然遭遇暴徒劫持，颠沛流离，艰难痛苦，苟延残喘，险死还生，历经危难，万幸能保住贞节。天地神明，实在也都看得清清楚楚。我若准备毁灭自己的残躯，那么就在小河沟里自杀；若准备随波逐流，那么就亵渎轻慢了纲纪。因此我不惜毁坏容貌，偷生苟全活命，虽然像落花一样随风飘荡，但是还是像丧家之犬一样想念着主人。仓皇四顾之间，我已困顿蹉跎半生，即使肢体完全，也是心丧胆裂。每当檐前夜雨，古道秋风，我只有望穿双眼，思归肠断。我已如残灯将灭，眼泪也已经哭干了。每当听见战鼓阵阵，我不由得魂飞魄散。我料定此身多半要抛尸荒野，血染泥沙。但我宁可把身上的肉喂给乌鸦吃，又怎么能委身于猪狗呢？所以，我准备效仿投崖自杀的贞烈女子，也很仰慕自断手臂的贞节妻子。谁会想到我再次流离迁徙，但我忽然听到消息，知道郎君安然无恙。那么我赎身有望，我又怎敢贸然舍弃生命，所以忍死以待。我目前在济南周万户处，周是他的姓氏，万户是他的官名，因为都是汉人，对我还算和善。郎君见到这封信后，要尽快准备金银财帛来替我赎身，不能拖延迟缓，唯恐他临时调拨，我又会被带到其他地方。百年的伉俪情深，一朝却不幸分离。倒出去的水难以收回，我怀着诚挚之心盼望着你。希望郎君思虑周详，早作图谋，不要让我再也回不去了。我写这封信时凄楚断肠，也不知道自己在说些什么。

柳颖得到书信后，辗转跋涉，总算到达济南。而周万户掌握重兵，声威赫赫，柳颖不敢贸然进去寻找，就先在周万户府第旁边找了一个住处安顿下来。过了几天，他查知鸾鸾确实在周万户家，但是却没有办法互通消息，于是柳颖就每天守候在大门口。他看到有一个年老的巫婆，到周万户家往来十分频繁，猜想她一定是府中的亲信人。等到老巫婆出来，柳颖就暗中跟随到了她的家中，送上一锭银子作为礼物，并把详情告诉了她。老巫婆说道："将军的夫人很妒忌，凡是所掳来的妇女，都安置在别处，除洗衣煮饭外，不许随便出去。不过，近来也有几个女子发还给了他们的亲属。你妻子如果在里面，我一定成全你们。"

第二天，老巫婆就到周万户府里暗中打听，果然找到了鸾鸾，并私下告诉她柳颖来了。鸾鸾偷偷地拿出一封信，交给老巫婆，老巫婆就拿出来交给了柳颖。柳颖打开一看，上面题着《悲笳四拍》，读完后，泪流满面，就恳求老巫婆向万户夫人请求赎取鸾鸾。夫人说："我留着她也没有什么用处，何况她丈夫还在，我怎么忍心留着她呢？理当马上遣还。"于是柳颖向夫人奉上珍珠耳环、黄金排钗各一副，夫人也就把鸾鸾叫来让柳颖领了回去。夫妇两人向夫人拜别而出。而鸾鸾所写的曲子也抄录在这里：

一　拍

我生之初尚无为，我生之后元运衰。夫与妻兮忽仳离，父与母兮生死安可知！狼烟四起兮沸鼓鼙，锋镝成林兮盛旌旗。人民涂炭兮城郭坏，礼义灭亡兮法度隳。身流落兮天一涯，肠欲绝兮心孔悲！山可平兮河可塞，妾怨苦兮无穷期！

二　拍

蜂蚁屯聚兮豺虎嗥，心毒狠兮体腥臊。烟尘滇洞兮人窜逃，寒沙暴骨兮没蓬蒿。亡家遇乱兮伤吾曹，义重命轻兮如鸿毛。誓捐此生兮期不污，仰天俯地兮独烦劳。

三　拍

弃贤俊兮逐凶愚，东西转徙兮卒无宁居。贪淫是乐兮杀戮是娱，所在剽掠兮所过为墟。发冢墓兮焚毁室庐，闺门孱弱兮被虏驱。舍生取义兮捐微躯，谁云女妇兮丈夫弗如？

四　拍

行处坐处兮，思念我乡曲。地角天涯兮，不见我骨肉！姑亡舅殁兮家倾覆，逃窜苟活兮被驱逐！伉俪离背兮何时复？幸兹陋躯兮免污辱。谁为义士兮挥金玉？歌行路兮妾身赎。

　　柳颖、鸾鸾复合以后，就商议道："世间正发生战乱，民不聊生，我们夫妇虽然重新团圆，但是前途实在不可保障，还不如远远逃遁到深山老林中，避开战乱，等候时局平定。"于是，他们就隐居在徂徕山脚下，丈夫在前面耕地，妻子在后面除草，同甘共苦，相敬如宾，历史上的冀缺、梁鸿、庞公、王霸等人，在这方面也未必能与他们相较优劣。远近的乡里，也颇被他们的风操感化。

　　有一天，柳颖到城外买米，遇到贼寇而被抓获。贼寇说："我们听说您的大名已经很久了！应当把你送到田将军处，让他委任你做官，不愁不富贵啊。"柳颖瞪着眼睛大骂道："砍头的贼寇！我岂能跟着你们造反？"贼寇大怒，就把柳颖杀死在路上。邻居跑来告诉鸾鸾，鸾鸾一边跑一边哭，把丈夫的尸体背了回来，她亲自擦洗干净尸身上的血迹，亲手给丈夫装殓，然后堆积木柴火化柳颖。火焰旺盛起来后，鸾鸾也投火自焚而死。当时看到的人，没有一个不惊骇的，都为这件事而惊惧并感叹，说："从古至今称为烈妇的，又怎么能超过她！"柴火灭后，邻居们收拾他们的遗骨埋葬，在坟墓前立石为碑，上书"双节之墓"。有一位先生说："节和义，是做人的基本行为准则，读书人谈论得很熟，但是一旦关系利害，遭到危难，却很少有恪守遵循的人。鸾鸾是个幽居失偶的女子，竟能在战乱中保全名节不被玷污。最后，丈夫为忠而死，妻子为义而亡，只因为他们知书达理，天赋资质优良，可见天道人伦，是不可泯灭的。世上那些改嫁的妇女，听闻鸾鸾的风操，真要感到惭愧了！"

续卷三

凤尾草记

明朝洪武年间，有一个姓龙的读书人，本来是南京人。他的远祖在宋朝时做京官，后来跟随隆祐孟太后南迁，就在江西安了家。子孙虽然世代繁衍，但还保留着诗书传家的风气。龙生在兄弟姐妹中排行第八，六七岁的时候，年长的人教他诗词，他马上就能背诵。九岁的时候，他就会对对子，而所作的五言、七言绝句都大有可取之处，所以大家都夸他聪明。

龙生有一个姑姑，嫁给了姓祖的人家。她特别喜欢龙生，龙生常常来往于姑姑家中，对姑姑家很是熟悉。他姑父有个同父异母的哥哥，两家住在一起，但是分开吃饭。这个哥哥已经过世了，只有嫂嫂练氏和两个儿子、三个女儿还在。三个女儿中的大女儿、二女儿都已经嫁了人，只有小女儿还待字闺中。她长得非常漂亮，比龙生大三岁。龙生虽然是少年，但是聪明敏捷，性格又和顺谨慎，不贪图玩乐，而且他善于体察别人的心思。所以祖氏一家听说龙生来了，没有一个不高兴的，而小女儿也把龙生看作自家兄弟，不再回避他。

练氏听龙生的姑姑称赞龙生好学上进，很想让龙生做自己的小女婿，而小女儿也对龙生很有好感。祖家的庭院里有一株凤尾松，已经有上百年的树龄了。

龙生有一天在凤尾松下读书，小女儿看看周围没有别人，就走近龙生，对龙生说道："我的母亲听你的姑姑夸你聪明，想把我许配给你，我也愿意做你的妻子，托你姑姑作主，只是不知道你父母的意思怎么样？假如我们姻缘相合，能够成为夫妇，我就是死了也没有遗憾了！不然的话，我嫁的人，不是商人的儿子，就是农民的儿子，纵然是金玉满堂，田连东西，我也还是不愿意。"龙生说："能够有你做妻子，我这一生也就心满意足了。"于是两人指着凤尾松发誓道："如果我们的好事能成，那么凤尾松就开花结果；事情如果不能成，那么凤尾松就根枯叶死。"发完誓，两人就分开了。

龙生在祖家逗留，祖家大大小小的人都喜欢他，小女儿更加敬慕他。有一次，她亲自给龙生端茶，龙生接了茶，开玩笑道："茶已经喝了，我们的事不怕不成。"家里人听了，也没有觉得不妥。

不巧龙生的姑姑与练氏之间并不和睦，所以她表面上赞成这件事，暗地里却阻拦反对，因而龙生的父母犹豫不决，但女方并不知道这个情况。龙生曾告诉女子说："你既然不便马上议婚，我也不能马上纳聘，我回去与我的母亲商议，必定要让你做我的妻子才罢休。"女子家里很穷，从来没有穿过丝织的衣服，也从不用胭脂水粉。但是，即使是荆钗布裙，她也打扮得整整齐齐，身上没有一点污迹，甚至裹脚布也洗得雪白。再加上她性格平和，特别柔顺温婉，织的布又精美，剪裁的手艺又灵巧，在全族中都是第一。两个嫂嫂对她十分妒忌，她也不计较。龙生看重她的为人，更加坚定了与她成为夫妻的决心，但是良媒难得，姑姑又不极力赞成，两下里耽搁，时间就慢慢地过去了。

龙生行过冠礼之后，就去参加科举考试，到女子家的机会也渐渐少了。但是女子想念龙生，从来没有忘怀过，只有她母亲知道她的心思，就开导她道："我又派人到龙生家去商量你的婚事，早晚总会有定论，你不要在心中煎熬，白白让容颜消瘦。"

过了一段日子，龙生又来到祖家，说是看望姑姑，但真正的目的还是来看女子。龙生在姑姑家住了几天，女子的两个嫂嫂回娘家去了，她独自一人在小楼上纺织。小楼的下面有一条深深的巷子，一直通到后园，巷子中间用砖垒起了一道台阶，以便登楼。龙生从后园回来，听到女子的纺织声，就直接登上了她纺织的小楼。女子见龙生来到，不禁喜上眉梢，赶紧停下纺织来和龙生相互行礼，然后和龙生相对而坐，一边纺织一边交谈。女子于是就把自己的生辰八字告诉了龙生，让龙生找人推算，看两人命格是否相合。又跟龙生详细叙述起了家里的事情。龙生被她的情意感动，就随口作了一首诗送给她。诗为：

曲栏深处一枝花，秾艳何曾识露华？素质白攒千瓣玉，香肌红映六铢纱。

金铃有意频相护，绣幄无情苦见遮。凭仗东皇须着力，向人开处莫教差。

女子没读过什么书，只是识字罢了，她对龙生说："你应该解说一下，让我听懂它的意思。"龙生便一句一句地解释诗意。女子笑着说："日后我如果能成为你的妻子，你一定要教我作诗。我虽然愚昧，但是时间长了一定能学会。"龙生说："妇人女子之中，偏偏会有特别聪明的人，凭你的聪慧，学作诗是很容易的。"于是就代她和了一首诗道：

深谢韶光染色浓，吹开准拟倩东风。生愁夕露凝珠泪，最怕春寒损玉容。

嫩蕊折时飘蝶粉，芳心破处点猩红。金盘华屋如堪荐，早入雕栏十二重。

龙生又详细地为她解说了诗意。女子说道："常听人说你才思敏捷，今天看来确实是这样，这使我对你更加仰慕了！"说着久久地注视着龙生，道："看你的神情和风采，绝对不是平庸无为的人，以后一定会富贵显达。我打算把自己托付给你，并不是有其他的企图，只因为我的父亲早早亡故，母亲渐渐年老，大哥在衙门里当抄写公文的小吏，二哥又是衙门的差役，两个嫂嫂凶悍泼辣，这都是你所深知的。只要能够远离他们，让我能够嫁给你，纵然你没有官职，我不能做诰命夫人，但也不失为读书人的妻子。万一我不幸流落到俗人手中，那我只有死罢了！希望你好好考虑这件事。"龙生最初的时候是喜欢女子的容貌，却没想到她有这样的见识，从此以后他对婚约的事情更加上心，唯恐耽搁了。

不久，女子的两个哥哥果然被免了官职和差事，家道也随之中落。龙生的父母不愿意再与祖家履行婚约，就推辞了这门亲事，因此这件事就没有指望了。龙生私下写了一首长诗寄给女子。诗是：

> 我昔正髫年，笑骑竹马君床边。手持青梅共君戏，君身似玉颜如莲。
> 爱我聪明耽笔砚，鸳鸯文章紫骝健。风鬟雾鬓绯染唇，凤尾丛边几回见。
> 层楼窈窕洞房深，春纤缕缕抽冰线。寒修不来奈若何？罗带同心竟乖愿！
> 绣襦甲帐隔天涯，未解离魂学张倩。君知许嫁谁人家，我行射策黄金殿。
> 回首清河梦寐中，目断巫山泪如霰。

一天，练氏留宿在姻亲家中，两个嫂嫂挑衅，与女子大闹了一场。女子平时深处闺房，秉性善良，不敢说什么，又不能回骂，然而实在是气不过，加上与龙生的婚约忽然断绝，凄凉憔悴，独自一人百无聊赖，当天晚上，竟吊死在小楼上。等到母亲回来，悲痛欲绝，亲手给女儿洗涤装殓，在女子胸前找到一个绣花的袋子，里面密藏着一幅杏花笺，打开一看，原来是龙生寄给她的诗。母亲不忍心违背女儿的意愿，仍把绣花袋子放入了棺木中。龙生听说了女子的死讯，假托看望姑姑，跑来吊唁。等他到了祖家，女子早已香消玉殒，快要入棺下葬了。龙生泪如雨下，悲痛得不能自持，把女子送到下葬的地方，亲眼看着她的坟墓落成才回去。

几年以后，龙生果然中了科举，后来又担任要职，显赫于一时，虽然另外娶了妻妾，但心里仍然忘不了练氏女子。他经常与无为天师张真人谈论鬼神，偶尔说起了练氏女子的事。张真人见龙生思念深切，就画了道符超度女子。

过了几天，龙生梦见了女子来说道："我自从离开人世，已经二十多年了，阴曹地府查阅簿籍，原本我应当生三个儿子，寿命到六十岁，结果寿数还没有尽，却死于非命，要让我再作女人，了结前世的冤孽。昨天承蒙张真人施展法力，画符超度我，如今我要前往河南府洛阳县在城胡家投胎做男子了。我感念郎君对我的厚爱，生死都不忘记我，只是遗憾无法报答你了。郎君正当富贵，官位极高，以后也会多福多寿，子孙昌盛。"说完，拜别龙生，就要离开了。走了几步，她又回过头来说："郎君好好保重，我与你永别了！"突然间就不见了踪影。

龙生醒来后，想到没有什么能够纪念女子，就派人到女子家去看那株凤尾松，却已经枯死好几年了。龙生于是作了一首《哀凤尾歌》道：

有草有草名凤尾，仙人种在丹山里。世间百卉避芳菲，珊瑚宝树差堪比。
鬖影绝似凤凰翎，号以佳名同凤称。海上行迟珠露湿，洞箫品彻彩云停。
娟娟旎旎犹贞静，琉璃刻叶琅玕柄。九苞健翮时下来，五色奇文烂相映。
日影照耀晴筛金，盛夏翛翛风满林。艳阳不作桃李态，晚岁实坚松柏心。
华堂清处摇新翠，曾与飞琼翠阴会。倚丛未许暂偷香，指树惟期终作配。
那知万事终非真，幽芳淑质俱成尘。绮槛灵根凋百岁，绣房丽色殒三春。
凤兮偶昨来过此，弄玉台倾凤尾死。鸳鸯瓦落野棠青，孔雀屏欹土花紫。
感时抚旧恨悠悠，碧羽琼蕤万古休。败砌颓垣蛩吊月，荒烟老树鸟啼秋。
花草重栽春又绽，镜破钗离永分散。因歌凤尾寓深衷，留与多情后人叹。

武平灵怪录

齐仲和，名谐，是漳州人。他本来是富家子弟，稍有一点学问，却很会写文章，但是他豪侠不羁，挥金如土。元至正十二年（公元1352年），红巾军作乱，齐仲和的家产荡然无存，于是只好东奔西走，到别人家做食客。

他曾经到武平县项子坚家做塾师。项子坚出身寒微，突然之间发迹，成了暴发户，就想光耀门庭，所以婚嫁必定要攀附上世家大户，以便向人卖弄夸耀。一些有声望但现在家道中落、贫穷不振的名门大族，就与他家缔结了婚姻，一方是羡慕世家大族的名声，另一方则是贪图暴发户的钱财。凡是书信、公文、账册、记录等类，都是齐仲和为他起草润色，不知道的人还以为项家真是书香门第，缙绅人家。

洪武五年（公元1372年），项子坚亡故，两个儿子荣可、贵可大办丧事，把项子坚葬在监汀山里，距离他们居所有五十里地。齐仲和为项子坚撰写了生平，太史宋景濂应项家请求作了铭文，并且在墓旁修筑了归全庵，庵造得宏伟壮观，俨然是一条坊里。又拨出二百亩田作为僧尼的衣食来源，请南华本如真公主持庵中事务，状元金溪吴伯宗撰文记载了这件事。

以后齐仲和在武平县往来，因为庵寺正巧在半路上，所以每次经过必定在庵中留宿。这一年他有点小事前往福州，被人留在那里作塾师好几年。不久项贵可举孝廉，被朝廷授予嘉兴府同知的官职。那一年倭寇侵犯海岸，项贵可错在没有及时报告，被朝廷治罪，结果死在刑部的大狱中，家产全部被官府抄没，庵田也入官充公，僧尼全部散去。

洪武十八年（公元1385年），齐仲和从福州回来，前往项家拜访，等走到庵寺时已经傍晚了，就想在这里借宿，当时他并不知道项家已经衰亡，庵寺也已经废弃了。他走入了方丈内，寂静得一点人类的声音都没有，再看看所有的僧房，有的开着门，有的关着门。最后到了一个僧房，有一个僧人坐在床上，听到人的脚步声，惊奇地问："谁啊？"齐仲和就把自己的姓名告诉了他。僧人在黑暗中回答说："原来是老朋友，请坐！"齐仲和询问僧人的法名，僧人回答说："我刚有这形骸时，您还赶上看过我，难道现在忘记了吗？"齐仲和也不明白他说的是什么意思，又问道："其余的僧人在哪里？"回答说："偶然到施主家办水陆法会去了，只有我因为早就患了中风的毛病，不能下床，所以留在庵寺中。可惜能供役使的小和尚都出去了，没有想到您会来，茶饭都没有，拿不出什么东西款待你。"齐仲和告诉他自己还没有吃饭，僧人说："供桌上有不到一升的剩豆子，您如果不嫌弃，就请拿去吃吧。"齐仲和饿极了，抓过来就放在嘴里嚼食。于是顺便问起项家的情况。僧人说："一直都很好。"齐仲和感到困倦，想要去睡觉，僧人说："这里有几个客人，每天晚上都会来找我闲聊，一会儿就到，恐怕您会睡不安稳。"齐仲和问道："是些什么人？"僧人回答道："都是附近村里的良民，也有的与项家是亲戚。"齐仲和听了，高兴地说道："如果这样的话，那我就很荣幸了！"

一会儿，有两个人先走了进来，另有五个人随后来到。僧人对他们说道："今天正巧遇上项家的老朋友光顾，留宿在这里，各位不要惊讶！"齐仲和就请教来人的尊姓大名。先到的两人说："我们是石子见、毛原颖。"后到的五个人说："我们是金兆祥、曾瓦合、皮以礼、上官盖、木如愚。"齐仲和抱歉道："蜡烛油灯都没有，也无法行礼，希望各位不要怪罪。"众人应答说："您既是项家旧日的塾师，又是这庵寺的熟客，都是一家人，有什么好怪罪的？"

于是众人就与僧人一起谈论起来，口如悬河，争论不休，深得佛法真谛。僧人说："诸位久入禅定，怡悦心神，应当避开争论。但是今天有文人在座，我们何不暂且停止空谈，来吟咏诗句，以作为今天这个清静夜晚的欢乐之资呢？"众人道："好！"

于是，石子见率先吟诵道：

尝擅文房四宝称，尽夸鸲眼胜金星。华笺法帖长为侣，圆镜方琴巧制形。
铜雀坠台成凤味，玉蟾吐水带龙腥。莫欺钝寿浑无用，曾与维摩写佛经。

毛原颖的诗道：

早拜中书事祖龙，江淹亲向梦中逢。远夸秦代蒙恬巧，近说吴兴陆颖工。
鸡距蘸来香雾湿，狸毫点处腻朱红。于今赢得留空馆，老向禅龛作秃翁。

金兆祥的诗道：

身残面黑眼生沙，弃置尘埃野衲家。僧病几回将煮药，客来长是使煎茶。无缘不复劳烹饪，有漏从教老岁华。昔日炎炎今寂寂，莫将冷热向人夸。

曾瓦合的诗道：

家贫无庇欲依谁？散木微躯久觉衰。孔圣绝粮宁敢愠，范丹乏米岂辞饥。当年坠地无须顾，此日生尘不可炊。榾柮烟消灰烬冷，蒸蒸跨灶欲何为？

皮以礼的诗道：

幻身如絮太轻松，惯覆卢能与赞公。里裂不因儿恶卧，缯穿只为匠难逢。尘灰积久无人洗，虮虱生多欠火烘。零落半归虫鼠蠹，固知色相本来空。

上官盖的诗道：

常人髹漆贵人朱，生者憎嫌死者需。除是飞升无用我，若还解化也须余。能函盖世英雄骨，解殓倾城艳冶躯。寄语劳劳尘世客，百金莫惜预先储。

木如愚的诗道：

长须古鬣骨棱棱，心腹虚空不减增。早悟有身应有患，可堪无佛更无僧。频依鹫室行将腐，久想龙门去未能。朽木枯骸禅寂味，一宵清话胜闻经。

吟诵罢，众人拍手大笑，旁若无人。忽然风小云消，月光透过窗户，齐仲和隐隐约约看到诸人的相貌，有的身矮体方，有的身瘦头尖，有的黑脸而一只手臂很长，有的戴着黑帽而身躯极短。翩翩慢行的披着毡巾，屹然直立地靠着墙壁。最后一个老人，头颈上像是长满了鳞片，齐仲和感到非常奇怪，正要再仔细看，僧人忽然道："清风先生罗本素到了。"众人都起来迎接。

就见远远地走来一个老头，穿着白衣，手持竹杖，姿态优雅，两袖翩翩，摇摇摆摆地走着。他向众人作揖行礼道："各位老友，今晚的吟诵快乐吗？"毛原颖问："你为什么迟到了？"于是各人把诗作拿给他看。那老先生说："诸位都说自己的诗作很好，但不免让外来的客人见笑。"皮以礼说："客人虽然还没老，但是早晚会同上官公同车而行，又有什么关系？"那老先生又对僧人说道："法师为什么吝惜诗作？"僧人回答说："我是等您来一同赋诗而已。"于是大声吟诵道：

厌见阎浮劫火红，荒山独守化人宫。三千世界都成幻，百二山河尽属空。
衣藓乱生悲佛毁，床头不扫笑僧慵。难寻物外逃禅侣，罕遇桥边入社翁。
猛虎每游莲座下，怪禽多宿绣幡中。青苔满院新经雨，黄叶飘龛乍起风。
一对金刚蜗篆面，几尊罗汉鼠穿胸。残经缺字函函损，古器成精件件雄。
广殿窗开留月照，闲门锁脱倩云封。谩怜衰朽烟霞骨，莫起摧颓土木躬。
良夜岂期佳客集，清吟况与故人逢。案间残豆充饥腹，梁上深煤染病容。
行入轮回归败坏，不须辛苦笑疲癃。庄严未必成三昧，游戏何妨运六通。
梅子熟时圆觉性，松枝偃处记遗踪。欲知吸尽西江意，只听晨鸡与暮钟。

清风先生深深赞叹这首诗写得好，于是也歌吟道：

临汀山川，惟说武平。层峦峭秀，众水泻清。苍龙启吉壤，白虎开佳城，朱鸟叶卜筮，玄武迎休祯。形环势抱相回萦，信是天造地设成。当时项家两孝子，葬父于此守坟茔。归全复构招提宇，远请真公作庵主。租粮百石佃人供，钟鼓三时呗声举。能几年，遽如许，马嘶风，驼泣雨。常住之田官所取，明徒之僧俗为侣。檀那一去寺久荒，清宵赋咏来诸郎：毛生脱颖才偏锐，石公持重行还方；如愚守柱，须脱而衰朽；兆祥失柄，焰息而凄凉；皮家之翁衣破絮，垢满襟裾虱争聚；瓦合散诞少持推，上官凶狂使人惧。寒予放浪号清风，老大弗改玉虚容。平生扫遍天下热，族亲尚在杭城中。痴僧贫病废奔走，枯木寒灰身土偶。无心望赐紫袈裟，默参潜悟慵开口。齐谐非是志怪徒，相逢且复为嬉娱。功名富贵盛浮世，声色根尘悲幻躯。参横斗落金鸡曙，回首东西分散去。要知物我两相忘，居士坟边夜谈处。

    过了一会儿，月亮西落，村鸡报晓，众人急忙散去，不知到哪里去了。齐仲和走出来一看，这不过是一座荒凉的空庵。回头寻找那个生病的僧人，只剩下一尊泥像，看泥像背后题字的年月，正是齐仲和住在庵寺中的时候塑的，现在已经一片片脱落了。齐仲和这才领会山僧所说的"刚有这形骸时，您赶上看到我"这番话的意思。又到其他的僧房，只见破砚支撑着门，秃笔丢弃在地上，老鼠屎堆积在供桌上，于是想到先前所吃的剩豆子，大概就是这东西了。又发现烂棉被一条，旧罗扇一把，瓦甑积满灰尘，马上就要破了。半穿的铫锅没了把柄，梁柱上挂着木鱼，墙壁上靠着棺材的盖子。齐仲和大为惊慌，急忙跑出了寺门。

    走了好几里路，才发现有人家，于是齐仲和连忙去投奔。那家的老翁说："这个地方空无居民，又有很多奇怪的事发生，您昨晚住在哪里？"齐仲和把详细情况告诉了他。老翁惊叹道："你的性命好险啊！"并且告诉他道："项家遭了祸殃，坟墓和庵寺都已坍塌毁坏，他们家在那里寄存了一具棺材，近来也被人劈了当柴烧，只剩下了棺材盖。您所遇到的石子见、毛原颖，不就是砚台和毛笔吗？金兆祥、曾瓦合，不就是铫和甑吗？皮以礼就是被字，木如愚就是木鱼，上官盖就是棺材，罗本素是旧扇，这些就是您所见的几样颠倒真形，迷惑别人的东西。他们说与项家是亲戚的，大概就是指棺材而言。棺材是项家的旧物，所以说是亲戚。"

    齐仲和默然不语，恐惧战栗得非常厉害。当天回到家里，果然得了重病，于是想起"早晚会同上官公共同坐车"的话，料想自己必然好不了了，随即拒绝医药。妻子儿女轮番劝他，齐仲和说："死生都有定数，鬼怪已经先知道了，再去服药求医，实在是白白让自己受苦啊！"又过了半个月，他竟然就这么死了。啊！像齐仲和这样的人，怎能不说他是豁达的人呢？

琼奴传

　　琼奴，姓王，表字润贞，是常山人。她两岁的时候，父亲就去世了，母亲童氏，带着琼奴改嫁给富人沈必贵，沈必贵没有子女，爱琼奴胜过亲生子女。琼奴到了十四岁，就擅长唱歌，同时又精通音律，女子的德、言、容、功，她四者具备，远近的人都争相来求娶。当时同乡有徐从道、刘均玉两家，求婚特别迫切。徐家本是显贵人家的后代，但是很贫穷；刘家本是平民，但突然发了财。徐从道的儿子叫徐苕郎，刘均玉的儿子叫刘汉老，两人容貌都长得俊秀严整，并且与琼奴同岁。沈必贵想把琼奴许配给刘家，又看不起他们门第卑微；想许配给徐家，却又担心他们家道穷困，所以一直犹豫迟疑，不能决定。

　　一天，沈必贵与同族中有见识的人商议，那人为他谋划道："只要找到好女婿，不要去考虑其他问题。"沈必贵问："那么怎么知道他们的好坏呢？"那人回答道："这太容易了！您盛设酒宴，特地召见二人，请前辈中善于品鉴识人的人，让他们暗中观察，一来观察他们的才识与格局度量，二来试试他们是否擅长诗词文章，选择其中优秀的，把女儿嫁给他。还有什么比这更好的选婿办法呢？"沈必贵深为赞同。

　　到二月十二百花生日那天，沈必贵设筵招待宾客，凡是乡里有名望的才俊之士，都会集在家中。刘均玉、徐从道也各带着他们的儿子出席盛会。刘汉老虽然打扮得整齐华丽，对答温和大方，但是在待人接物时，未免有些拘谨；徐苕郎则眉目清秀，谈吐文雅，衣冠朴素，举止自如。

　　席中有一个叫耕云的人，是沈氏的族长，善于识别人品。他一看到徐苕郎、刘汉老二人，心里已暗暗知道他们的优劣了，于是对众人大声说："我的同族侄子必贵，有女儿到了出嫁的年龄，徐、刘二家，都希望能与必贵缔结秦晋之好，两家子弟，人又都长得不错，但不知这姻缘最后落在谁身上？"

　　沈必贵站起来回应道："这件事由族长作主，那是最好不过的了。"耕云说："古代有射画屏、牵红线、设座席等故事，都是用来选择女婿的办法，我用的方法却不同于这些。"于是就把两个年轻人叫到面前，指着壁上所挂的"惜花春起早""爱月夜眠迟""掬水月在手""弄花香满衣"四幅画，说道："二位少年稍微动动脑筋，试着吟咏，像古人那样射中孔雀目、夺取衣袍，在此一举。"怎奈刘汉老生在富家，懒读诗书，听到命题后目瞪口呆，久久不成。徐苕郎则从容不迫地提笔作诗，顷刻之间就已写成，呈送给耕云看，耕云啧啧称赞。他的诗写道：

惜花春起早

胭脂晓破湘桃萼，露重荼䕷香雪落。媚紫浓遮刺绣窗，娇红斜映秋千索。
辘轳惊梦起身来，梳云未暇临妆台。笑呼侍女秉明烛，先照海棠开未开。

爱月夜眠迟

香肩半觯金钗卸，寂寂重门锁深夜。素魄初离碧海壖，清光已透朱帘罅。
徘徊不语倚阑干，参横斗落风露寒。小娃低语唤归寝，犹过蔷薇架后看。

掬水月在手

银塘水满蟾光吐，嫦娥夜入冯夷府。荡漾明珠若可扪，分明兔颖如堪数。
美人自把濯春葱，忽讶冰轮在掌中。女伴临流笑相语，指尖擘出广寒宫。

弄花香满衣

铃声响处东风急，红紫丛边久凝立。素手攀条恐刺伤，金莲怯步嫌苔湿。
幽芳撷罢掩兰堂，馥郁馨香满绣房。蜂蝶纷纷入窗户，飞来飞去绕罗裳。

刘均玉见刘汉老一句诗也写不出来，深深感到耻辱，父子俩竟然不等宴席结束就走了。于是宴席上的人众口一词，都认为徐苕郎优胜。徐苕郎的婚事，也从此定了下来。不出一个月，就已择选吉日下聘礼了。不久，沈必贵因为喜欢女婿的缘故，想让他经常往来，就把他叫来，安置在馆塾中读书求学。

有一次，童氏偶然患了小病，徐苕郎进内室探病，琼奴正好在侍候母亲服药，没有想到徐苕郎会米，一时回避不及，于是就在母亲的床前相见。徐苕郎见琼奴容貌绝世，出来后暗暗高兴，就把一幅红笺封缄好，让婢女送给琼奴。琼奴拆开一看，不料却是一张空纸。于是她笑着写成一首绝句，以回复徐苕郎：

茜色霞笺照面颊，玉郎何事太多情？风流不是无佳句，两字相思写不成。

徐苕郎拿着琼奴的诗句回家，向刘汉老夸耀。刘汉老正恨他夺去自己的配偶，就把事情告诉了父亲。刘均玉不责怪自己的儿子没有学问，反而对徐从道、沈必贵恨之入骨。既然恨他们，就造出了事端诬告他们，使他们都得不到清白，最后徐从道全家发配到辽阳，沈必贵全家发配到岭南。两家诀别的时候，黯然销魂，旁观的人没有不为他们掉泪的。

于是双方从此离散，南北音讯不通。不久，沈必贵去世，沈家家道衰落，只留下童氏母女，住在简陋的茅草店里，在路旁卖酒为生。

虽然是在患难之中，琼奴已不再有往日的容貌仪态，但是毕竟年轻，素质纯美，终究与一般人不同。有一个姓吴的指挥使，想娶她为妾，童氏用已经许配了人家为借口来推辞。吴指挥知道其中的缘故，派媒婆对她们说："徐苕郎到辽阳守边，死生不知，即使安然无恙，又怎么能千里迢迢到这里来成婚呢？与其苦守空房，蹉跎岁月，还不如嫁给我，保你母女享用不尽，也不虚度了一生。"琼奴坚决不肯。吴指挥又派媒婆传话，并用官府来逼迫琼奴就范。童氏十分害怕，就与琼奴商议："自从苕郎北去，已经五年了，天涯海角，书信断绝，真所谓'君处北海，寡人处南海，风马牛不相及也'。你的终身大事，恐怕要成泡影，何况你父亲又突然去世，我们流落他乡，权贵豪门虎视眈眈，想要强行下聘，我们孤儿寡母的，有什么办法阻挡呢？"琼奴哭着说："徐家遭受祸害，本来都是由于我的缘故，倘若我再另外嫁人，背弃他们，是不道义的。况且人不同于禽兽的地方，是因为有诚信，抛弃旧日的相好而去寻求新欢，这是忘掉诚信，如果忘掉诚信，那就连猪狗都不如。女儿只有一死而已，怎么肯再嫁给别人呢？"于是赋《满庭芳》词一首表示决心：

彩凤群分，文鸳侣散，红云路隔天台。旧时院落，画栋积尘埃。谩有玉京离燕，向东风似诉悲哀。主人去，卷帘恩重，空屋亦归来。

泾阳憔悴女，不逢柳毅，书信难裁。叹金钗脱股，宝镜离台。万里辽阳郎去也，甚日重回？丁香树，含花到死，肯傍别人开？

当夜，琼奴就在自己的房间里上吊自杀了，母亲发觉后急忙把她解救下来，过了很长时间，才苏醒过来。吴指挥听说了这件事，大为震怒，派手下的人把酿酒的器皿全部打碎，又把她们赶到别的地方去住，打算折辱她们。当时，有一个年老的驿卒杜君，也是常山人，沈必贵活着的时候与他很要好，他可怜童氏母女孤苦伶仃，就把驿站里的一间廊屋借给她们安身。

一天，有三四个穿着军服的士卒到驿站投宿。杜君问他们从哪里来，其中一个人回答道："我们是辽东某驻防军的士兵，被差往南海招兵，暂时到这里借宿而已。"

正巧童氏站在帘子后面，发现他们中有一个青年，特别敦厚谨慎，样子也不大像士兵，他走来走去，好几次注视童氏，脸上凄惨的神色十分明显。童氏心里一动，就走出来问他："你是谁？"回答说："我姓徐，是浙江常山人，小时候父亲曾经为我聘求同乡沈必贵的女儿，给我作妻子，还没来得及成亲两家就出了事：沈家发配南海，而我家到辽东戍边，不通音讯好几年了。刚才我进入驿站，见了您的相貌，与我的丈母非常相似，所以不知不觉感慨悲伤起来，并没有其他缘故。"

童氏又问："沈家如今在哪里？他女儿叫什么名字？"青年回答道："沈家女儿名叫琼奴，表字润贞，议亲时年纪才十四岁，如今算起来，应当十九岁了。只是不记得他们居住在哪个州郡，已经难以寻找了。"童氏进屋告诉琼奴，琼奴说："如果真是这样的话，那是老天有眼啊！"

第二天，她把那个青年叫到房间里，细细盘问，果然是徐苕郎，不过现在已经改名叫徐子兰了，至今还没有娶亲。童氏大声啼哭，说："我就是你的岳母，你的岳父已经亡故，我们母女流落到这里，真是万死一生，没有想到今天还能够相见。"于是童氏把这事告诉杜君和徐苕郎的同伴，大家都感叹不已，认为是前世的缘分。杜君于是凑钱备礼，给徐茗郎完婚。

举行婚礼的那天晚上，喜悦掩盖不了悲哀，琼奴畅诉内心的感情，不胜凄惨悲凉。于是朗诵杜甫的《羌村》诗道："'夜阑更秉烛，相对如梦寐。'这两句诗真好像是为我们今天的情境而写的。"徐茗郎真诚恳切地安慰她说："不要太伤感，让我们好好对待彼此，姑且等待来年，我带你们一同回辽东，那么我们夫妻的鱼水欢情，就能天长地久了。"

婚礼之后，徐茗郎的同伴中有一个丁总旗，是一个忠厚的好人，他对徐茗郎说："你正新婚燕尔，不便离开妻子，征兵的差使，你就不必前去了，我们会分头到各州府投递公文。你好好照顾家室，暂且在此地等待，等我们把公事办完，再一起回辽东。"于是徐茗郎摆设酒席给他们饯行，然后这几个人就启程办公事去了。

不料吴指挥知道了这件事，就以逃兵为借口，把徐茗郎逮捕下狱并且用杖刑打死了他，然后把尸体藏在砖窑内，又派媒婆去恐吓童氏说："你女婿已经死了，你可以断绝这个念头了，我将选择吉日来迎娶你的女儿，如果再不顺从，一定要对你们下毒手。"媒婆请求她们允诺以便回去复命，琼奴让母亲先答应他们，媒婆离去后，琼奴就对母亲说："女儿如果不死，必然要遭受吴指挥的暴行污辱，我只有等今夜自杀这一条路了！"童氏也不知道该怎么办才好。

当天晚上，忽然监察御史傅公到了驿站，琼奴仰天呼唤道："我丈夫的冤屈可以昭雪了。"于是就马上写了状子上告。傅公立即向皇帝上奏章奏明了这件事。过了两个月，奏章获批，朝廷命令傅公审理此案，只是尸体一直找不到。正在审讯的时候，突然一阵旋风从大厅前刮起。傅公祝告道："死去的魂魄如果有灵，引导我前去寻找尸体。"话音刚落，风就旋转着在前面导引马首，直奔砖窑前，吹开炭灰，尸体露了出来。傅公委派检尸官查验，尸体身上的伤痕清晰可见，吴指挥只好低头认罪。

傅公命令州官把徐茗郎安葬在城外，琼奴哭着送葬，然后自沉于墓旁的水池中，傅公于是命令州官把琼奴也安葬在那里。傅公把详情报告了朝廷，皇帝下旨给礼部，为琼奴立"贤义妇之墓"的牌坊，以示表彰。童氏也由官府发给衣服粮食，终身优抚赡养。

幔亭遇仙录

　　杜僎成，是江西巴丘的隐士，寄居在福建建阳。他秉性高洁脱俗，在林木泉石中寄托自己的志向。他有一只小船，小船里放有笔床、茶灶、钓具、酒壶等物，经常盘桓在武夷山的九曲溪流中，人们都推崇他有雅致。

　　一天，正好是仲秋，雨后转晴，凉风扑面，杜僎成顺着水流泛舟，任凭小船漂荡。一会儿，小船停在了岩石边，杜僎成仰望岩上，只见那里长满了翠绿的藤萝、蔓草以及丹桂、苍竹，浓密的树荫下散发出阵阵清淡的香气，向四周缓缓散发。于是，杜僎成把船系好后上了岸，漫步前行。

　　忽然，他看见一扇石门大开，路途平坦，杜僎成知道到了奇异的地方，便高兴地向前走，只觉得风和日丽，天气晴朗，真是别有一番天地。走了二里多路，进入一座大城，城中宫殿宏伟雄壮，守卫戒备森严，城门上的金字匾额题着"幔亭真境"四字，大概这里是武夷君的治所。又走了一里多路，只见乔木美树环抱下，有一座壮丽高大的建筑，四周流水飞花，时而有鸡鸣狗吠之声传来。远远地看见有一所高大的房屋，建在清澈的池水之上，上面题着"清碧道院"四个字。

　　杜僎成到了门口，只见猿鹤驯伏，芝兰芬芳，柳荫下面站着两个童子。杜僎成向他们作揖行礼，问这里是什么地方。童子说："清碧先生等待您已经很久了。"说着，就进去禀告了。

　　一会儿，童子又走了出来，引导杜僎成进去。经过了好几个地方，但见云窗雾阁，与人间大不一样，而琼林瑶树，似乎是天上的品种。最后，他们来到一座亭轩前，清碧先生戴着头巾，系着宽腰带，相貌看起来端重清雅，正坐在中间。

杜僎成向他拜了两拜。清碧先生说："你知道人间有京兆杜伯原吗？我就是。至于你，是我族中的后辈，你好好记着。"杜僎成跪在地上致意道："我没来得及接受前辈的教诲。"过了好一会儿，清碧先生详细地问起同宗亲党以及虞集、杨载、范梈、揭傒斯各位君子后代的情况，杜僎成恭恭敬敬地回答，都清晰可听。清碧先生脸上露出了高兴的神色。一会儿，童子送上百花茶，杜僎成喝完，全然不觉得饥饿。到了晚上，清碧先生让杜僎成睡在别的房间，纸被绢帐，石枕竹床，只觉得风寒凄清，难以入眠，只有窗格间明月照人，飞雪入户，倘若不是精神饱满、气息充足、性格坚强、志向坚定的人，是无法在这里居住的。

第二天，清碧先生叫杜僎成吃饭，只有一盘鹿脯肉、一碗芝麻，但是芳香甘美，味道实在非同寻常。吃完饭，杜僎成准备告辞回去，清碧先生说："这里是众位神仙的别馆，大家都会来这里游玩，这几天要在我的地方聚会，我将求取他们的诗文，送给你带回去，你姑且再等等。"杜僎成听了，喜出望外。

第二天早上，果然有七个穿着宽衣、头戴高帽、佩戴美玉的仙人来到，一个个风度凝重深远，气概不同凡俗。清碧先生站起来迎接，拱手行礼请他们坐下。杜僎成端立拱手，屏着呼吸站在门外。一个仙人忽然看着他说："这个小子是哪里来的？"清碧先生说："这是我族中的后辈杜僎成。我当初在尘世的时候，屡次推掉朝廷的征召，专心于著述，现在这些著作都散失了，唯独《春秋诸传正义》四十八卷还保存着，我平生的精力，全都在这部书中，这些都是各位所知道的。所以我把它存放在石匣里，用金锁锁起来，藏在玉笥山覆箱峰的北山岩。近来因为蛟龙造孽，湍急的水流冲开了洞口，石匣露了出来。我担心愚蠢的人会私自打开石匣，因为上天所定的气数不可以传告给人世，所以召他来，让他回去堵住洞口。"于是，大家互相议论《春秋》各传的得失。一位仙人说："《春秋》是孔子的手笔，不比其他经书，但是诸位儒生以管窥天，以蠡测海，拘泥地指经中一个字为褒贬，这难道是圣人的本意吗？大抵上儒家经典中所写的，有通例也有变例，难以一概而论。首先是国君，其次是封土之爵，这是常例。主持会同掌握兵权，谋划合纵图谋叛逆，这就接近于变例了。但是开头制定法令条例时，恳切地以周王朝为归宗，王一定称为天王，正月一定称为王正月。对于文王、武王、成王、康王显赫的声威，俨然加以颂扬，拨乱反正。这应该是为天下后世考虑，但有人却认为这是为鲁国而作，这难道是圣人的意思吗？"

一个仙人问："伯原公的意思怎么样？"清碧先生回答说："过去人们说三传兴起后《春秋》就散失了，散失是散失了，但是对三传也不能轻率地非议。《公羊传》《榖梁传》专门解释经文，而《左氏传》则专门记载事实。到唐朝的啖助、赵匡，才开始细致详尽地剖析，然后辨明著书的主旨和体例，综合三家的要点而归结于一体。陆淳继承了赵匡的学问，又著成《春秋集传纂例》《春秋集传辨疑》《春秋微旨》三本书，他的文章可以说是观点鲜明了，他的学问也可以算得上纯正了。宋朝各位儒生的著述，都光明正大，词严义密，没有蕴藏于其中而未全部显现的深奥含义。只是胡安国注重讽谏，说'高宗复仇'，未免有点牵强附会的地方。所以朱熹曾经说过：'胡氏说《春秋》，已到七八分的火候，但还没到洒脱的地步。'说得确实有道理啊。又如张洽的《春秋集传》、王枢的《春秋谳议》等书，都能阐发前人没有阐发的东西，分析说明其中的精妙之处，而要想一点遗憾也没有则未必能够。他们中最有成就的，恐怕是程颐吧！"

一会儿，摆设宴席，杯盘陈列，菜肴则有黄精、灵芝，乐器则有朱弦琴、绿绮琴。酒是用黑黍和郁金草酿造的，宾主迭相劝酬，侍从奴仆，做事恭谨，没有人敢发出一声咳嗽。

宴席撤下后，就重新燃起篆香，再送上茶水。绿衣童子捧出一幅锦绫装裱的卷轴，摊开在石桌上。清碧先生让杜倩成拜见座中所有的宾客，并且说："我族中的后辈这次来到这里，实在是他几世的荣幸！今天能遇上你们，也是出于前世的因缘，各位仙友该不会无动于衷吧？愿求诗句数联，让他带回人间，作为玩赏的珍品，这也是文人的盛美之事，不知道各位是否同意？"众仙人都笑着说："我们已经很久不说世俗的话了，这会儿应该说些什么呢？"于是清碧先生亲自用隶书写了"幔亭游"三个字在卷首，不芒道人方方壶在后面画了一幅"幔亭游图"，紫霄上相玉蟾白真人铺陈雄文，张设辞藻，作《幔亭游序》一篇，但由于文字太多就不载录了。然后各位仙人按照次序赋诗，文思敏捷，快如风雨。闲闲宗师吴全节为之吟诵道：

曾祝蕃釐侍尚方，紫坛清夜醮虚皇。奎章已拜看云赐，真境空余煮雪房。

物外烟霞端可乐，人间富贵久相忘。而翁著述遗书在，石室开时更慎藏。

贞居外史句曲张伯雨也赋诗道：

良常暂别武夷游，为访名山洞府幽。行处独携千岁鹤，归时自控五花虬。
经多传注真成赘，道在希夷信莫求。泉石乡中多胜概，可能来此事藏修？

上清外史薛玄卿接着也赋诗道：

绿荷衣上带云霞，误入玄洲外史家。青鸟近传王母信，苍龙遥引木郎车。
相逢只恨仙凡隔，归去宁愁水陆赊。儒道异门非确论，临风为子一长嗟。

湖山水月道人宰渊低声吟诵道：

先生著述胜古人，予夺去取皆通神。获麟圣笔久已绝，末学剽窃畴其真？
惟公特起精凡例，迂诞一空穿凿废。奇文未许世流传，幽隧重教石封闭。
先生已是列仙儒，古体亲烦汉隶书。遥知置向茆斋里，夜夜虹光贯紫虚。

开府真人王溪月吟道：

武夷先生洞天住，闭户穷经辨经注。东海人争重管宁，南州士竞推徐孺。
尊王贱伯心何劳，词严义正明秋毫。奸兮已受斧钺戮，善也还蒙华衮褒。
既成珍爱比金玉，固锁重封葬山麓。埋藏此日锭灵踪，诵读何年载人腹？
鬼守不谨蛟出游，石函一日随奔流。先生大惧呼族子，函以土石填岩幽。
因兹得至清虚境，好断尘缘发深省。莫向人间恋火坑，幻身浑似浮沤影。
玉蟾仙翁宋硕儒，上卿贵重元巨夫。玄曦词翰古难有，伯雨文章今绝无。
湖山水月烟霞老，羽客之中诗更好。虎卧龙跳笔如飞，万斛珠玑即时扫。
群公总是宋元人，骖鸾鼇凤为仙真。千生万劫难得见，如何一旦皆相亲？

蹇余谬忝官开府，至正年间弃尘土。武夷天目常往来，独与而翁早为伍。
渠归努力毋蹉跎，流光日月如掷梭。北邙山上旧坟少，闻道新坟今更多。

诗成之后，都亲笔挥写，文不加点。

众仙正在传阅间，忽然圜一道人李玉成、虚一先生赵嗣琪、金浅羽人查广居、无为子张信甫来到。伯雨说："奇事！奇事！"于是把卷轴交给后到的四位仙人题诗。查广居先赋诗道：

骑得辽东一鹤回，千年又见碧桃开。谁家小子如方朔？偷向碧桃树下来。

无为子张信甫的诗为：

得道俱为蓬岛客，长生已作洞天宾。如何却起凡间念，更写《云谣》赠世人？

圜一先生题诗为：

至人收视息，恬澹养希夷。万物皆刍狗，此身真若遗。
大道无终始，时运有盈亏。寄言学仙子，试向窍中窥。

虚一先生也接着题诗道：

好山远凝黛，弱水难胜载。流响闻天风，飙轮骈飞盖。因逢世间人，聊问今何代？

四人写完，清碧先生笑着向他们表示感谢，接着，各位仙人相互挽扶着出门而去。杜僎成拜受锦轴，然后层层包扎珍藏，向清碧先生告辞回家，清碧先生就派人将杜僎成送出洞口，忽然之间洞就不见了。回头望去，四面群山中，只有茂盛杂乱的草木；看看自己身上，只有灿烂的锦轴还在袋子里。再找找自己的小船，还系在原来的地方。

杜儆成到家后，紧接着就前往玉笥山覆箱峰下面，到处寻觅，果然发现有一棵倒下的松树，斜靠在洞穴旁边，有一只封闭得很牢固的石匣，被山洪冲了出来，将坠未坠，横靠在松树根上。杜儆成系绳悬下岩底，用土填塞，并加上了石头封固。

从此以后，杜儆成容光焕发，走起路来像飞一样，大概是吃了仙食的缘故。又过了几年，杜儆成抛下妻子儿女，携带仙人手迹，遨游名山大川，很少与人接触。只有龙虎山的卢大冶，与他交往最密切，杜儆成把卷轴拿给卢大冶看，并把经过说给他听。卢大冶就把"幔亭游"三个字临摹在了在仙岩石间，并且抄录了仙人的诗文，送去给天师看。天师向杜儆成求取卷轴但没有得到。

卢大冶死后，杜儆成感到怅然无所依止，不久也羽化在山中。将要羽化的前一天晚上，忽然有风雷摄取卷轴而去。次日中午杜儆成竟然就逝世了。死去七日后，尸体脸色不变，肢体也不僵硬，目光不散，有见识的人说这是杜儆成遇到神仙后也尸解成仙而去了。

胡媚娘传

黄兴是河南新郑县的驿卒。一天晚上，他外出办事回来，因为走路累了，就在树林下休息，看见一只狐狸拾起人的骷髅戴在头上，然后向着月亮叩拜。一会儿，它竟变成了一个女子，年纪有十六七岁，长得非常漂亮，在新郑的官道上哭泣，一边哭，一边走。

黄兴尾随在她后面，暗中观察，狐狸没有想到自己的秘密被黄兴看破，还故意作出娇滴滴的样子。黄兴心里想："这东西算是奇货可居。"于是就问她："你是谁家女子，竟敢在深夜独自行走？"狐女回答道："奴家是杭州人，姓胡，名叫媚娘，父亲调任到陕西做官，刚才在前面的村庄遇到了强盗，父母兄弟都死在贼寇手中，财物也被他们抢劫一空。只有奴家隐伏在深草中，才能苟延残喘到现在。现在我孤苦伶仃一个人，无处可以投奔，准备投河自尽，因此在这里哭。"黄兴听了，就说道："我家里虽然贫穷，幸好也不少吃喝，我的妻子也淳厚和善，可以容得下你。你愿意到我家去安心住下吗？"狐女忍住眼泪拜谢说："老人家可怜我，真是我的再生父母啊！"随即来到黄兴家，又把之前说过的话对黄兴的妻子说了一遍。黄兴的妻子见狐女柔顺，也就好好对待她，而黄兴始终没有把真相说出来。

当时有一个叫萧裕的进士，是福建人，新近被授予了耀州判官的职务，上任经过新郑。他与新郑县令彭致和是表兄弟，于是就顺便拜访彭致和，彭致和就把他安排在驿站里住宿。黄兴正好在驿站当差，他见萧裕年轻，性格豪迈不像是个本分人，而且携带的行李又很富足，就对妻子说："我们要脱离贫困了。"为了要让萧裕动心，他屡次让媚娘到井边打水，以便让萧裕看到她。萧裕果然喜欢媚娘的美艳，就请求娶她做小妾。黄兴说："官人您一定要娶我女儿的话，没有十倍的彩礼绝对不行。"萧裕毫不吝啬，倾其资财，办成了这件事，随后带着媚娘到了任所。

媚娘秉性聪明，为人又柔顺，上自太守的妻子，下到众位官员的家室，她各送了绿罗一匹，胭脂十帖。而且媚娘不管对年长还是年幼的人，都能得到他们的欢心。因此里里外外都称赞她，没有人说她的闲话。有时宾客突然来到，萧裕来不及安排，而酒饭之类的东西，媚娘随时就能拿出来招待客人，丰盛或者俭朴都能处置得宜。空暇的时候，媚娘亲自纺织，亲自煮茧抽丝，平时则深居闺房，从来不踏出外面的门槛。萧裕如果有疑难的事情，每每向媚娘咨询，媚娘都能一一为他剖析，把情况分析得头头是道。萧裕暗自高兴得到了贤内助，而同僚之间，也无不相信媚娘是个贤惠的妇人。

没多久，省府听说了萧裕有才能，就征召委派他到各府催粮。媚娘对萧裕说："你在官府里要努力，尽心于公事。家里的杂务，我可以承担。你应当保重千金之身，以图报答朝廷恩德于万一，千万不要被家事拖累了。"萧裕点头答应，与媚娘告别。

于是一路前行，晚上寄宿在重阳宫。道士尹澹然看到萧裕后，私下对萧裕的下属周荣说："你们长官身上妖气很重，不治的话将会有生命危险。"周荣把这话告诉了萧裕，萧裕叱骂说："什么鬼道士，竟敢如此胡言乱语！"

这一年冬末，萧裕催粮完毕回到州府。等到了暮春时节，萧裕就生病了，面色萎黄，身体消瘦，做事情颠三倒四，举止行动匆忙急迫。同僚为他求医，给他服药，却都没有效果，也没有人知道他发病的原因。周荣忽然想起尹澹然的话，就向太守禀告，太守问萧裕，萧裕说："是有这么回事。"于是太守对同知刘恕说："萧君生了病，大家都说有邪祟，我们不能坐视不理。"刘恕说："何不请尹道士前来消除邪祟？"太守即刻准备了书信礼物，派周荣到重阳宫去请尹澹然。

到了重阳宫，尹澹然说："他不相信我的话，以致有今日。但是道家以救济人为己任，又怎么能不去走一趟呢？"于是便和周荣一起到了耀州。太守出来迎接，请求他医治萧裕的病。

尹澹然屏退闲杂人等后对太守说："这件事我早就了解了，萧裕的家眷，是新郑县北门的老狐狸成精，化身为女子，迷惑了很多人，如果不立即除去，其祸害实在不可估量。"太守惊愕地问道："萧君的妻子，大家都称赞她贤惠，怎么现在忽然有这个说法？"尹澹然说："姑且等待明天，就可以见分晓了。"于是就在州衙的后堂筑起了法坛。

第二天中午，尹澹然手持法剑，画了一道符召请神将。一会儿，邓忠、辛环、张节三位雷部天神森严地站列在法坛前面。尹澹然焚香对天神说："州判官萧裕，被妖狐迷惑，麻烦各位即刻剿除妖孽。"随后，尹澹然举起大笔书写了一道檄文，交给天神拿去。那檄文道：

上清天讨伐雷神府分管，查察而得：阴、阳二气始分，天在上，地在下，从此奠定了法则；天、地、人三才已分，物化人生，也各从其类别。念疆域广大，叹狐魅渐多。聚集树叶作衣裳，戴上髑髅改变相貌。击狐尾发出火星来作祟，听冰下无水声而后过河而招致疑虑。所以百丈禅师悟破因果之禅，大安高僧出入罗汉之地。杨再思机智善辩，难逃两脚野狐的讥讽；张华博学多闻，能识别千年的斑狐。更何况萧裕乃是福建的进士，朝廷的七品命官，狐女竟敢自献腥臊之身，从而夺去他的精气。投靠驿站的差役，最后又作了官宦人家的配偶。放纵这种苟合的行为而不知羞惭，怀着贪婪的心而不知停止。狐的特征是毛长，狐的名字叫紫紫，而这些可以掩饰你的过错吗？说起来丢脸啊！州郡的城隍失于觉察，暂且姑息宽容；州衙的土地神竟让狐狸隐藏，要另行追究查办。青丘九尾狐是正犯，必须载入黑簿，判处严刑，押赴集市，用雷劈死。让狐不能借虎威吓人，使兔子有所鉴戒。将九尾狐尽行诛杀，万劫不得赦免，让耀州衙门马上清净，使新郑驿的祸根永远断绝。永久关押在鬼门关，完全按照阴司地府的法律办。布告各地庙宇，让大家都知道。

一会儿，黑云像浓墨一样遮住天空，大雨倾盆而下，一声霹雳，媚娘已被雷震死在街市上了。吏卒僚属前往观看，原来真是狐狸，而骷髅仍然戴在狐狸头上。各家的女眷急忙取出媚娘送给她们的东西来看，原来绿罗是几张芭蕉叶，胭脂则是几片桃花瓣。她们把这些东西拿来给萧裕看，萧裕这才消除了疑虑。尹道士命令焚烧了死狐，然后埋葬在偏僻的地方，上面用铁简镇压，让它永远绝迹。而后尹道士又拿出朱砂、蟹黄、香灰给萧裕服用，接着就飘然回了重阳宫，不再回顾。

萧裕的病痊愈后，才把娶媚娘的事告诉太守，太守派人到新郑县诘问黄兴。黄兴已经搬到了别处，家里很富裕，也不再做驿站的驿卒了，这是得到萧裕的聘礼的缘故。他这才稍稍对人说起嫁狐女的事情。查访的人回来，向太守详细报告了这件事。众人这才相信狐狸善于迷惑人，并且认为尹澹然的法术确实很神奇灵验。

续卷四

洞天花烛记

文信美，浙江于潜秀才，在元天历二年（公元1329年）偶然出游，在半路上遇到了两个使者，身上穿着布袍，脚上穿着葛草鞋，两个人一起过来，向他行礼作揖说："华阳洞主人已经熏香沐浴了，他非常虔敬地邀请你前去。"文信美听后，连忙推辞说："我是天目山的粗野之人，华阳洞是句曲山神仙居住的洞府。仙凡相隔，怎么能拜访呢？"两个使者说："我们已经准备好了您乘坐的车轿，希望您不要再推让！"文信美这才答应和他们一同前往华阳洞，果然看见有一乘竹轿在道旁等候，只是没有轿厢。文信美坐上轿子以后，不大会儿就到了句曲山华阳洞。两位使者和文信美一同进入洞中。洞主头上戴着玉冠，身上披着丝绢做的衣服，手里拿着笏板，出来迎接，并且向文信美致歉说："邀请您来我洞府中是超越我本分的，承蒙您大驾光临，希望不要因为这事情办得草率而怪罪我。"然后与文信美施礼，两人在堂前坐下。喝完茶，撤去茶杯，摆下宴席杯盘、罗列山珍海味，洞主亲自拿着酒盅劝文信美喝酒，说道："老夫住在这个洞里，只希望安逸，但是男婚女嫁的事儿仍然关心。现在我女儿十五岁了，已经和太湖湖主商谈联姻的事情，准备让他的二儿子做我的女婿。眼看着大婚的好日子快要到了，举行聘礼的日子也已经临近，所有的事情都准备得差不多了，只是还没有找到写回信的人。一直以来听闻您的文章大名，尤其擅长写文章诗词，今天特地高攀迎接，就是想借助您的大手笔。"随即命令手下拿来笔墨纸砚放在桌案上。文信美好像并不怎么用心，但手臂好像有神灵在指挥一样，文思泉涌，挥毫不停。那回信说：

福地阴阳相合，洞天谐合二神姻缘；龙宫岁月久长，水府缔结万年好合。特地用毛笔，虔诚地写在彩笺上回信。奉上太湖湖主顺济昭祐王亲家殿下：乾坤正气，星斗清光。行善事而得到正果成为了真仙，在上天禀受高尚的气质；地位和江海一个等级，在清明的时代接受显赫的称号。普降甘霖施行仁静的德行，亲自实践正道并且都能智勇地使用。汲取细流，容纳广阔的水量；众流归于您这里，汇聚成了无边的海洋。一直以来享有"万流朝宗"的声誉，您很早就推崇"就下润物"的功德。在鱼鳞堂升座治理政事时，朝上的行列严肃而恭敬；闲暇的时候在玳瑁殿摆宴，有姿态柔美轻盈歌舞相伴。您的官职享尽天上的荣华；庙食受关中奉祀已久远。百姓都虔诚恭敬地奉上香火，世俗都尊敬地仰慕神灵。福禄所同，商人农民都能得益。我的心志在于淡泊纯朴，崇奉谦和虚心；记名于宫门，掌握着下界的生杀大权；在洞府执政，上朝参拜时有幸瞻仰玉帝的容颜。既交接壤的欢愉，仍然美慕贵族的昌盛。像令郎这样温和而有声望，实在是难得的白面绣衣郎；像小女这样柔美顺从，谁会认为是红楼富家女？像令郎仁爱宽厚，则仰慕能效法先人贤德的公子；车行整齐和谐，则有愧下嫁的诸侯之女。自念是什么人，敢说这不是佳偶？宜其家室，严守当初的盟约纳币；投桃报李，表达心意没有什么可酬谢厚赠。青春不老，百世流芳。

主人读完后赞不绝口，就留文信美住在洞府中，以便给婚礼盛会增添光彩。同时，主人派遣仆役拿着请帖，遍请附近洞府的众位仙人，让婚礼增添宏伟的气象。到了婚礼那天，群仙聚会，车马众多，旗帜招展，在人世间是没有这样的盛况的。洞主头顶上戴着旒冠，佩戴五岳真形图符篆，身上穿着赤霜长袍，在别殿迎接客人。

一会儿，千乘的马队来到，一遍又一遍地敲鼓，不断地鸣响胡笳。华盖彩旗招展，前后簇拥着一乘乘雕鞍；来的是一位位庄严显贵、绣衣礼服的客人。在辉煌的灯烛、嘹亮的笙歌中，侍者急匆匆跑进来报告："新女婿到门前了。"众仙连忙站起来迎接，引入临时搭起的帐篷。忽然里面传出话来，十分急迫地索取催妆诗，而新女婿所带的傧相，一时竟文思阻滞，几十个随从，络绎不绝来催取。新女婿探知文信美在座中，私下里派人前去央求。文信美马上代他做诗道：

> 玉镜台前弹绿鬟，象牙梳滑坠床间。宝钗金凤都簪遍，早出红罗绣幔看。
> 十八鬟多气力娇，妆成不觉夜迢迢。风流自有张生笔，留取双眉见后描。

媒人把催妆诗拿了进去，众仙看后不约而同地一起喝彩。只见美女百队，在两行有画饰的红烛引导下，箫管乐声响彻云天，香风飘荡在整个院子中，新女婿进入洞房成婚。管事的人又来索要撒帐文来，左右都惊慌失色。新女婿把媒人叫来在耳边说了几句，又让她出去央求文信美。文信美立即写文章交给她。文章说：

天地阴阳二气未分的时候，自然之气没有形状并且混混沌沌；阴阳二气分开以后，刚柔就有了对称。自从盘古开天地，就已经有了匹配的名称，制度的建立，以大婚最讲礼节。太湖新婚郎君，华阳洞元姬淑女，汇聚了天地之间的特殊之气，蕴含着仙人的资质。论新女婿礼乐文章，可与吴彩鸾的丈夫相提并论；论新媳妇德貌女功，可与王君迥的妻子相媲美。桃花自泛于水源，红叶肯题于流水。天作之合，神灵都帮助他们成功。只是万物造化都离不开阴阳，而天地间精妙开始于夫妇。内室深远奥秘，罗帐翡翠被散发出郁金香味；服饰华丽光辉，火浣布的单衣，绣花的方领。揭去新媳妇的头盖，露出珠冠上的首饰；夫妻交换杯子，相互品尝玉杯中的酒。平铺的锦垫，软软衬垫三寸金莲的鞋袜；深黛的眉笔，轻轻描画着弯弯月亮之眉。两家成就了百年的婚姻，是真正的一对正相匹配的夫妻。伉俪和谐恩爱，琴瑟和合缠绵。采蘩采苹，能谨守祭祀时的礼仪；弄璋弄瓦，将受生儿育女的吉兆。合欢草不会让位给名花，并蒂莲就像奇果。哕哕像朝阳的凤凰，噰噰如同春日水边的天鹅。响动帏屏，帘幕蹙聚轻细的波纹；梦回鸳枕，口中含有芳馨的丁香。意外的相逢已如愿结缡，善于吟颂更显现在撒帐上。请唱起歌来，以增加欢乐。

撒帐东，罗帏绣幕围春风。红绽樱桃含白雪，元精耿耿贯当中。

撒帐西，歌舞留人月易低。惊起芙蓉睡新足，倚风晴态被春迷。

撒帐南，新人轿上著春衫。云髻半偏新睡觉，断肠春色在江南。

撒帐北，云楼半开壁斜白。小语低声问玉郎，春色恼人眠不得。

撒帐上，两两红妆笑相向。淡云轻南拂高唐，睡觉不知新月上。

撒帐下，满山明月东风夜。冰簟银床梦不成，美酒清歌曲房下。

希望撒帐之后，公公婆婆都欢喜，家庭和睦都亲善。一掬美酒，休说裴航的奇遇；五对白璧，可知雍伯的阴德。纵然海枯石烂，相信能天长地久。螽斯秩秩，子孙众多！

新女婿的傧相，大多说的是吴地乡音，无奈不善于诵读，又请文秀才来读诵。文信美到达内室后，发现这里珠玉、绮罗交相辉映，美女们都长着桃腮杏脸，有着洁白细腻的颈项和胸脯，也不知道有几千几百人。在象牙床上，如果不是新娘与新婚双双坐在那里，怎么也分辨不出谁是新娘子。文信美高声诵读撒帐文，从容优雅的声调，顿挫抑扬，很是得法，听的人齐声叫好。礼成后文信美出来到了外庭。一会儿，新女婿派媒人送来两匹冰蚕丝织成的绢还有两颗明珠。文信美拜谢后就收下了，应主人邀请在婚礼宴席上坐下，桌上摆设的山珍海味都不是人间的普通食物，也叫不出名称来。主人遍告座中的宾客，赞扬文信美的文才，并且站起来说："这次是千载难逢的嘉礼。今天文豪光临，群仙惠顾，希望您能留下诗词，作为洞府之宝，不知道可以吗？"文信美不好推辞，就献上《洞天花烛诗》一首：

玄黄初分闷灵壤，峭壁穹崖绝来鞅。深严不遣俗人到，窈窕惟宜法宫敞。

重重叠叠峙华构，画栋凌霄挂金榜。丈人华盖钧轴相，佐治蓬莱生杀掌。

神明自与世人异，婚嫁本无情欲想。阴阳动静含橐龠，示有耦配非惚恍。

高闲孰是可作对？震泽尊居百川长。时良日佳车辆多，琼树瑶柯顿成两。

烹龙炰凤设宾筵，考鼓挝钟震霆响。塞予凡陋忝司笺，利市平分珠与镪。

雍容喜得厕衣冠，傃期宁期近屏幌。庭丁络绎进珍羞，座客纷纭杂谈讲。

饮河鼹鼠愧盈腹，止鲁鹨鹛惭厚享。幸观花烛献新篇，留与千秋洞天赏。

　　众宾客传观品鉴，都称赞这诗写得瑰丽奇特，堪称上乘之作。酒宴结束时，众仙人都喝得酩酊大醉，互相搀扶着出门。第二天，主人又在玄清殿设宴，特别款待新女婿，专门让文信美陪坐。文信美坚持推让，翁婿二人不断地交相邀请，文信美这才入座酒宴。酒过三巡后，新娘亲自捧出红罗、文锦各二匹作为谢礼。宴席散去之后，华阳洞主又派以前接他的那二位使者送文信美回去。文信美失踪已经半个月，突然回到家中，家里人十分惊喜。仙人送给他的东西文信美全部卖掉了，于是成了富家。他子孙众多，人们称他们家为"遇仙文氏"，对文信美遇仙这件事，于潜人至今仍然赞不绝口。

泰山御史传

　　山东益都的宋珪，表字孟瓒。宋家世代是农民，只有到他父亲这一代才读书成为乡野中的儒生。宋珪长得英俊魁伟，长大后端正严谨，勤奋学习，每天记诵千字以上。他家里贫困，只能自食其力，在乡野中隐居，以教授儿童启蒙为生，不符合礼仪的事情从来不做，人人对他既敬重又畏惧。省级长官以孝悌、力田的名义向皇帝荐举，皇帝没有批复。集贤大学士阿鲁浑撒里也向皇帝举荐并说他坚守节操，恬淡谦逊，不争名夺利，不求仕进，应该用他来警戒那些追求名利的人，作为他们的榜样，可皇帝又没有批复。宋珪对此却都很淡漠。他具有严厉刚毅的性格，别人的过失是他不能容忍的，当面批评指责别人是经常的事情，以至于面红耳赤，怒发冲冠，也不肯稍稍原谅，而人们也佩服他能规劝开导人，没有人与他形成敌对。

元至正二十年（公元1360年）秋八月，在家闲居的宋珪，忽然看见黑云四集，缭绕他的屋子，帅旗符节拥着一个像人间大官模样的神人，把宋珪叫出来说："东岳大帝听说你经学博治，德行至善，但是不合于当今世道，因此特地召你去泰山御史台做御史。"宋珪丈二金刚摸不着头脑，只好趴在地上从命。神人即刻宣读诏书说：

东岳天齐大王府：听说为了征求贤人需要准备束帛，获得贤士不容易，这是朕经常感想到的。你的德才和职位相称，担任执法的官吏，定能端正朝廷的纲纪，胜任您担任的职务。但这是帝王的耳目之官，实际上显示着君主是否英明，所以四处征求在野贤人，把贤人提升到高位。儒士宋珪，公正无私，刚烈果断。此前你正专心研究《诗经》《尚书》的幽深奥妙，正演述《易经》卦象的贞吉。你安于贫困而乐于箪食瓢饮的俭朴生活，体味道的哲理而甘心穿着寒素服饰。在你的身后常有显赫荣耀，故让你拜授御史、授予你美官。从此，在帝王身旁将由你举发督察常侍候，你的正直之言也将散闻于弹劾官员的奏章。期望你能超出范滂之上，因为他有挽住马缰、澄清天下之志；又岂肯屈居于桓典之下，因为他乘骢马有守正不阿之心。你要严正执法使奉承献媚的人畏惧，飞驰奏章令奸邪之臣丧胆。你不要辜负了这个清高显贵的职位，要多考虑报答这种特殊的恩遇。啊！杀戮降下天庭，福运从未让人世受益；在帝王左右站立的绣衣御史，名声比泰山重。希望你这位老成博学的儒生，能够服从我新的任命，拜官为御史台御史。

宋珪听完诏书，拜了两拜说："帝命紧急，哪里敢违背？只求稍微等我一下。"神人点头同意，就先带着随从回去。宋珪知道自己必死无疑，就安排处理家里的事情，然后洗澡更换衣服，到了半夜，就死了。

几年以后，在福建尉任上的秦轹被罢免，他是宋珪的朋友，回山东泰安州，居然在旅店里遇到了宋珪。两人买酒畅饮，畅谈往事，秦轹知道宋珪是鬼，而且详细了解他死时的情况。于是就问他："地下的官府，与人世间相同吗？"宋珪说："我与你阴阳不同路，你怎么想起来问这个事儿啦？但念你是我的老朋友，又是儒生，告诉你也无妨。大体上讲阴间的政法注重严谨，用人上绝不含糊。单说这泰山一府，所统领的七十二司、三十六狱，台、省、部、院、监、局、署、曹，与那个庙、社、坛、墠、鬼、神，大的官如六卿之首太宰，则任用忠良之臣、有志节之人及孝子、贤孙担任，官级低一点儿的则任用有德的人、守法循理的官吏担任，到最低级的官，即使是社公、土地，也一定选择忠厚积有阴德的平民担任。阴间最看重文学侍从的职位，以前修文馆缺少官员，搜寻了很多地方也没有合适的人选。虽然也有人推荐，但这些人虽然很有文采，只是在世的时候，操行没有遵守士大夫的标准，有的欺世盗名，有的违背自己良心干坏事，趋炎附势，都有缺点可以指摘。不得已而从中选了一个善于文辞的人，做了司言上卿。但近来又被墓灵冢伯控告他生前撰写死者铭志时大肆接受润笔的财物，多作超过实情的赞誉，阴间的长官最最痛恨的就是严重失实，以假乱真，把愚人说成贤人，使善恶混淆，这往往要按照妄语谎言的法律判罪，交付拔舌地狱执行，这些情况是读书人要深深警惕的，即使有其他优点也不可能赎罪。东岳大帝念他也是君主的近臣，就对他加以宽恕。而他不思悔改又纵酒贪杯，起草的表文屡次失误，真是罪恶滔天，天地之神共愤。我向东岳大帝举报并且弹劾了他，大帝异常愤怒将他打入地狱，随即又奏明上苍，现在已经明正典刑。你可以把我弹劾他的表章抄录下来，拿回去给乡亲们看看，让他们也知道这阴间的法度更是谨严，文章一定要注重诚实，不要认为生前作的事，阴间地府不知道。《度人经》说：'护法众天神记人的功与过，毫分不差。'这是实话。"说着，就拿出让秦轹抄录的弹劾文章。详细内容如下：

泰山御史台御史微臣宋珪，检举揭发查验罪行一事：我听说建立职位、设置官职，应是阴间和阳间共同的法制；持笔作文，是我应当做的事情。假如旷废职务，心怀奸诈邪佞，则必定要辨正名分然后加以定罪。没有什么比轻慢君王更大的罪行了，也没有什么比欺瞒君主更重的法律了。难以容忍这种罪恶，讨伐他们怎么能够拖延？私下查得修文馆司言上卿某人，原是一个庸庸碌碌的俗人、一个昏庸迂腐的读书人。生前玷污了士大夫的清名，收受高额润笔费而撰写不实墓志铭。死后妄传清高的名望，仍善于欺世盗名。他狂妄地自恃短浅的才识，愚蠢地尝试铅制小刀的锋利。从一个小鬼而被擢升作了近臣，而后受到冢伯的责备，应该投入地狱，多亏东岳大帝原谅，恩赐保全。本应竭力效忠，感恩图报，但是此官虎皮羊质，狼子野心，不考虑如何尽其本职，写作文辞，只想苟且过日子喝酒吃肉。他为人傲慢轻狂而不自检束。他平时行踪诡秘，贿赂却公开进行。他的罪状如头发一样数不清，将他粉身碎骨也敌不过对他的处罚。他一向无视别人，只晓得考虑自己；有恃无恐，从不反省自己，不知悔改，屡屡作恶。在东岳大帝生日那天，兰界神灵全部聚集，神鬼都前来道贺，五岳的使节都已来到，高悬钟鼓，圣帝升殿，按常规需要献礼物、进呈表文祝颂，此人却因为连日酗酒，临场失误，使群臣惊慌失色，只好聚集众人匆促成文。他傲慢不恭，有制裁的刑法条文；对他劝惩示戒，按照王法必定要处以重刑。又查得司言亚卿某人，此公把他看作心腹之人，他也奉事此公像父兄一样，提拔都出于他的门下，举止行动受限在他的控制之下。每每忘记规劝谏诤，屡屡谄媚阿谀奉承，处世为人依附丑恶，应该用连坐法治罪以示戒惩。应该捉拿上述各犯送往酆都鬼城，他们的罪恶应该公开惩处，铲除这班奸恶之人，以端正法纪。因为他们是朝廷的官吏，所以要敬候您的裁决处置。

抄完以后，秦轸对他说："我滥竽充列士族之数，享有皇上给的俸禄却才能不足。这回罢官回乡，不知前程如何，今天幸好遇到你，希望能明确指示。"宋珪说："老天已经讨厌异族很久了，真人天子将会在淮河、泗河一带崛起，你是看不到了。但你的子孙，都能享太平之福。"秦轸说："如果这样的话，那么时事早晚会有大变吧？一定会有战争的祸害，我恐怕会死在兵乱中吧？"

宋珪说："不要忧虑,这事还远着呢。"秦轸一定要问他个究竟,朱珪就提笔写了八句话给他:"逢衢禄进,遇安禄槁。火马行迟,金鸡叫早。门心掘井,花头去草。左阴右阳,后释前老。"秦轸也不知道这里面说的是什么意思,于是就收好放在袋里。宋珪又对秦轸说:"老朋友多多保重!努力做善事!"然后就作揖告别离去,忽然之间不见踪影了。

事后,秦轸因人举荐而东山再起,做了衢州录事,应验了"逢衢禄进"的说法。不久,朝廷派遣他代理西安县的政务,在任上患了风痹症,几个月都好不了,朝廷让他停止职事去医治,又应验了"遇安禄槁"的预言。秦轸很担心自己的病,没多久就死了。后来有人推断他死的这一年,是丙午年的冬天。丙属火,马肖午。死的那天,是辛酉日的清晨。辛属金,酉肖鸡。"行迟"说的是腊月将尽,"叫早"说的是早晨的开始,全部都与预言相合,只是后面四句的意思没有谁能够知晓。这是说秦轸担任录事的时候,娶的一个开化县的妻子,时当乱离之际灵柩无法北上回归故里,于是就把秦轸的灵柩葬在开化,从字形来看,"门中掘井"成"开","花头去草"成"化"。埋葬的地方左边是岳母的坟为阴,右边则是大舅子的墓为阳。山前有废墟的道观,就是说"前老",山后有破屋的佛堂,这不是"后释"的征兆吗?秦轸被埋葬后,妻子儿女就留下居住在墓的附近,于是都成了开化人。明朝平定群雄割据以后,百姓都安居乐业。秦轸有个孙子,官一直做到工部尚书。宋珪的话,虽然像是荒诞不经,但是每一句都应验了。可见人的困厄与显达、出仕和隐退、长寿与夭折、兴盛与衰亡,乃至于生死葬埋,都是有定数的,没有什么人可以改变。有的人想用智力来战胜定数,基本上是自不量力啊!

江庙泥神记

离四川眉州三十里左右有个临江的小集镇,镇上有几百户人家,商贾货物不绝如缕，各路人物云集，生意十分红火。有一座古庙就在江上，直到今天还常常显灵，听闻是花蕊夫人费氏的祠堂。在庙的附近有一大户人家叫钟声远，家里为富且仁，崇礼尚义，经常聘请名师。钟声远的姐姐也是大户人家的媳妇，生有一子叫谢琏，他就到舅舅家来读书。谢琏生的仪表容貌俊秀严整，风度高雅，一点儿也没有贫寒读书人那种迂腐的样子，大家都很喜欢他，和他一同下棋、饮酒、谈诗论文，就怕谢琏离去。在私塾的后面，钟家建造了一座特别大的园子，园里有碧漪堂、水月亭、玩芳亭、醉春馆、翠屏轩等建筑。园中的幽静雅致是谢琏特别喜欢的，在这里休息借宿，将近一整月了。

一天，谢琏外出回府，忽然见有四个年纪将近十五岁的女郎，娉婷窈窕，在玩芳亭旁嬉戏玩耍。谢琏以为是几位表妹，急忙上前问候行礼。来到面前才知道不是表妹。女郎们也不害羞躲避，依然谈笑自若。谢琏问她们："小姐们是误入此地吧？"其中一位女郎回答说："我们姊妹是东邻花家的女儿，很早就听说花园美丽，奇花芬芳，异卉盛开，所以手拉手来此地赏玩。没有想到被郎君看到，希望不要感到奇怪！"谢琏猜想这是邻居女子互相往来，也不感到奇怪。

晚上，谢琏即将就寝的时候，突然听得窗格间轧轧发出声响，好像有人在外敲推。谢琏起来一看，是白天见到的那几位女郎中的一位，进门就向谢琏行礼，面带悦色，轻启朱唇说："我容貌平平，体质衰弱，偶遇您光华的容范就动了爱情之心，欲望难以抑制，所以冒禁令前来和你幽会，违反礼义不惜私奔，孤身前来为您侍寝。"说完，就请谢琏上床行鱼水之欢。谢琏开玩笑地问她："那三位姐妹在哪里？怎么就你一个人来啦？"女郎说："请等待明晚，我会把床第的欢乐分给妹妹们的。"接着，随口吟诵了一首诗：

翠翘金凤锁尘埃，懒画长蛾对镜台。谁采白茅求吉士？自题红叶托良媒。
兰缸未灭心先荡，莲步初移意已催。携手问郎何处好？绛帷深处玉山颓。

一会儿，月色渐淡，鸡叫声渐渐响起，女子手拿衣服起来说："我回去了！"随即悄悄离去。第二天晚上，谢琏开窗等候，又焚了一炉好香。果然那女郎和一个人来到，笑着安抚谢琏说："昨天晚上那种欢乐，希望也给小妹试试。"又回头对妹妹说："你好好照顾郎君，好好做新娘吧。"接着迈步出门回去了。她的妹妹与谢琏谈笑缠绵，亲热起来，同她姐姐一样与谢琏同枕共被。妹妹机智灵巧，也能作诗，也作了一首诗赠给谢琏：

赤绳缘薄好音乖，姊妹相看共此怀。偶伴姮娥辞月殿，忽逢僧孺拜云阶。
春生玉藻垂鸳帐，香喷金莲脱凤鞋。鱼水交欢从此始，两情愿保百年谐。

吟诵完毕，小妹告别后缓步回去。谢琏嘱咐她再来。小妹说："无须多说，保证不会让郎君一人独睡。"这天晚上，大姊又送三妹来到房中。谢琏想让她们姐妹二人都留下来，大姊推辞说："等郎君做了四次新郎之后，我们姊妹会分别侍寝，周而复始。"谢琏随即就与三妹亲热，并且向她索要诗篇。三妹回答说："惭愧啊，我没有曹植七步吟诗的才学，又不是二位姐姐的对手，怎么会有这个能耐呢？"谢琏坚持要求，三妹这才吟诵道：

兰房悄悄夜迢迢，独对残灯恨寂寥！潮信有期应自觉，花容无媚为谁消？
愁颦柳叶凝新黛，笑看桃花上软绡。夙世因缘今世合，天教长伴董娇娆。

一会儿，翻云覆雨完毕，夜色已经很晚了，三妹尚存残妆，钗横鬓乱，起身整饬衣袖，对谢琏说："今晚四妹给郎君做配偶，我们姊妹不可能都来，大姊自会送她来此。"当夜约二更的时间，身着盛装的四妹果然与大姊前来，和谢琏行夫妇之礼，山盟海誓，暗诉衷情，也作一首近体诗：

每到春时懒倍添，绿窗慵把绣针拈。奇逢讵料谐鸳耦，吉卜宁期叶凤占？
鬓乱绿鬟云扰扰，手笼红袖玉纤纤。明珠四颗皆无价，谁似郎君尽得兼？

自此之后，四个女郎分为两组，轮流分番，每晚有二人陪谢琏睡觉。谢琏私下想自己一个布衣书生，能获得如此艳遇，一个已经很稀罕了，何况是四个女郎。于是作了一篇《峨眉古意》以自贺。诗为：

峨眉古郡天下雄，烟峦雪岭百千峰。鸟道萦纡通剑外，狼烟迢递逗蛮中。
巴江蜀水人间险，僰道滇池化外通。九姓羌夷来部落，诸蕃巢穴入提封。
提封形胜称吾土，画栽朱门不可数。汗血名驹白日调，茧栗肥牛清夜煮。
交衢开市驰轻毂，广厦乔林开别墅。横鞭马上揖相逢，投果车中目相许。
少事豪华厌俗尘，惟将诗酒乐闲身。腰横宝带齐夸俊，家赐铜山不畏贫。
宝带铜山容易得，难买婵娟好颜色，宁期向月得窥囊，讵料看花遇倾国？
倾国倾城绝世颜，水苍刻钏赤瑛环。美目盈盈溢秋水，长眉淡淡扫春山。
春山八字争妍媚，姨姨妹妹皆殊丽，凝妆谩美翠楼娼，荐枕徒闻红拂妓。
琥珀枕边盟誓存，玳瑁帘前烛烬昏。恋恋柔情随暮雨，依依好梦逐朝云。
解珮遗香镇求耦，调铅傅粉忍抛群？菱花明镜当窗照，柏子奇香鞞袖薰。
奇香缥缈满兰房，终宵达旦恒芬芳。真真燕燕排鱼队，小小莺莺列雁行。
鱼队雁行陪雁侣，风管龙笙作龙语。褪出鸡头带笑扪，夺得鸾篦称娇与。
露重星稀银漏沉，并蒂芙蓉笼锦衾。莲娇藕嫩美同貌，兰香蕙馥美同心。
酝藉风流多态度，回昼为宵岂相妒。密约应愁阿母猜，幽怀肯向旁人诉？
幽怀密约付谁知，天长地久万年期。愿为蝴蝶长相逐，愿学鸳鸯免别离。
卓氏文君异同里，南威西子非同气。窈窕娉婷出一门，一门四妙兼双美。
踽踽凉凉游子妻，茕茕独独只孤栖。肠断愁听子规鸟，春来春去树梢啼。

诗成之后，谢琏传给女郎们看。女郎们传递品鉴，赞不绝口，认为是很少有人能唱和的佳作。只有大姊沉默不言，很久才长叹说："我四人是堂姊妹，都是闺房里的姑娘，尚未许配人家，因为偶然偷偷赏花园，随后才与君私奔，承蒙郎君不嫌弃，又恩赐怜爱。只担心岁月难留，佳期易失，郎君难免要娶媳妇，我们却不能再嫁人。想织文锦寄给丈夫，但我们只有苏若兰的才思；想离魂与夫婿一同逃跑，只是我们没有张倩娘的能力。只能眼睁睁地看着鸾凤分飞、燕鸿互别，悠悠千古的遗恨，耿耿深长的思念，仔细想今日的欢乐，恐怕会成为他日的大祸啊。"三个妹妹听了后，也都叹息抽泣着回去了。

又过了一年多，果然谢琏的父母派人来请谢琏回去完婚。女郎们听到这个消息后，都前来与谢琏告别，当夜都住在书斋。谢琏一一与她们亲热，雨露均沾。天色即将发白，四妹对谢琏说："大姊昔日的预言今天应验了。按照上天所定的气数来说，我们还有一年的缘分未完。但愿我们像琴瑟一样好合，伉俪和谐；人生最快乐的事情，没有能超过此时此刻的了。希望能深切怀恋我们这些家世低微的人，切不要轻易背弃。郎君成亲之后，只要方便时就来这里找我们，我们仍当踮起脚跟，望穿双眼，在翠屏轩下等候郎君归来。"随即拔下一对金钗作为送别的礼物。其他三位姐姐也取出了翠钿、银镯、耳珰送上，说："回去后送给您的妻子，略微传递我们的深厚情意。"然后四位女郎与谢琏洒泪而别。谢琏把她们的礼物都收藏在书箱中。

谢琏到家后，婚期已经来临。结婚以后，家庭虽然很和睦，但是他却从未间断过对四位女郎的思念之情。结婚满月之后，妻子回娘家问安了，谢琏孤枕难眠，居然在梦里与四位女郎相见，还像以前那样交媾欢乐。云雨之后，三妹起身说："与郎君长久离别，没有什么可以娱乐的，就让我跳回风舞吧。"于是扬起翠衣，翻舞罗袖，就是赵飞燕的轻盈、公孙大娘的神捷，也不足以比拟其舞姿的奇妙。跳完舞，大姊作《回风之曲》道：

有淑人兮邦之媛，珮明月兮纫兰荃。扬轻躯兮掌上，翻长袖兮筵前。

初鸿惊兮巧周旋，忽鹘举兮何蹁跹？云鬟坠兮玉珥，文席委兮珠钿。

羌宛转兮妖且妍，奇莫敌兮妙莫传！倏低昂兮既罢，蹇良夜兮如年。

二妹也对四妹说："载歌载舞，足以慰藉咱们这被遗弃的怨苦。你我该做些什么呢？"于是就拿出一枝玉箫交给她说："四妹善于此道，可不要吝惜技艺。我依你的曲子唱和，不也很好吗？"四妹欣然说："这太好了！"于是这二人从容不迫地吹奏了三遍，箫音清幽和谐，婉转细腻，幽怨并且岑寂，就像夜露使寒蝉感到阴冷，就如秋云乘着清新的风直上蓝天。二妹也皱起眉头，歌唱应和，一唱三叠：

> 玉指兮冰容，写幽思兮诉深衷。袅袅兮余音，驻彩云兮明月中。
>
> 珠露零兮萧韵清，幽修凤语兮和且平，欢乐未极兮空复情。
>
> 紫箫咽兮夜无哗，宝篆微袅兮烛垂花。
>
> 河欲没兮夜欲阑，聊逍遥兮暂为欢。
>
> 脱花钿兮收明珰，舒衾裯兮归洞房。
>
> 齐交颈兮如鸳鸯，银漏短兮欢娱长。
>
> 但悲白日兮上扶桑！

谢璲正在静静地侧耳聆听，忽然钟声鼓韵传来，他推开枕头，起身伸了一个懒腰，原来却是美梦一场。梦中的词曲他都能回忆起，于是凭记忆抄录了下来。谢璲心里总是挂念这四位女郎，就假意托词要完成学业，要前往舅舅家就读。四位女郎庆幸谢璲再来，爱怜眷顾，超出往常。谢璲对她们讲述了梦中的事，女郎说："这是夫妇的深切思念，在梦中有所体现，不值得奇怪。"谢璲留恋这四位女郎，半个多月都只待在书房，也不和舅舅见面。舅舅对他的行踪很怀疑，想看看外甥到底在干什么，一天晚上暗中来到园中。只见谢璲与诸女郎正在赏月，欢声笑语。舅舅急忙进去叫外甥，女郎们突然之间惊逃四散。舅舅立刻对谢璲严加诘问，谢璲始终不肯道出详情。他舅舅对妻子说："后花园面积宽阔，花木繁多，即使没有花月之妖，也有水石之怪。谢璲长得很英俊，风度翩翩，难道不会被妖怪迷惑吗？还是赶紧送他回家，就怕时间一长他会得病。"于是命令仆人送谢璲回家。

谢璲到家后，因为思念女郎的缘故，还不到半年，他就染上了重病，神情恍惚，断断续续地说话，奄奄一息地躺在床上，长久不能痊愈。钟声远亲自前去探望外甥的同时把花园赏月的事情全部告诉了谢璲的父母。他的父亲再三询问，谢璲这才吐露实情，并且把所得的诗作以及金钗等物品拿出来给父亲一看，原来都是泥捏的。他父亲知道儿子已遭受鬼妖的祸害，就与钟声远一起到园中访查，但是没有发现踪迹，于是就去花蕊庙求签。当他们经过人迹罕至的东边廊屋的一个小房间时，发现帐幕遮掩，揭开帐幕一看，牌位上写着"巫山神女之位"，塑有四位美女的泥像，东边坐着的一人少了一对掩鬓，右边二人臂上缺少两个镯子、耳朵上少了一副耳珰，左边一人脸上脱落两枚花钿。谢瑌的父亲十分惊慌，取出泥捏的物品，一一放回原处，都相吻合。随即用手将四位美女像砸碎，并命令仆人全沉到江里，然后回家。从这以后有一个多月，谢瑌的病情痊愈，怪魅自此绝迹。

芙蓉屏记

元朝至正十一年（公元 1351 年），在江苏仪征有一个名叫崔英的，家里非常富裕。不久，他就凭借着父亲的庇荫补缺了浙江温州永嘉县尉，接着便带着妻子王氏前去上任了。在途中，经过苏州圌山，停船稍作休息，并且还特地买了纸钱、祭祀用的牛羊及甜酒，到神庙里进行祭拜。祭拜完后，他就回到船舱里与妻子饮酒。这时，船家看到他们饮酒用的酒杯都是金银材质的，随即萌生了歹心。当天夜里，船家就把崔英沉到了江里面，把家仆和婢女也全都杀了，后来对王氏说道："你知道我为什么唯独不杀你吗？因为我第二个儿子还没有成家，现在替人撑船到杭州去了，一两个月才能回来，回来后可以和你成亲，到时你就是我们家自己人了。所以，你尽可以放心，不必害怕。"说完，就把所有的财物都席卷而去，并且对王氏以媳妇来称呼。王氏假意应承了下来，暂时保全了自己，平时也尽量操持料理家务，对船家极尽巴结奉承之能事。船家暗中高兴为儿子找到一个好媳妇，在逐渐熟悉后，也就没有再防备她。

如此一个多月后，正好赶上了中秋佳节，船家大摆酒席，席间开怀畅饮，喝得酩酊大醉，王氏瞅准机会等众人睡熟了，就轻身跳上了岸，急急忙忙一口气跑了二三里路。不料忽然间迷了路，一眼望去四面全都是水乡泽国，一望无际，只有芦苇、菱白、蒲柳点缀其中。她一个出身良家、小脚纤细的女子，也实在忍受不了长途跋涉的艰辛，可是又担心船家会追，于是就努力坚持着尽力跑得远一些。

过了好久，东方已经渐渐发白，天快亮了。这时，王氏远远看到树林中有一所房屋，她就急忙前去投奔。到了那里之后，门还没有开，不过却隐约听到有钟磬的声响。一会儿，一个女僮过来开门，原来这是一座尼姑庵。王氏看到门开后就径直走了进去，庵主问她为什么会来这里，王氏不敢如实相告，就骗她说："我是真州人，公公带着我们全家一起来江浙做官，可刚到江浙任所不久，丈夫就去世了。我因此守寡了好几年，后来公公把我改嫁给了永嘉县崔县尉做他的姜室，他的正室妻子很是凶悍，很难待候，经常对我百般鞭打辱骂。近些日子，丈夫离任回家，在这里停船休息，因为是中秋赏月，叫我拿来金杯作为饮酒的器具，可谁料我不小心失手，把金杯落到了江里，正室妻子大发雷霆，一定会置我于死地，所以我才逃跑来到了这里。"

庵主听后说道："娘子您既然不敢再回到船上去，距离家乡又远，如果要另外寻求配偶，一时之间也没有合适的媒人，现在你孤苦无依的一个人，又准备到哪里安身呢？"王氏听后，垂泪哭泣、悲痛不已。老尼又说："老身有一句话要劝劝您，不知道您意下如何？"王氏回答说："如果老师父有什么安身之所，即使是死也没有什么可遗憾的了！"老尼说："这间庵寺位置偏僻，处于荒凉的水边，平时没有什么人会来到这里，整日相伴为邻为友的也只有菱白、芜菁、鸥鸟、白鹭，即使有幸能够结识几个同伴，岁数都在五十岁以上，几个侍者，也都淳朴谨慎。娘子您虽然年轻貌美，可怎奈命运不济、遭遇坎坷，为什么不舍弃世间爱离痴，觉悟此身皆是梦幻泡影，披上法衣，削去三千烦恼丝，在这里出家为尼呢？禅榻佛灯，晨餐暮粥，且随缘而行度过余下的岁月，难道还不如做人家的姜室，受尽今世苦恼、结成来世的冤家要强吗？"王氏听了这番话，拜谢道："这也正是我的志向啊。"于是就在佛前落发做了尼姑，法名慧圆。

198

王氏读书识字，书画文章都十分在行，尚且不足一月，就已经通晓了佛典，由此深受庵主的敬重礼待，以后不管是庵内大小事务，如果没有王氏过问拿主意，没有一件是谁能够擅自做主的。而且，王氏为人宽厚柔善，庵里的人都非常喜欢她。她每天都会在观音像前礼拜百余回，秘密地倾诉心事，纵然是隆冬酷暑也不会间断。参拜完后，就会让自己待在静室，外人很少能够见到她。

就这样一年有余。一天，突然有施主到寺庵来游览，由于时间太晚了，庵主留他吃了斋饭才回去。第二天，这位施主拿了一幅芙蓉画施赠给了庵里，老尼随即就把它挂在了白屏风上。王氏经过看到了，认出此画乃是出自崔英的手笔，于是就问庵主这幅画究竟是从何而来的。庵主回答说："这是刚才一位施主布施的。"王氏接着又问："请问庵主那位施主姓甚名谁？现在住在何处？以什么为生？"庵主回答说："他是本县的顾阿秀，兄弟二人干着撑船的营生，近年来生意顺顺当当很是富裕，可也有人说行的是江湖打劫掠夺的勾当，也不知道是否真的是这样。"王氏又问："他们经常到这里来吗？"庵主说："很少来。"王氏默默记住顾阿秀这个姓名，然后在这个屏风上题了一首词：

少日风流张敞笔，写生不数黄筌。芙蓉画出最鲜妍。岂知娇艳色，翻抱死生冤！粉绘凄凉疑幻质，只今流落谁怜！素屏寂寞伴枯禅。今生缘已断，愿结再生缘。

这首词的词牌大概是叫《临江仙》，不过尼姑们都不知晓这首词说的是什么。

一天，姑苏城里有一个叫郭庆春的，因为一些事情来到庵里，看到这幅芙蓉画和题词后，非常欣赏它的精致，于是便买了回去作为清雅的玩物。后来，有个名叫高纳麟的御史大夫，退居姑苏城，最是喜欢书画，来到姑苏城后就大肆募集，郭庆春把芙蓉画及屏风也献给了他。高公买来后就把它挂在内书房，一时间还没有顾得上询问这幅画的来历。这时，外面忽然有人拿来了四幅草书要卖给他。高公拿来一看，觉得这些草书的风格很像怀素，清劲脱俗。于是，高公就问道："这是谁写的？"那人回答说："是在下自己学着写的。"高公又看了看他的相貌，觉得他不像是个庸俗的人，便询问他的姓名籍贯。那人皱着眉头回答说："我名叫崔英，字俊臣，世代居住在仪征，在父亲的庇荫下补缺了永嘉县尉，在带着妻子一同上任的时候，由于自己不小心，遭到船家的暗算，被沉入江中，船中的家财妻子，也都无力顾及。幸好我幼时学会了游泳，被沉到江中后便假装沉在水中，感觉船家已经走远了，才赶紧爬上岸来投奔附近的百姓家。当时，我浑身都湿透了，身上一文钱都没有。幸亏我投奔的这家主人心地善良，不仅让我换了干净衣服，还用酒食来招待我，临走的时候又送给我盘缠钱，对我说道：'你既然是被强盗打劫，就应该赶快去报官，我这里也不敢多留你，以免白白受到您的连累。'我随即便问进城的路，来到平江府报官，直到今天也已经等了一年时间了，没有一点消息，只好靠卖字来维持生活，并不敢说自己擅长书法，没承想如此拙劣的书法，竟然能够得到尊长的认同和欣赏。"

高公听了，对他很是同情，说道："您既然已经是这样了，发愁也是无用，还不如暂且留在我的西塾，教导我的这几个孙子写字读书，不知道您认为可以吗？"崔英感到非常幸运。接着，高公便把他带到了内书房，命人安排酒席与他欢饮。这时，崔英突然看到屏风上的芙蓉，不禁潸然泪下。高公感到非常奇怪，就问他这是什么缘故。他回应说："这幅芙蓉画正是我船中丢失的物品，也是出自我的手笔。不知道怎么会出现在您这里？"接着，他又诵读了画上的题词，说道："这屏风上的题词乃是我妻子所作。"高公问道："你是凭借什么加以辨别的呢？"崔英说："我对她的笔迹十分熟悉。况且词的意思也很明显，确实是我妻子所作的不假。"高公说："若真是这样的话，我理应为您担负起捕捉盗贼的责任。你暂且保密。"随后，高公就安排崔英在公馆里住下。

第二天，高公便秘密地询问郭庆春关于芙蓉图的事情，郭庆春回答说："这幅画是我从城外尼姑庵里买来的。"高公知道后即刻派人到尼姑庵调查询问庵主："你的这幅芙蓉图画是从谁那里得到的？上面又是谁题的词？"几天后调查的人员回来报告说："这幅画是本县顾阿秀布施给寺庵的，上面的词是尼姑庵里的尼姑慧圆写的。"高公随后又派人游说庵主说："我家夫人喜欢念诵佛经，可苦于没有人做伴。私下里听说贵庵小师父慧圆天赋慧根、明心见性，所以想要礼请慧圆师傅屈尊来到我这里，希望您千万不要推辞。"庵主原本是不同意的，只是慧圆听了后，很希望能够出去，想着或许能够借助这次机会报仇，所以最后庵主也没能够阻拦她。后来，高公命人将轿子直接抬进内室，让夫人和她同住一屋。抽闲暇的工夫，夫人便仔细询问她的家世。王氏一听便泪如雨下，随即把自己的真实情况告诉了夫人，并且也说出了自己在芙蓉图上题词的事情，而且她还说："其实强盗并没有在什么遥远的地方，他就在本县，只求夫人能够把这些事情转告高公，若是能够抓到贼寇，洗刷先前的耻辱，来告慰丈夫九泉之下的英灵，那么高公的恩德就感激不尽了！"这时，王氏还不知道自己的丈夫就在这里。夫人把这番话告诉了高公，并说："王氏这个人读书识字，心性贞节贤淑，断然不会是小家女子。"高公已经能够确定慧圆就是崔英的妻子，于是嘱咐夫人要好生看护招待她，但并没有把慧圆的事告诉崔英。

接着，高公又派人调查顾阿秀兄弟二人的住址以及平日里出行活动的路径，但是也没有轻举妄动。只是让夫人暗中劝说王氏蓄发还俗。如此又过了半年，朝廷命进士薛溥化做监察御史，巡视平江府。薛溥化曾是高公手下的属官，高公知道他机智精敏、很有手段，便把崔英的这件事情细细地对薛溥化说了。结果，薛溥化乘其不备，把顾氏兄弟抓捕到案后，在他的家里确实找到了永嘉县尉的授官文书和崔英家里的财物，只是唯独没有寻找到王氏的下落。而在对顾阿秀严刑拷打之后，他才招供道："当时是想着把王氏留下许给我家二儿子，她自己也答应了，可谁承想当年中秋节的时候却被她逃走了，现在我也不知道她到底在哪儿。"接着，薛溥化便把他处以极刑，所盗窃的赃物也全都退还给了崔英。

尘埃落定后，崔英就准备拜别高公携授官文书前去上任。高公对他说道："等我替你做媒，娶妻后再去上任也不算迟啊！"崔英表示感谢地说："我与糟糠之妻相守于贫贱已经有很长时间了。今天不幸夫妻分离流落他方，生死尚且不知。而且我如今只身前往任所，假以时日，若是上天怜悯我，她还活在世上，还可以指望我们夫妻能够重新会合。对于您的大恩大德，我崔英至死都不会忘记。不过对于另外娶妻的话，您不要再提了。"高公悲伤地说："您有如此高尚的德行，上天必定会庇佑你。我又怎么能够强逼着你另外娶妻呢？只是允许老夫为你设宴饯别，然后你再启程上任。"

次日高公为崔英设宴饯行，只见平江府各位官员和郡中的名人都到了。这时，高公举着酒杯对大家说："老夫今天就要在这里为崔县尉了却他的今生缘。"听高公这样说，众宾客都大惑不解、不知所以。接着，高公便命人把慧圆叫了出来，也就是崔英的原配妻子。夫妇二人见面后相拥痛哭，谁都没有想到今生能够在这里相见。高公当着众人的面详细说明了事情的来龙去脉，并且拿出芙蓉屏给众人看，大家这才明白高公口中所说的"了今生缘"是怎么一回事，原来是崔英妻子写的《临江仙》中的句子，而慧圆则是王氏在尼姑庵里的法号。在座的所有人都为他们夫妇的遭遇唏嘘不已，对高公的大恩大德，人们也是交口称赞，令人难以企及。后来，在临走之际高公又送给了崔英一个奴仆和一个婢女，以及不少的盘缠，然后就让他们上路了。

崔英在永嘉的任期满后回来，重过姑苏，而此时高公早已经去世了。夫妇二人听到这个消息顿时号啕大哭，简直像是死了亲父母一样，随后便在高公墓前建起水陆道场做法事三天三夜，报答大恩后才离去。从此以后，王氏发誓要长吃斋食，念观音不停。而对于这件事，仪征才子陆仲彪，作了一首《画芙蓉屏歌》专门记载，现在就抄录下来以告诫世人：

画芙蓉，妾忍题屏风！屏间血泪如花红。败叶枯梢两萧索，断缣遗墨俱零落。去水奔流隔死生，孤身只影成漂泊。成漂泊，残骸向谁托？泉下游魂竟不归，图中艳姿浑似昨。浑似昨，妾心伤，那禁秋雨复秋霜！宁肯江湖逐舟子，甘从宝地礼医王。医王本慈悯，慈悯怜群品。逝魄愿提撕，茕嫠赖将引。芙蓉颜色娇，夫婿手亲描。花萎因折蒂，干死为伤苗。蕊干心尚苦，根朽恨难消。但道章台泣韩翃，岂期甲帐遇文箫。芙蓉良有意，芙蓉不可弃。幸得宝月再团圆，相亲相爱莫相捐。谁能听我芙蓉篇？人间夫妇休反目，看此芙蓉真可怜。

秋千会记

　　元成宗大德二年（公元 1298 年），由于孛罗是已故丞相齐国公的儿子，因此被任命为宣徽院使。当时萨都剌是佥判官，东平王荣甫是经历官，三家相联都住在海子桥西一带。虽说宣徽出身相门，甚是富贵，所居住的宅邸也是宏大壮丽，可以说是无人能比，但他并没有纨绔子弟的恶习，平日里读书识字，擅长文学，礼敬贤士，当时的人们都交口称赞，表示十分认同和肯定。在宣徽宅第的后面有一座被称为杏园的园子，名字蕴含了"春色满园关不住，一枝红杏出墙来"的意思，而园中花卉之奇特，亭榭的漂亮程度，在贵族人家中可以说是位居第一。由此，每年的春天，宣徽的各位妹妹、几个女儿，总要邀请院判、经历两家的宅眷，在园中设立秋千游戏，并且大摆宴席，高高兴兴地玩耍，充满欢声笑语。而且，其他两家也都会隔一天设宴答谢，如此宴会要从二月末延续到清明后，这段时间又被称为"秋千会"。

　　一天，枢密院同佥官帖木尔不花的公子拜住正巧从杏园的外面经过，听到园中传来一阵阵的笑声，于是就在马上抬起身往里面看，只见此时秋千荡起，欢声正浓，他便藏在柳阴中偷看，发现宣徽的女儿全都是国色天香，久久不忍离去。后来，被管门的人发觉，就跑去报告宣徽，宣徽知道后急忙叫人去追拿他，可拜住被发现后就慌慌张张地逃走了。

　　回到家后，拜住把这件事情全都告诉了自己的母亲，母亲明白他的意思，于是就请来媒婆到宣徽家去说亲。宣徽说："莫不是前日爬墙偷窥的儿郎吧？我也正打算要为女儿选婿，可让他到我家来让我看看，如果真的是才貌兼备的话，我自当把女儿许配给他。"媒婆回去就把这件事报告给了同佥，同佥特意嘱咐拜住精心打扮修饰一下，然后才去拜访宣徽家。来到宣徽家，宣徽见他相貌俊美，心中欢喜，可不知道相貌之下是否有真才实学，于是就想要出题试试他，随即说道："既然你喜欢看秋千，为什么不以此为题，《菩萨蛮》为调，填写一首南词呢？"说罢，拜住就挥毫泼墨，用蒙古文写道：

> 红绳画板柔荑指，东风燕子双双起。夸俊与争高，更将裙系牢。牙床和困睡，一任金钗坠。推枕起来迟，纱窗月上时。

宣徽对于他敏捷的才思很是喜欢，但又担心这是在来之前就已经作好了的，或者干脆就是让别人替写的，所以接着便命人安排宴席来招待他，席间，又让他用《满江红》词吟咏一下树上的黄莺。拜住听到后便把浙江明纸剡溪纸摊平，用汉字写完就呈送给宣徽看。宣徽读后非常高兴，说道："我今天真的是遇到好女婿了！"随即就当着他的面，把第三夫人的女儿速哥失里许配给了拜住，并让三夫人叫来了速哥失里，与拜住相见。其他女儿听说后也都透过窗缝偷看，看到拜住相貌堂堂、一表人才，便私下向速哥失里祝贺道："真可以说是'门阑多喜气，女婿近乘龙'啊！"后来，同金便挑选吉日向宣徽下聘礼。聘礼的礼物之多，聘书词章之雅，在京都中盛传，被认为是一大盛事。现将拜住的《满江红·莺》词附录在这里：

> 嫩日舒晴，韶光艳，碧天新霁。正桃腮半吐，莺声初试。孤枕乍闻弦索悄，曲屏时听笙簧细。爱绵蛮，柔舌韵东风，愈娇媚。幽梦醒，闲愁泥。残杏褪，重门闭。巧音芳韵，十分流丽。入柳穿花来又去，欲求好友真无计。望上林，何日得双栖，心迢递。

不久，谏官以同金家豪华奢侈为由，上本弹劾他为官不正、贪污受贿，结果因此被罢官免职，收押在御史台监狱。没过几天，同金帖木尔不花就在监狱里得了病，因先前是朝中大臣，按照元朝律例，允许释放出狱，回家医治。但回家不到十天，同金就去世了，并且全家上下也都染上了疾病，还不到一个月的时间就将近死绝，全家唯独拜住一人得以保全。转瞬之间，同金一家轰然倒塌，家破人亡，资产散尽。

宣徽原本想着要把拜住接回家里收留他，供他读书上学，可怎奈三夫人却怎么也不同意。话说，宣徽虽然妻妾众多，但唯有三夫人最得宣徽宠爱，让她执掌家中的一切大小事务。她看到家中的其他女儿都嫁入了富贵之家，尽享荣华，可自己的亲生女儿女婿家竟然落得如此田地，所以坚决要悔亲。女儿速哥失里对母亲劝说道："两家结亲就是结义，一旦和他人订立盟约，就不能够随意更改，而要有始有终。女儿我不是不知道各位姊妹家的繁荣兴盛，心里也非常羡慕，可既然已经结亲，就不能欺瞒鬼神，又怎么能够因为他家遭此变故，变得一贫如洗就背弃先前的婚约呢？"但父母根本听不进她的劝告，结果硬是把她另外许配给了许平章阔阔出的儿子僧家奴，平章家礼仪的隆盛，要远远超过之前同金家的。不料，在成婚那天，花轿才刚抬到半路，速哥失里就暗中解下缠脚的纱带，在轿子里自缢，待花轿抬到大门口，她就已经断气了。三夫人知道后急忙命人把爱女抬回了家，眼见已经回天乏术，无奈只能把嫁妆聘礼一同放入棺材内入殓，并把棺木暂存在清安寺中。

拜住听说这件事后，当夜就偷偷摸摸地前往清安寺哭奠，哭完后，用手敲打棺木说道："小姐你可否听到，拜住在这里啊！"忽然棺木中传来一声低低的应答，说："郎君您现在可以打开灵柩，我已经复活了。"拜住看了一下四周，只见棺木被漆钉牢牢地固定着，他一人根本就打不开。于是，他就与寺庙里的僧人商量说："还劳烦师父们能够帮帮忙打开灵柩，至于开棺的罪名，我会独自承担，绝不会让你们受牵连。而且开棺后，棺木中的所有珍宝财物，我也都会与师父一块分享。"僧人原本就知道棺中财物甚是丰厚，也早有了染指贪利之心，所以就帮着拜住用斧头撬开了棺盖。打开棺木后，速哥失里果然复活了，两人看着对方都非常高兴。接着，速哥失里便脱下手上的一对金钏和头上的一半首饰，作为对僧人的酬谢，其余还剩下价值几万贯的东西。于是，他又央求僧人们能够买些漆来把棺木整修一下恢复原状，不要让今天的事情泄露出去。安排好一切，拜住就带着速哥失里远走高飞，来到了开平府。两人在这里住了一年，任何人都不清楚他们的底细。由于他们当初带着还算丰厚的财物，加上拜住来到这里后又开馆教授几个蒙古学生，每个月也都有一定的收入，所以生活也算是比较宽裕。

后来，宣徽奉旨出任开平府尹。宣徽刚刚来到开平府，就想着聘请一个幕宾，但开平府的读书人很少，幕宾极难寻找。这时有人对宣徽说道："最近有个读书人带着家眷从京都来到此地居住，也是色目人，这个人平时在民间设馆授徒，确实是个有学问的人。府尹如果想要请幕宾，那么此人无疑是最合适的人选了。"于是，宣徽急忙召请，后来发现竟然是拜住。宣徽原本想着他肯定是流落丧命了，没想到如今见他面色红润，衣服齐整，心里非常疑惑，就问："你怎么会来到这里？又娶了谁家女子？"于是，拜住就把事情的来龙去脉都如实告诉了他。宣徽不敢相信，便命人将拜住的妻子用轿子抬来，想不到确实是自己的女儿速哥失里，全家都十分惊讶震动，又喜又悲。但是宣徽还是担心眼前这女子是否是屈死之鬼假托人形，特意前来幻惑年轻人的，所以又暗中派人到清安寺调查询问当时参与此事的僧人，结果僧人与拜住说的完全一样，后来打开棺木，也确实只是一具空棺。使者回来把调查的结果报告给了宣徽，宣徽夫妇既惭愧又感叹，此后对待拜住更加的仁厚，还招他做了上门女婿，最后终老在宣徽家。

拜住膝下有三个儿子：长子取名教化，官至辽阳等处行省左丞，早早地就去世了。次子取名忙古歹，小儿子取名黑厮，都是可以佩戴器械的值宿殿卫。其中，忙古歹先死，黑厮官至枢密院主官枢密院使。明兵攻打到燕地的时候，元顺帝来到清宁殿，把三宫的皇后妃子、皇太子召集在一起，商议如何躲避明兵的事情。黑厮与丞相失列门痛哭流涕地向元顺帝劝谏道："这天下，是世祖辛辛苦苦打下来的，我们应当死守。"可元顺帝并没有采纳，而是在半夜时分打开建德门逃跑了，黑厮等人也只得跟随着进入了沙漠，后来结局如何就不为人知了。

至正妓人行

　　明永乐十七年（公元1419年），我从桂林府降职迁往河北房山。这年冬天，我在旅馆里偶遇了一个被遗弃的姬妾。虽说这位妇女曾沉沦红尘，也已经显出衰老的体态，可是谈笑交流起来仍然风韵不减，并且身边还带着一把紫箫。经过一番详细的询问，才知道她原是京都的妓女，不过由于她才貌兼备，所以隶属官妓享受内廷的供奉。但因为朝代更迭的缘故，她打算削发为尼，结果也没能成功。不久后，他就转嫁给一个有户籍的平民百姓，由此变得更加沦落。如今年老色衰、无依无靠，平时只能够跟着孙子在土木工地上混饭吃。后来，我叫了一桌酒邀她一起饮用，并让她用手中的紫箫吹几个调子以助酒兴。她演奏完后，就和我谈论起了过去的事情，她说起关于至正年间那些繁华富贵的往事，描述得清清楚楚，简直就像是亲眼看到似的。不过每当追念起一件往事，心里就会非常抑郁不快，难道说古往今来，红颜薄命，就应当是这个样子的吗？我听她这么说，不禁为她情感萦回，内心凄然，发出一声声的感慨长叹，并且被她的遭遇所感动，由此便就写了一首长诗《至正妓人行》送给她。怎奈文思枯槁衰落，尚且不能描绘其情状之万一。内心忧郁纠结时，拿来读一读，也并不能起到安慰那个人的作用，只不过能够从中自我解脱罢了。诗为：

桃花含露伤春老，莲叶欺霜悴秋早。红飘翠殒谁可方？大都妓人白头媪。
言辞婉媚虽足爱，颜色萎摧宁再好？姿同蒲柳先凋零，景近桑榆渐枯槁。
我役房山滞客边，客边意气复非前。螺杯漫想红楼饮，雁柱徒怀锦瑟弦。
晏岁荒村因邂逅，芳尊小酌且留连。阳台楚雨情磨灭，舞袖弓鞋事弃捐。
于今沦落依草木，天寒幽居在空谷。爷娘底处认坟墓，姊妹何乡寻骨肉？
初谓终身永欢笑，那知末路翻捞摵！莫惜缥囊紫玉箫，暂吹绛阙瑶台曲。
停觞起立态如痴，敛衽踌躇半饷时。凝情徘徊倾听久，微茫杳渺度腔迟。

娇疑睍睆莺求友，嫩讶呢喃燕哺儿。

分离或变成凄切，凄切愈加音愈咽。

似啼似诉复似泣，若慕若怨兼若诀。

参差角羽杂宫商，微韵纤徐巧抑扬。

呦呦瑞鹿剔灵囿，哕哕和鸾集建章。

伊凉浏亮益闲暇，坝簏笛笙皆在下。

须史众调多周遍，返席重论盛年话。

记得先朝至正初，奴家才学上头颅。

博局倦余邀伴赌，秋千蹴罢倩人扶。

羽林英俊驰轻毂，惯向奴家通夕宿。

冰容反惧脂粉浣，香体匪藉沉檀浴。

宇宙雍熙百姓安，仁覃四裔复三韩。

已见拂菻呈駃騠，还闻缅甸贡琅玕。

神州形胜真佳丽，郁郁葱葱蟠王气。

广寒宵得侍乞巧，太液晨许陪修禊。

随銮供奉拣娉婷，特敕奴家扈跸行。

营间鼓镯轰雷动，碛外氛埃扫电清。

宗王贵戚咸来会，嵩呼万岁齐齐跪。

后先雉扇怯薛执，左右麟符火赤佩。

齐姜宋女总寻常，惟诧奴家压教坊。

煞寅院本偏蒙赏，喝采箜篌每擅场。

胡元运祚俄然歇，远遁龙荒弃城阙。

坏宫昼静著封锁，虚室苔生罢朝谒。

填沟塞堑总婵娟，蚁虱微躯幸瓦全。

祇园披剃思依佛，梵榻跏趺拟学禅。

兰心蕙性非坚固，宛转绸缪媒妁误。

文禽失类偶鸡鹜，孔雀迷群随鹡鸰。

巨壑潜蛟惊起蛰，危巢别鹄苦分离。

荡子江湖信息稀，疲兵关塞肌肤裂。

孤舟嫠妇旅魂消，异域累臣毛发折。

坠絮游丝争绕乱，哀蛩怨蚓互低昂。

楚弄数声谐洗簌，氐州一曲换伊凉。

琭瑀铿锵韵碧霄，机梭渐沥鸣玄夜。

一自干戈遍扰攘，几多行辈遍沦谢。

银环约臂联条脱，彩线接绒缀罘罳。

纤腰数被邻姬妒，鬓发常烦阿姐梳。

凤枕鸳衾肯暂辜，蜂媒蝶使交相属。

退居始替兴圣班，内使传宣又催促。

畏吾选作必阇赤，钦察恩深答刺罕。

丹楹陡峻栖鹔鹴，华表玲珑镂角端。

五谷丰登免税粮，九重娱乐耽声妓。

避暑巡游欲届程，沿途宿顿争除地。

卤薄晓排仙仗发，抹伦晴鞠绣鞍乘。

纨扇试时违大内，花园过去是开平。

绯缨帽妥钵焦圆，黑瓣髻纫卜郎锐。

芇罽缝袍竺国师，霞绡氅帔天魔队。

乐府竞歌新北令，勾栏慵做旧《西厢》。

浑脱囊盛阿剌酒，达拏珠络只孙裳。

官里遥冲朔漠尘，哈敦暗哭穹庐月。

绝徼阴森部落衰，中原颎洞烽烟热。

窈窕蛾眉浑懒画，蹒跚茧足亦羞缠。

练衲正宜参般若，赤绳无奈堕痴缘。

嫁与凡庸里巷儿，流为鄙贱糟糠妇。

手具盘飧奉舅姑，亲操井臼应门户。

物换星移十载强，尊嫜妯没薰砧亡。屡遭疾疫男捐馆，苦迫饥寒媳去房。
瓦缶泥炉长是伴，瑶簪翠钿已相忘。忍谈富贵徒增感，怕说伤心只断肠。
筋骸疲惫龙钟久，里舍幺娘嗤老丑。涂抹伊谁识阿婆？弹挡竟是矜纤手。
偷生又幸逢明代，垂死宁当正丘首？辚轲颓龄谅弗多，槎牙瘦骨行将朽。
欷歔叹古更嗟今，少日荣华晚陆沉。亹亹愿毋嫌聒耳，寥寥罕遇是知音。
织乌荏苒忙过隙，司马汍澜已湿衿。往运推移端莫挽，穷途泪没最难禁。
妓人听我相宽慰：美貌多为姿质累。仓皇明镜乐昌分，缥缈层楼绿珠坠。
虽云茕独困贫乏，赢得娇娆到憔悴。世上浮名不直钱，杯中醇酎休辞醉。
屏营拭泪起逶迤，载拜殷勤乞赋诗。土坑蓬窗愁寂夜，挑灯快读解愁颐。
那知昭首逢元稹，弗用黄金铸牧之。洒翰酬渠增慷慨，风流千载系遐思。

我把这首长诗赠给老妇人后，她站起身来感谢着说道："您作的这首长诗一点也不亚于元稹、白居易的余响啊！可我们为何会相见如此之晚呢？我迟早要死去，希望能够在死去的时候和长诗一起焚烧，以便在九泉之下也可以诵读。"第二年春天，我返回京城，重新经过这里时又专门去拜访那位老妇人，结果她果真已经离世了。于是就又拿来那首长诗来诵读，读着读着就好像看到了她的言谈举止、音容笑貌。可悲啊！

永乐十八年（公元 1420 年）闰正月初一日，庐陵李祯记载。

续卷五

贾云华还魂记

　　魏鹏，字寓言，祖先是河北巨鹿人。九世祖魏飞卿，在宋高宗时期曾做到御史中丞，只因弹劾秦桧误国，被贬到襄阳担任县令一职，去世后就葬在了白马山，而他的子孙也由此在那里定居。此后，魏氏宗族繁衍生息，积累的财富堪比诸侯，到元朝的时候尤为兴盛。魏鹏的父亲名叫魏巫臣，元仁宗延祐初年，曾担任江浙行省参政。可是魏鹏在官署里出生后没多长时间，他的父亲就去世了。被封为郓国夫人的母亲萧氏便带着魏鹏和他的两个哥哥魏鸷、魏鸶，护送着灵柩一起赶回襄阳。

　　魏鹏五岁的时候就已经通读了五经，七岁的时候便能够做文章，而且长得眉清目秀，肌肤晶莹雪白，乡里之人都以神童之名来称呼他。可尽管如此，元代至正年间，他却屡试不第，感到非常遗憾，曾经说道："大丈夫理应轻而易举地获取功名，难道考中进士就不能如愿吗！"因而拍着案几长叹。萧夫人听了，唯恐他会因此而抑郁成疾，便对他说道："钱塘是你父亲当年死于任所的地方，在这里大凡是有名的读书人，很多都是你父亲的门生故吏，你如果前去向他们请教一下，或许就会达成所愿。况且，钱塘是东南地区的十分重要的行政区域，山水秀丽奇特，去到那里还可以让你开阔心胸，陶冶情操，你何不去一趟呢？

不要总是待在书房里。"说完,萧夫人又从怀中拿出一封书信,交给他说:"到钱塘后,趁着空暇的时间,你理应到已故贾平章的眷属邢国莫夫人那里拜访一下,到了之后且把这封信交给她,主要是要商议你的婚事。我在信中对此事也已经有了说法,你万不可私自把信拆开阅览。"

可魏鹏退下后,在好奇心的驱使下,就私自拆开了信封,这时才知道原来在自己还没有出生的时候,母亲就已经和莫夫人有了指腹为婚的约定,魏鹏知道这件事后非常高兴,于是就赶紧驾车出发。

魏鹏根据母亲的吩咐,第二天清早就出发上路了。经过两个月的时间,才抵达杭城,到达杭城后就暂时居住在了北关门一个姓边的老年妇女家。这位老妇人很擅长待客,魏鹏住在这里感到非常舒适满足。几天后,选定了读书的馆舍,就开始渐渐地外出游玩,访问朋友,可是不料却没有一个在家的。唯有湖山秀丽,美景在前,车马喧闹以及笙歌丝竹之声不绝于耳。魏鹏随即赋了一首《满庭芳》词,以记录这次游览的胜况,而词就题写在了住舍的窗纸上面。词为:

天下雄藩,浙江名郡,自来惟说钱塘。水清山秀,人物异寻常。多少朱门甲第,闹丛里,争沸丝簧。少年客,谩携绿绮,到处鼓求凰。

徘徊应自笑,功名未就,红叶谁将?且不须惆怅,柳嫩花芳。闻道蓝桥路近,愿今生一饮琼浆。那时节,云英觑了,欢喜杀裴航。

后来,魏鹏的这首词无意间被那姓边的老妇人看到了,问道:"这篇词作是郎君您作的吗?"魏鹏没有回答。老妇人接着说:"难道郎君您以为老妇人不是知音吗?大凡乐府重在含蓄不显露,您的这首词作好是好,但不够妩媚,欧阳修、晏殊、秦观、黄庭坚等人的词作,应该不是这样的吧。"

魏鹏听老妇人这样说,不禁大吃一惊,于是恭敬地向老妇人致歉说:"如此浅陋的词作,真是献丑让您见笑了。"说完,便询问老妇人的来历,细问之下才知道这老妇人竟然是达睦丞相的宠妾,丞相去世后,便又嫁到了寻常百姓家,只是现在已经老了。话说回来,她通晓诗书、音律,喜欢谈笑,擅长刺绣,经常在达官贵人间行走，成为女子的老师，人们也因此称她为边孺人。

魏鹏说："如此说来承相和先父参政以及贾平章都是同辈人了。"老妇人听了，惊骇地问："郎君您难道是魏参政的儿子？"魏鹏说："正是在下。"老妇人说："真如韩非子所说的'称其家儿者也'。"于是摆上酒席来款待魏鹏，魏鹏这才有机会向她询问一下父亲旧日同僚的情况。老妇人回答说："这些人如今大都不在了，也只有贾氏一家还在这里。"魏鹏说："这次来到杭城，家母还有书信要我送到贾家，还希望您能够把他们家的情况给我介绍一下。"老妇随即答应了下来。魏鹏接着又问道："贾平章已经去世很多年了，现在他们家还有谁啊？家里的境况又怎么样？"老妇人回答说："贾平章膝下有一个名叫贾麟的儿子，字灵昭。还有一个名叫娉娉的女儿，字云华。据说，当时她的母亲梦见有一只孔雀把嘴里衔着的牡丹的花蕊放置在她的怀中，后来便生下了云华。而要说起云华的容貌，犹如桃花映着春水；要说她的恣态，则犹如流云迎朝阳。要说填词作曲，李清照也难步其后尘；若论织锦绣图，苏若兰也不能与之相比。邢国莫夫人对她很是喜爱，让她跟着我学习，而我自认为水平比不上她。而且夫人为人勤恳努力，治家很有方法，她的脚上穿着带有珠饰的鞋子，头上插着玳瑁发簪，家中的繁华可以说是丝毫未减。加上，全家列鼎而食，食时击钟，与往日也没有什么差别。"魏鹏听后，猜想着老妇人口中的那个女儿定然就是和自己指腹为婚的女子，于是便急着想去。可是正赶上老妇人眼睛有病，不能前往，所以就只好暂时搁置。

邢国夫人看老妇人长久不来，感到很是奇怪，就命婢女春鸿前往老妇人家询问一下情况。这时老妇人的眼病已经好了，想和魏鹏一同前去，可是他却有事外出了，老妇人就先跟随春鸿去了。到了夫人那里，边老妇人首先对邢国夫人的慰问表示了谢意，随后又说起了魏鹏母亲寄来书信的事情。邢国夫人听后又惊又喜，忙说道："我近日正想念他们呢，他们今天就来到了这里，赶快去把他给我叫来，千万不要迟缓怠慢！"春鸿受按照老夫人的吩咐，又去老妇人家去请魏鹏，正巧魏鹏也回来了，于是就一同来到了邢国夫人的家里。

来到门前后，春鸿先进去通报。一会儿，有两个青衣小僮把魏鹏引到了堂前，他便在东阶稍稍站立。一会儿，邢国夫人穿了朝廷颁发的命服出来，坐在堂上，魏生便拜了两拜。夫人问道："魏生您是什么时候来的呢？"魏生回答说："也不过是几天而已。"这时夫人让他在西柱前一只镶金嵌银的椅子上坐下。喝完茶，夫人说："记得我与你父母分别时，你尚且裹在襁褓中，想不到现如今都已经长大成人了！"说完，还专门对他父亲的去世对魏生安慰问候了一番，并且又问起萧夫人一切是否安好。魏鹏回答说："多谢您的挂念，我的母亲他们所幸都安然无恙。"接着，邢国夫人又与魏生说起很多旧事，一切都清清楚楚如在眼前，可就是对指腹为婚的这件事闭口不提。魏生心生疑惑，就回头叫跟随自己一块来的老仆人青山解开口袋，把母亲的书信取出来奉上。邢国夫人看完信后，就放在了袖中，仍旧是不说话。

一会儿，进来了一个眉清目秀的小孩子。邢国夫人让他给魏生行礼，魏生也连忙回礼答拜。夫人说："这是我的小儿子，要好好教教他才是，没有必要这么客气地给他回礼。"接着，夫人又命侍女秋蟾说："去把小姐娉娉叫到这来。"一会儿，边孺人领着两个丫环，簇拥着一个女子，从帷幔后面慢慢地走了出来，见到魏生便行拜谒之礼。魏生一时之间便想要站起来躲避。邢国夫人说道："没有关系，这就是小女娉娉。"女子拜谒完后，退后站在了夫人座位的右面。边孺人也在一旁陪坐。魏生暗中看了一下娉娉，果真是国色天香的绝世佳人，即便是与西施、洛神宓妃相比，也难分优劣高下。

魏生见到娉娉后，神魂动荡，色动心驰，为了避免让夫人看出来，就准备站起身来告辞。夫人说："先夫在世的时候把令尊当作骨肉同胞看待，令堂也把老身当作弟妹。可是，自从平章和参政去世后，两家便分隔两地，从此断绝了消息，原本以为这辈子再也无缘相见了，可没想到在这残生余年竟还能够见到你这等俊秀的后生晚辈，我的心中真是感到欢喜安慰啊，简直无法用言语来表达！难道小郎君你竟如此缺少情意吗？"魏生听夫人如此说也只好作揖返回座位，没有再说告辞的话。一会儿，邢国夫人示意让娉娉进去，意思似乎是让她去置办宴客的器具。到时候摆开宴席，山珍海味都要陈列上来。席间，邢国夫人还亲自给魏生倒酒，魏生跪着接受，然后喝了下去。接着，邢国夫人又命贾麟、娉娉一次次地劝酒。娉娉捧着酒杯来到魏生面前，魏生用"我刚刚长途跋涉来到这里，已经很长时间没有饮酒了，实在是不能再喝了"为理由推辞。可是娉娉捧着酒杯继续劝请，魏生想好好看看她，于是坚决推辞不肯先喝。

夫人对娉娉说道："小郎君比你年长，我们两家又是世交，从今以后，你们就是兄妹了，你应该跪着劝酒才是。"于是，娉娉就跪下劝请，魏生见状就急忙接过酒杯，一饮而尽。娉娉收起酒杯，来到夫人面前，把杯中余酒滴在案几上，说："兄长还没有喝尽兴，要再喝一杯吗？"夫人笑着说："刚刚认了兄妹，就对兄长如此关爱，小郎君你又怎么能停止不喝了呢？"边孺人也在一旁劝请，魏生这才开怀畅饮。夫人接着责怪边孺人说："郎君既然早就住在了你家，怎么不早一点告诉我，也应当满满地罚一杯才是。"老妇人笑着喝了下去。

宴席散后，魏生要告辞回去。夫人说："小郎君就不要再回边家了，今后就住在寒舍吧。"魏生稍微推辞了一下就答应了。夫人又说："寒舍萧条简陋，还希望小郎君不要嫌弃啊。"说完，便命家奴脱欢、小仆人宜童，带领魏生到前堂外的东厢房住下。魏生进入厢房后，看到屏风、帏帐、床褥、书几、盥洗的盆子以及笔砚琴棋，没有一样不齐备，而且之前放在边家的行李，也早已经拿了过来。魏生想着能够在这里定居下来，又遇到了绝色佳人，真是让人又惊又喜，趁着没有多少困意，便赋了一首《风入松》词，并题写在了白色墙壁上。词为：

碧城十二瞰湖边，山水更清妍。此邦自古繁华地，风光好，终日歌弦。苏小宅边桃李，坡公堤上人烟。

绮窗罗幕锁婵娟，咫尺远如天。红娘不寄张生信，西厢事，只恐虚传。怎及青铜明镜，铸来便得团圆！

当晚，娉娉回到卧室，也对魏生产生了极大的关注，于是就把侍女朱樱叫来问道："魏兄有没有睡呢？"朱樱回答说："我不知道。"娉娉对她吩咐道："你到东厢房偷偷去看一下。"侍女去了很长时间，回来报告说："魏公子在烛光下若有所思，好似吟咏，接着又拿出笔来，在墙壁上题写了几行字，我仔细看了一下，是一首《风入松》词。"娉娉又问她："你还记得这首词是怎么写的吗？"朱樱回答说："我已经背下来了。"随即朗诵了一遍。而娉娉则蘸满笔墨，铺开双鸾霞笺纸，和着魏生的词韵，转眼之间就写成了一词，并把词作封在信封里交给朱樱说："明早你去给魏兄送洗脸水的时候，把这个交给他。"于是，朱樱便把信封收藏在了口袋里。

第二天一大早，朱樱就按照小姐的吩咐前往。待魏生洗完脸后，朱樱便拿出信交给魏生说："娉娉小姐有一封书信要给郎君。"魏生慌忙拆开来看，发现是应和自己题写于壁上的《风入松》词作，词为：

玉人家在汉江边，才貌及春妍。天教分付风流态，好才调，会管能弦。文采胸中星斗，词华笔底云烟。

蓝田新锯璧娟娟，日暖绚晴天。广寒宫阙应须到，霓裳曲，一笑亲传。好向嫦娥借问，冰轮怎不教圆？

魏鹏来来回回读了好几遍，仍然不舍得放下，从娉娉的辞赋中能够感受到她的深情厚谊，于是便好好地珍藏在书箱中。而就在他想要细细询问娉娉的性格脾气时，夫人已经派宜童前来叫他到中堂去了。

魏生跟着宜童进入中堂，邢国夫人看到魏生来到，便迎上去对魏鹏说："小郎君奉令堂之命，前来钱塘游学，千万不能够虚掷光阴，贪图安逸，荒废时日。这里有位姓何的儒学大师，到他门上求教的读书人，常常会有几百人；小郎君你如果能够跟从他学习，那么必定会大有进益。至于拜师的见面礼物，我也都已经准备好了。吃完早饭，你就去何先生家吧。"可是魏生自从看到娉娉后，就再也没有什么追求名誉显达的心思，心中只想着娉娉一人。不料夫人却逼着让他前去求学，虽然他勉强应承了下来，可是却不经常去何先生家。而且，还想着虽说夫人很喜欢他，但闭口不提指腹为婚的事，反而让他与娉娉认作兄妹，总觉得心有不安，可又不知道该从何说起。于是他便偷偷前往伍相祠祈求神明能够从梦境中预知祸福，结果梦中神说："洒雪堂中人再世，月中方得见嫦娥。"醒来后，始终不明白这两句话是什么意思，只好私下里先行记住。

一天，魏鹏和朋友一起出去游西湖，娉娉听说魏生不在家，就带着侍女兰苕，潜入他居住的东厢房，遍览房内的书籍。当她看到有传奇小说《娇红记》一书时，笑着对兰苕说道："魏郎竟然会看这本书，不会是坏了心术吧？"说完，便在魏生卧房的屏风上题写了两首绝句。诗为：

净几明窗绝点尘，圣贤长日与相亲。文房潇洒无余物，惟有牙签伴玉人。
花柳芳菲二月时，名园剩有牡丹枝。风流杜牧还知否？莫恨寻春去较迟。

到了傍晚，魏生回来看到了诗作，知道这是娉娉所作，十分地懊悔由于自己外出不能够与她相见。于是，就用赵孟頫行书字体，和着娉娉的诗韵，在花笺上写了两首诗来酬答娉娉。诗为：

冰肌玉骨出风尘，隔水盈盈不可亲。留下数联珠与玉，凭将分付有情人。
小桃才到试花时，不放深红便满枝。只为易开还易谢，东君有意故教迟。

写完后，他才发现没有机会能够带给她，正在踌躇之时，侍女春鸿突然对魏生说："夫人听说郎君你刚刚从西湖游玩回来，担心你醉酒，专门命我拿来武夷小龙团茶来给你醒醒酒。"魏生听了十分高兴，随即就冲泡喝了一碗。接着，又随即移动身体靠近春鸿坐下，笑着说道："娉娉既然把我当作哥哥，你又何不暂时做一下我的妻子呢？"春鸿变了脸色说："夫人向来治家严肃，我们做婢女的只供听命使唤，怎么敢和您同枕，有辱您高洁的品德呢？"魏生说："东园的桃李，也不过只有片刻的春光罢了，又有什么关系呢？"说着就与春鸿亲昵起来。事后，魏生对春鸿说："我有一封写给娉娉的信，你能替我交给她吗？"春鸿说："怎么敢不从命，我随后就会交到她的手上。"春鸿进入内室，在茶堂里遇到了娉娉，就把信交给了她。娉娉收到信后就急忙放入了怀中，并且对春鸿千叮万嘱不能够把这件事说出去。娉娉回到闺房打开来一看，原来是应和她绝句二首的诗作。读完后，不禁感叹道："魏兄的诗作如此清畅华美，很像是他的为人。"

一句话还没说完，就听到邢国夫人说："有客人来了。"于是，娉娉便急忙出来，原来是表兄莫有壬，从河北藁城来到这里。邢国夫人马上命人安排宴席来招待他，魏生也在座作陪。邢国夫人由于和莫有壬分别了很长时间的缘故，悲喜交加，姑侄两人互相劝酒，不知不觉就已经醉了。加上莫有壬远道而来，一路上鞍马劳顿，困倦疲乏不胜酒力，也急着想去休息，所以就苦苦求告邢国夫人要先行离开。于是，邢国夫人便命令脱欢扶着他到礼宾堂之南的小书房歇宿。随后，魏生也跟着出来，一个人站在楼堂上。不一会，邢国夫人也感到头晕想睡觉，便也去歇息了。只有娉娉带着几个婢女收拾了器皿，关门上锁。

收拾好一切后，侍女朱樱拿着蜡烛，陪着娉娉到楼堂巡看，看到魏生一个人站着，便惊讶地问道："兄长这么晚了还没有就寝吗？为什么会一个人站在这里？"魏生回答说："酒后口渴得很，想要找点水喝，可一时间又找不到。"娉娉听后随即便让朱樱到厨房取些茶水，自己则代朱樱拿着蜡烛，然后放在了案几上。而这时那蜡烛被风一刮，蜡液像眼泪一样流下来，娉娉用金剪修剪烛花，说："难道你也风流吗？"魏生说："你没听说过李义山的诗说：'春蚕到死丝方尽，蜡炬成灰泪始干。'"娉娉说："李义山只不过是一介浪子罢了，你又何必对他如此眷恋呢？"魏生说："事实上，这种想法人人皆是如此，这种欲望也是心心相通，又怎么可以因此而对李义山进行指责？"娉娉说："如此看来，魏兄和李义山是属于同一类人了？"魏生说："对于风雅的情趣、郁结于心的感情，我自认为是要超过李义山的。"娉娉说："如兄长所说，那你真可称得上是风雅潇洒、温文含蓄的人了。但是佳句中说到的'劳心'，果真'劳'的是什么事情呢？不知李义山是否也有这种情况？"魏生说："这只不过是室近人远的缘故。"娉娉没有答话，指着壁上挂着的琴说："兄长擅长弹琴吗？"魏生说："只是幼时对琴技很是入迷，听说小姐你在这方面也很擅长。"娉娉说："姑且把感情寄托在琴上，又怎么敢说是擅长呢？"一会儿，朱樱捧着茶过来了，娉娉接过去递给了魏生。魏生感谢说："何必麻烦你如此无微不至地关怀体贴呢？"娉娉说："热爱亲人，敬重兄长，按照礼节应该如此。"魏生要挪近身子靠近坐席与她交谈，怎奈娉娉急忙躲开身子说："今晚夜已经很深了，兄长还是尽早回去休息吧。如果明晚方便的话，我到您的厢房里听琴，还请你不要到其他的地方去。"说完，向魏生行个礼就回自己房间去了。

第二天，夫人因为醉酒没能起床。将近傍晚时分，娉娉偷偷来到了厢房。此时，魏生正抬着头站在台阶等待，看到娉娉来到，非常高兴，随即拥着娉娉进入室内。定后，魏生擦拭了一下案几，焚上一炉好香，解开锦囊，拿出天凤环珮琴，请娉娉弹奏。可是娉娉因为羞怯，坚决推辞了。于是，魏生转动弦柱，调试琴弦，自己弹奏了一曲《关雎》，想要用此曲来触动她的心弦。娉娉点评说："发颤声的指法，每一个都十分精当，只不过取声太虚，下指稍微轻了一些！"魏生听后十分佩服，想要看看她的指法，于是不停地请求。最后，娉娉让朱樱把琴拿来，放在前面的琅石桌上，弹了一曲《雉朝飞》作为酬答。魏生说："指法真的是太妙了，只不过这首曲子未免让人感到奢华妖艳的音符多了些。"娉娉说："对于没有妻子的人来说，他的言辞哀苦，琴声凄怨，又怎么能说是奢华妖艳呢？"魏生说："若非是牧犊子的妻子，怎么能够达到如此奇妙的境地呢？"娉娉微微一笑，没有说话。这天晚上，两人谈话渐趋融洽，感情越发深厚。可这时正巧赶上夫人睡醒，呼叫娉娉要人参汤喝，娉娉也只好急急忙忙地离开。娉娉走后，魏生像是丢了魂似的，茫然若失，非常失望。于是在枕上赋了一首小调《如梦令》表示伤感。词为：

明月好风良夜，梦到楚王台下。云薄雨难成，佳会又成虚话！误也，误也，青着眼儿干罢！

第二天清晨，魏生起床后整理好衣帽，来到夫人住的楼阁，向夫人问安。出来后到了楼堂，转到从堂的后面，沿着弯曲的小巷，想着能够走到娉娉的住所去，可结果却迷了路只好返回，途经清凝阁时，想休息一下。谁知，娉娉这时正好坐在阁中，在低着头裹束小脚，准备穿绣鞋。于是，魏生就躲在门外，透过缝隙往里面偷看，但不小心被娉娉的侍女福福看见，还报告给了娉娉。娉娉知道后非常生气，准备去禀告老夫人。魏生惶恐，就央求娉娉说："刚才我是到夫人那里去问安，出来的时候迷了路才无意间走到这里，你我有兄妹之谊，难道真的忍心让我难堪吗？"娉娉说："男子不能无缘无故地进入中堂，难道就可以直接来到人家的闺房吗？今天我就暂且饶恕兄长，希望你以后不要再来这里了。"魏生听她这样说连连作揖。娉娉说："只不过不想让你担心害怕而已，不必深谢！"接着又是指着阁前用小瓦盆植养的一棵瑞香花，对福福说道："把这个送到兄长的厢房，与深居之人相伴。"魏生说："有幸得此一枝，应当把它贮藏在黄金屋里啊。"娉娉笑着点头。随后，福福便捧着瑞香花送魏生出来。魏生清楚福福是娉娉的贴身丫环，于是便从口袋里取出几钱银子送给她，希望她以后能够帮助自己传递信函，与娉娉暗通衷情。结果，福福拜谢后接受了银子，此后便一直受魏生差用。

魏鹏离家外出，算起来已经有两个多月了。刚过了寒食，又到了清明，这天邢国夫人备下了酒肴，召集了邻居和边孺人，还拉上了魏生出城上坟，只有娉娉因为刚好生病，没能够一块去。魏生听说娉娉不能去，就假装有事要外出。邢国夫人挽留他，魏生回应说："正巧刚才何先生命人来叫我，不敢不去。只是恐怕要错过拜祭的事情，真是非常遗憾！"夫人说："既然是先生要召见，那千万不能怠慢，理应尽快前去。"魏生离去后，夫人也上了轿子，全家都跟随着前去，只留下福福和女仆兰苕在家陪伴着娉娉。

魏生估摸着夫人已经走远了，就慢慢地往回赶，到了第二进楼堂前，因为门关着无法进入，只好在廊屋下徘徊。这时福福听到有人踱步的脚步声，以为是有客到来，便开门问是谁，发现原来是魏生。只见魏生急忙拉着福福的衣襟，问她娉娉在哪儿，想要与她见一面。福福说："我家小姐聪明伶俐，知书达理，尤其持身谨慎，娴静雅致，不会随随便便地离开闺房，不可侵犯，我又怎么能够把你引导进去冒犯小姐呢？！"魏生说："我当初遇到你时，自认为很有缘分，即使是把你说成是给张生牵线的红娘，也不为过。谁承想你如今却说出这样的话，真是让人很失望！"听后，福福思量了一会儿，说道："虽然小姐平时十分守礼，以礼来自我克制和约束，可内心隐秘的感情却颇为深切。我有一次见她对着镜子自照，并且问我说：'我与月中嫦娥相比怎么样？'我回答说：'与嫦娥相比不是太夸耀自己了吗？'可她却说：'虽说嫦娥长得漂亮，但可怜只能孤身一人入眠！'所以，你可以用情来触动她使她乱礼。"魏生说："那如今之计，应当怎么办呢？"福福说："我这里有一块上好的手帕，你可以在上面试着写一首情诗，写完后我就拿给她看。那时，您悄悄跟在后面偷看，如果她看后动了心，那么事情就能够成功了。"魏生听她这样说，便高兴地拿起笔，写好后随即就交给了福福。诗为：

鲛绡原自出龙宫，长在佳人玉手中。留待洞房花烛夜，海棠枝上拭新红。

福福把手帕藏在袖中带进了内室，而魏生则悄悄尾随在福福的后面，到达柏泛堂后，看到娉娉正倚靠在栏杆上，赏玩庭园前新发的柳枝，说道："杨柳都已经这么绿了！"随即又吟诵了一首辛弃疾的词说："莫去倚危栏，斜阳正在、烟柳断肠处。"魏生急忙走上前去，摸着她的肩背说："是为了什么事情而断肠呢？"娉娉不禁惊叫道："狂生怎么又来到了这里？"魏生说："有道是，韩寿偷情私通，司马相如洗涤器物，狂生原本就是这样的吧？"于是，娉娉让福福上茶。只见福福在上茶的时候故意把手帕掉在了地上，娉娉捡起来一看，见上面有诗，就生气地说道："这想必定是兄长所作，小丫头哪里敢如此肆无忌惮呢？我要拿着它告诉母亲。"说到这里，魏生再三谢罪，接着又跪在了地上。娉娉这才回过头来莞尔一笑，把手帕藏在了怀中，说道："不要说了，暂且就在我这里坐一会吧，稍稍抒发半晌欢情。如果到时候老母亲祭拜回来，就来不及了。"魏生听后大喜，便入座坐下。

继而，娉娉叫福福拿来酒菜佳肴，自己则亲自手持金荷叶杯，倒满酒后劝魏生饮用。魏生推辞不喝，娉娉则坚持劝酒。魏生感谢说："这份情义的确令人感触，正如过去人们说的，即使吃炊饼也会醉，又何必劳烦饮酒呢。"于是只稍稍喝了几杯，就让丫环撤掉酒席，娉娉也答应了他的要求。于是，魏生把两个坐席并拢在一起，和娉娉坐在一起，对她说道："我奉家母之命，为了我们两人之间的亲事，跋山涉水不惧艰辛，千里迢迢才来到了这里。可现如今夫人对于我们之间的婚约没有任何的只言片语，想必是有其他的考虑，也或许是事情中途出现了什么变数。她让我们认作兄妹，意思也已经很明显了。而您对待这件事又很漠然，对我就像是对待陌路人，实在让人不是滋味。其实，我早就想回去了，只是想着还没有跟你说清楚，这才迟迟没有成行。今天有幸能够在这里相遇，以后也不知道还能不能再见面，我的心事，您现在也已经知道了，成或是不成，还希望你能够明确地告诉我，不要让我像古人司马谈那样，成为滞留周南的客人。"

娉娉听后，用手摸摸大腿感叹道："我难道是木头人吗？兄长如此说，又哪里知道我的心呢！自从我遇到兄长以来，内心触动，废寝忘食，神思倦怠，睡晚起早，心心念念的就只有郎君你一个。自己想着能够以鄙陋之身，侍候你终生，两个人相守白头，这是我深切希望的。只是担心上天不作美，不能够善始善终，《莺莺传》里的张珙、《娇红记》里的申纯，他们的事例就是明证。兄长若是不嫌我微贱，我愿意永远做你的妻子，不过我们也不能轻举妄动，而应当把事情考虑周全。"魏生说："若是等婚姻的六礼全部完成，恐怕我墓上的茅草都已经干枯了。您还是可怜可怜我，不辜负了今晚这个良宵！"娉娉还没来得及回答，兰苕就进来报告说夫人回来了。魏生仓皇之间就跑出了柏泛堂。这一天，是三月丙午日。

第二天早晨，魏生来到中堂拜谒邢国夫人，邢国夫人对他说："昨天祭扫坟墓的时候，顺便到湖上各寺庙走了走，周围的美景让人应接不暇，只可惜你没能一同目睹。"魏生听后只是恭敬地应答，然后就退了出来。退出时在中堂的边门，正巧遇到娉娉进来，只是因为她身旁簇拥着太多的侍女，两人只能互相注视，没有办法说话。魏生回到书房后闷闷不乐，吟诵起了崔颢《黄鹤楼》："日暮乡关何处是？烟波江上使人愁！"这时娉娉正经过窗外，听到这两句诗，便在窗纸上挖个洞对魏生说道："男儿为何如此地怀念故乡呢？"魏生说："你我的婚事丝毫没有进展，看来到底是不能成功，住在这里也没什么益处，还不如早些回去。"娉娉说："一会儿，我会让福福来找你。"说完就走开了。

早饭后，福福果然来了，对魏生说："娉娉小姐有书信给你。"魏生打开书信一看，原来是一首诗：

春光九十恐无多，如此良宵莫浪过。寄语风流攀桂客，直教今夕见姮娥。

魏鹏读后，高兴得难以自已，看着太阳甚至都已经开始西斜，心情非常急切，只盼着夜晚能够早些到来。可不料快到中午的时候，魏生的朋友金在镕非要拉他去妓院，魏生推说有事情要拒绝，可是金在镕死活不同意，无可奈何只好与他同去。到了那里，妓女中有一个叫作秀梅的，懂一点诗词，对才华出众的人向来仰慕，她看到魏生潇洒，就用大杯劝酒，金在镕也与他狂饮。只是魏生的心思全然不在酒上，无奈被二人轮番劝酒，结果大醉而归，到住所后铺开一条紫丝褥子，就睡在了房前石栏杆边的地上。到了晚上，夫人睡熟了，娉娉便偷偷跑出来赴约。可魏生正在酣睡，酒气逼人，无论怎么叫都叫不醒，娉娉怅然若失地走到阶梯下，慢慢地走进魏生的厢房，取来一支宣毫笔，把一首绝句写在了魏生的白绢下衣上，然后就离开了。诗为：

暮雨朝云少定踪，空劳神女下巫峰。襄王自是无情者，醉卧月明花影中。

五更天亮的时候，魏生的酒醒了，起身漫步在花丛中，不觉间落花沾满了衣袖，露水把衣服都打湿了，这时突然想起与娉娉的约期，不由得泪流满面。正在郁闷纠结之时，一阵风忽然吹来，露出下衣上的一行字迹。魏生仔细一看，原来是娉娉昨晚题下的一首七言绝句。魏生深感惆怅怨恨，白白失去了大好良机，被别人耽误，辜负了娉娉的期盼。于是，魏生就把下衣的分幅剪了下来，装裱成卷轴，悬挂在墙壁上。接着又和着娉娉的原韵，也作了一首七绝，装入信封后就托人送给娉娉。诗为：

飘飘浪迹与萍踪，误入蓬莱第几峰？凡骨未仙尘俗在，罡风吹落醉乡中。

诗后紧接着还有一首词，词牌是《忆秦娥》：

春萧索，可怜更负佳人约！佳人约，今番准定，莫教违却。
世间虽有相思药，应知难疗身如削。身如削，盈盈珠泪，夜深偷落。

　　一天，忽然听到邢国夫人对春鸿说道："平章的忌日就快要到了，应当按照常规来进行祭祀。你到西邻长者姚恭恕家去一次，询问一下什么时候办金山法会，我们想要附祭平章，为他祈求冥福。"不久，春鸿回来报告说："法会要在这个月的二十五日开始，到庙里祭祀亲亡之日，共计需要三昼夜的佛事，如果要想给平章送上善功，还要先沐浴斋戒，到了那天，前往法会，烧香拜佛，诸事妥当完毕后才能回来。"

　　到了这天，邢国夫人把家事交代给了娉娉之后，就前往姚长者家。娉娉和魏生一同送邢国夫人到大门口，所以也得以一同返回。当经过魏生厢房时，魏鹏苦苦邀请娉娉进去，想要行云雨之事。可是娉娉却言辞恳切地推辞道："我衰弱微贱的身躯，岂会自我吝惜？只不过现在还是白天，男仆侍女很多，如果我们在交欢的时候，兴致正浓之时，如痴如醉，能够保证没有其他的事打扰吗？所以，且不如等到今天晚上，兄长亲自到我的住所，我一定点上蜡烛给你敞开门，焚好香来迎候兄长。"魏生觉得她说得非常对。

　　到了晚上，娉娉对各位奴仆吩咐说："夫人偶然不在家中，你们这些人要早些休息，男仆不能够擅自进入中门，女仆也不应无故离开内室，更不能随便私相往来。"众人听了拱手听从，没有哪个敢不遵从。

　　夜深人静后，魏鹏就沿着老路，由柏泛堂的后面，转过横楼的西头，这里有两条巷子相连接，一时也不知哪条能够到达娉娉的卧房。正在犹豫不决之时，忽然伴随着一阵清风迎鼻送上一阵香气，魏鹏心里高兴地想："娉娉的卧房一定就在前面了!"于是便径直向右边的巷子走去,巷子尽头,果然就是娉娉的闺房。只见绿窗半开,红烛高烧。娉娉的上身穿着一件紫罗衫,下身穿着一条翠文裙,她自己则拈着龙脑香在金雀尾香炉中焚烧,由此在明亮烛光的映照下,香雾缥缈。魏鹏突然看到娉娉如此模样,甚至感觉是与仙女相遇。娉娉笑着说:"你真是个讲信用的人。"说着便走出门迎接魏鹏,引他进入内室。只见这里有一张墨漆罗钿屏风床,床上挂着红罗圈金杂彩绣帐,床的左边有一只殷红色的矮桌几,桌几上放着两双绣花鞋,弯弯的犹如莲的花瓣,上面还覆盖着锦帕。而床的右边则悬挂着一只铜丝梅花鸟笼,里面有一只收香鸟,其他再没有什么多余的东西了。房前仅仅有一丈多宽,东面的墙壁上挂着一幅《二乔并肩图》,西面的墙壁上挂着一幅《美人梳头歌》,在墙壁的下面还有两张相对着的犀皮桌,一张上面放着笔砚等文房四宝,一张上面放着梳妆打扮的各种器具,小花瓶里还插着一枝海棠,另外还有几幅精致华美的笺纸,上面压着一枚玉镇纸。对房则用藕丝吊窗,窗下筑有像是船形的小阁,阁外围绕着一道白墙,墙内用垒石作台,台上放有几盆牡丹,四周都是些奇花异草,用来点缀。另外,在距离石台二尺多一点的地方,用砖砌了一个方池,池中投放了几十条金鱼,在池的外壁上罩着护阶草。

魏鹏也没有工夫四处仔细观看,见此情状随即便要拉着娉娉上床就寝。这时娉娉取出一块白绒软手帕对魏鹏说:"兄长当初的诗如今要应验了,现在可以'海棠枝上拭新红'了。"魏鹏笑着替娉娉宽带解衣,两人一同进入罗帐中。娉娉压低声音对魏生说:"我自幼长在深闺,不懂得男女之事,在彼此交欢的时候,恐怕难以胜任,还希望兄长你能够多多怜爱我,动作不要太厉害。"魏生说:"咱们姑且试试,或许以后就会习惯了。"可没想到娉娉的身体纤细柔软,腰肢颤动,才折花心,脸上就已经泛起了红晕,羞愧呻吟,似乎不能承受。只不过魏生蝶恋蜂狂,痴迷于娉娉的美色,不愿意就此作罢,直到兴尽才停止了动作,而这时已经过了半夜。魏鹏起身,拿出软帕对着烛火观看,然后交给了娉娉,让她留作以后的验证。娉娉说:"贱妾丑陋的身体,今日献身给了兄长,仔细想来,实在惭愧,无脸见人。关于我们的婚事,还希望兄长能够好好谋划,不要让贱妾成为这人折那人攀的章台柳就感到很幸运了! 要不然, 我一定会跳楼、投河, 以死来答谢兄长, 断不会跟从世间那些平庸的人, 背弃约定, 另嫁他人, 离开我所要终身依靠的丈夫。"魏生说:"我身为七尺男儿, 难道能让一个妇人为我谋划至此吗? 况且我们早有缘分, 你大可不必过分忧虑。"说完便在枕上口诵了一首《唐多令》赠给娉娉。词为:

深院锁幽芳, 三星照洞房。蓦然间、得效鸾凰。烛下诉情犹未了, 开绣帐, 解衣裳。新柳未舒黄, 枝柔那耐霜? 耳畔低声频付嘱: 偕老事, 好商量。

娉娉也依魏生的词韵, 应和了一首来酬答魏生:

少小惜红芳, 文君在绣房。马相如、赋就求凰。此夕偶谐云雨事, 桃浪起, 湿衣裳。从此褪蜂黄, 芙蓉愁见霜! 海誓山盟休忘却, 两下里, 细思量。

自此以后, 两人就频繁地往来, 没有一晚不相聚欢愉的, 纵使像连理枝、比翼鸟那样的恩爱夫妻, 也无法与他们相比。

可谁承想, 光阴易逝, 乐极生悲, 正当夏暑将消、秋风刚起之时, 魏鹏忽然收到母亲和两个哥哥的书信, 说是让他回去应乡试。魏鹏收到书信后郁郁寡欢, 不想被娉娉察觉知晓, 可言谈举止之间, 却还是经常流露出叹息悲伤的意思。时间一长, 娉娉也就觉察了出来, 魏鹏见无法再隐瞒, 于是便将家里的来信交给她看, 看后两人彼此痛哭流涕。

没过几天, 魏鹏的两位兄长又特意派男仆海仙, 专门来送信给邢国夫人, 希望她能够催促魏鹏尽早回家。夫人读完信后, 让仆人召来魏鹏, 把他母亲的信交给他看, 并对魏鹏说:"尊夫人对你甚是挂念, 令兄也非常急切地催你回去, 还打算和你一同去参加乡试, 这实在是人间的美事。虽然老身不舍得和小郎君你突然分别, 但母亲之命、兄长之言, 又怎么能够违背呢? 只希望你到时能够高折桂枝, 占得鳌头, 我们就在这里静候你的佳音, 和你一起享受荣耀。等你担任官职上任的时候，还希望你能够再来。"说完，邢国夫人便命人替他准备行装，送他上路。此时，娉娉也在夫人座位旁侍候，听到这番话，顿时泪如雨下，随即便进入了内室。

当天夜里，等邢国夫人睡熟后，娉娉偷偷跑出来与魏鹏告别，两人看着彼此痛哭流涕。娉娉对魏鹏说："我们正在欢乐之中，没想竟然会有这样的远别！老天啊！为什么为如此地捉弄人！"魏鹏说："我受母亲、兄长逼迫，也只好回去，不过三两个月之内，我一定会想方设法与你相见，你只管放心，保养好身体，不要作无益的悲伤，白白使容颜受损。"娉娉掩面流泪说："这一路上兄长一定要当心，早早到家，方便的时候一定要再来，切不要一去不返。贱妾丑陋的身体，已经属于兄长，若是能够稍稍念及，不把我抛弃，我即使是死也无憾了。"随后对魏生拜了两拜又说道："我只能在这里与兄长告别了，明天恐怕不方便出来送你。"魏鹏听后哽咽得说不出话来，唯有目送着娉娉离开。

第二天一大早，娉娉便吩咐福福来敲魏鹏的门，给他带来了娉娉的一封便函，还有一双青黑色丝鞋和一双丝袜。便函上说：

薄命妾娉娉再拜禀兄长：娉娉命薄，不能在兄长左右侍奉，为了长久打算。今天兄长就要返乡，我没有什么东西能够赠送的，现在奉上一双手工制作的粗布鞋和一双丝袜，略表寸心，也希望你脚步所到之处，就好像是贱随时跟随在兄长身边一样。悠悠心事，不能尽言，面对信纸，我一时间也是难过得不知所言，只有痛哭流涕。余言不详。

魏鹏看完信后，不禁伤心落泪，同时把信收好，锁在了书箱里。上路以后，但凡是遇到伴有清风的早晨，有月亮的夜晚，看着湖光山色，无不触景伤情，怀念娉娉，徒增悲伤。

到了家中，乡试已经很迫近了。魏鹏就同两位哥哥一起前往应试，结果，魏鸷、魏鸷全都落第，只有魏鹏高中归来。一时间前来道贺的人把门槛都踏破了，如此闹哄哄地忙了好几个月。等到这年冬末，同年中举的人催促着要他一起前去应礼部的考试，魏鹏打算托病不去，顺便到杭城一游，来履行与娉娉的约定，可怎奈母亲和两个哥哥坚决不同意，再加上府尹、县官敦促，无可奈何，只得勉强前往，心中想着能够落第，以便能够早些回来。可没想到会试揭晓时，他名列群英之中，且在殿试又中了甲榜，后被提拔为应奉翰林，才名一天大比一天，虞集、揭傒斯等人也都十分看重喜欢他。话说回来，虽然魏鹏身居清要之官，但他对娉娉的思念，却从未停止过，于是便请求到外省补官。

第二年正月，魏鹏受补为江浙儒学副提举，这也正符合他的心愿，于是连襄阳老家都没有回，就直接到钱塘等候上任。这天，他身穿公服到贾氏府第，拜见邢国夫人。邢国夫人见魏鹏来到，满脸的喜气，慰劳他说："知你金榜题名，文台任职，平生的愿望，一朝就全部实现了。只是因为小儿灵昭年纪尚幼，还不能前往；而老身我年老体弱，也不能长途跋涉，这才没前去道贺，给令堂道喜，真的是非常惭愧啊！"魏鹏感谢说："我才疏学浅，侥幸得以高中，不过是滥竽充数罢了，内心实在是有愧啊。算来当初一别，至今也已有两年的时间了，不知贾麟和娉娉是否平安？请出来一见，也稍稍宽慰我的思念之情。"邢国夫人说："小儿在郡里学读书，要半个月才能够回家一次。娉女就在家中，我这就命人让她来见你。"于是就让秋蟾去叫娉娉。

一会儿，娉娉出来相见，流转的目光掠过魏鹏，不禁悲喜交加。邢国夫人随后为魏鹏设置酒宴接风，边孺人也来作陪。邢国夫人举起酒杯表示祝贺，魏鹏一饮而尽。邢国夫人又对娉娉说："你魏兄如今高中做了大官，真可谓是人逢喜事！你既然作为妹妹，又怎么能够不向兄长敬一杯祝贺一下呢？"娉娉听后便斟了酒劝请魏鹏喝，魏鹏喝了后又向娉娉敬酒。母女俩都非常高兴，宴饮中大家也都非常尽兴。结束后，夜幕已然降临，魏鹏于是就向夫人告辞。邢国夫人说："所幸你还没有正式上任，就不必再另寻住处了，在我们家您旧日的住所，就用来迎接你。"魏鹏一边感谢一边告辞，回到了自己原先的厢房，只见这里景物床榻全然没有任何改变。于是又在墙壁上题写了一首律诗，以纪念自己重来此地。诗为：

不到仙家两载余，竹窗幽户尚如初。梁悬徐孺前时榻，壁写崔生昔日书。

花柳谩为新态度，江山不改旧规模。未知当日桓温幕，还有风流此客无？

第二天，魏鹏外出拜访旧友同僚，邢国夫人担心他厢房里的器物不全，或是缺少人手使唤，便把娉娉叫来，让她和自己一道去那里检查检查。等到了那里，发现所有需要的物品都已经齐全了，于是又专门安排宜童供魏生使唤。其实娉娉昨晚已吩咐过他们，只是邢国夫人并不知道。邢国夫人在厢房巡视的时候，忽然发现在墙壁上题的诗，读了几遍后，赞不绝口，连连回头对娉娉说道："才子！真是才子啊！"又说："从中不难看出，这个人不管是才识还是度量都弘大深远，而且学问渊博，聪明敏捷，鲜有人能够匹敌，如此不出十年，必当有所大成。目前提举这个官职还不能够遮蔽他的才能。你千万要记住。"要知道，邢国夫人素来善于品鉴人才，平时也不会轻易赞许他人。娉娉听母亲今日如此称赞魏鹏，不觉对他更是喜爱。从此以后，娉娉每晚都会来到魏鹏的厢房，直到早晨天亮的时候才会回去，即使是比翼的鸾凤、交颈的鸳鸯，也无法比喻他们彼此的恩爱和谐。如此过了没多长时间，两人深陷情爱之中，丝毫没有了顾忌，只顾得早晚欢愉。至此全府上下，除了邢国夫人外，所有的侍女们全都知道了他们两个人的事情。

有一天，侍女春鸿与兰苕在清凝阁前闲坐，一起品饮泉州凤饼香茶，娉娉无意间经过看到，虽然嘴上并没有说什么，可是心里却很是郁闷。因为，这种上品的团茶唯有夫人才有，自己也只是在私下里拿过几块团茶饼给魏鹏，想来肯定是魏生与这两个婢女有私情，她们这才能够饮用如此上好的茶品，所以就借故来盘问她们两人。春鸿与兰苕知道无法隐瞒，就把魏鹏与自己的私情如实招供了。娉娉听后非常生气，顿时心生妒忌，于是就多方搜罗了一些不利于她们的证据，拿来向邢国夫人报告，结果使得她们两人遭到痛打。对此，春鸿和兰苕心有怨恨，就商量着要把娉娉与魏鹏之间私通的勾当报告给夫人。一日，她们远远看到娉娉和魏生在后园的重阴亭下棋，便急忙跑去向邢国夫人报告说："园中池子里的莲花，有两朵花在枝茎相连的地方并生，而且这两朵花是红白两种颜色，现如今已经开了一天，还请您赶快前去观看，再晚恐怕花儿就会凋谢了。"邢国夫人听后非常高兴地说："你说的这是吉兆啊！"那我现在就到后花园去观赏。而魏生和娉娉根本没想到邢国夫人会来到这里，此时魏鹏正拍手大笑着说道："云华姐又输了一局，拿你的金钏当作赌资可以吗？"话还没有说完，突然一阵风吹来，有一颗坏桃正好掉落在棋局中，娉娉十分惊讶，抬头一看，远远看到春鸿和兰苕跟随着母亲大人来了，知道这是她们二人故意安排的突然袭击，于是急忙用眼睛暗示魏鹏，让他进入天林洞躲避；不过亭子里的棋局已经顾不得收拾了。这时，只见娉娉假装快步迎向邢国夫人，说："孩儿刚才因刺绣感到疲倦，又多日没有到园中游玩，于是就与福福携带着棋盘来到这里消磨些时日。后来，突然看到池子里的并蒂莲花，且有红白两种颜色相对，果真是好兆头，正打算着要把此美景吉兆向娘亲汇报，想不到您这就来了。"春鸿、兰苕虽然知道这只是她的狡辩之词，可又不好当面揭穿，也只能冷笑几下而已。还好，邢国夫人年老眼花，没有看清楚急忙闪躲的那个人是魏生。邢国夫人说："并蒂莲花经常都可以看到，但是一红一白却是十分难得。刚才听春鸿说时，本也想着要让人叫你一同观赏，不料你早就已经在这里了。但是，别人家的女孩子，大都不会轻易离开闺房，即使是偶尔外出，也会用东西遮掩一下面孔。今天你没有事先跟我说，就私自来到这里，虽说没有人看到，但终究不是很合适。况且你知书达理，难道不知道下棋赌博不好吗？你应当加以戒止注意，以后万不可再如此了。"事实上，夫人只知道娉娉与福福下棋，怎么也没有想到这是她和魏生对弈。于是母女俩一同来到这亭榭之间，徘徊观赏。夫人对春鸿说："这花实在是太漂亮了，我们也应当把魏郎一同叫来欣赏。"春鸿正要开口，娉娉唯恐她说出实情的真相，便在暗中踩了一下她的脚，春鸿领会了她的意思，也就只能骗夫人说："今天虽并蒂莲花如此美景，却来不及准备酒菜，不如明天在这里设下宴席，再请他来观赏也不迟啊。"夫人点了点头说道："你说的也确实在理。"说完就回房休息去了。

第二天，他们果然在重阴亭摆下酒宴，还特意把贾麟从郡学里叫了回来，一同与魏鹏观赏这绝世的并蒂莲花。酒喝到一半时，邢国夫人看着贾麟说："我听说一个家庭的盛衰，往往会事先显现在花卉上，或是因为草木能够先感受到气运的变化，而且吉兆的到来，一定不会虚妄。如此看来，你今年秋天的会考，应该能够考中，双莲并蒂的吉兆，或许就是应在这个事情上吧！适合做一首诗，来看看你的志向和气概。魏提举如果不嫌弃，也可以一道吟咏一首佳诗，以增加此花的芬香。"

贾麟和魏鹏听到后，便各自提起笔来，一挥而就，并呈送给夫人看。夫人看后感叹地说："魏提举的诗真可称得上是'绝妙好词'！我儿诗中的立意，也有可取之处。"接着，便把这两首诗交给娉娉说："你看完之后就把它收藏起来，姑且作为你弟弟秋试中举的伏笔吧。"两人的诗分别写道：

若耶溪里万红芳，那似君家并蒂祥？韩虢醉醒殊态度，英皇浓淡各梳妆。
徒劳画史丹青手，谩费词人锦绣肠。向夜酒阑明月下，只疑神女伴仙郎。

以上这一首是魏鹏的诗。

亭亭翠盖荫妩娆，一种风流两样娇。飞燕洗妆迎合德，彩鸾微醉倚文箫。
若教解语应相妒，纵自无情也是妖。寄语品题高着眼，直须留作百花标。

以上这一首是贾麟的诗。

娉娉读完后，微微一笑，就把它们收藏在了袖中。接着，魏鹏向邢国夫人说道："如此美景，小姐也不能没有佳作啊。"于是，邢国夫人对娉娉说："你也试着写一首吧，也让提举指教指教。"娉娉回答说："好的词句都被兄长说完了，我又该说些什么呢？但也不敢不勉为其难。"于是，便口诵了一首《声声慢》词。词云：

太华峰头，若耶溪上，秋波荡漾婵娟。翠盖阴中，佳人并着香肩。
深杯怎禁频劝？传玉容霞脸争妍。真个是，善才龙女，不染尘缘。
共说风流态度，似凤台萧史，夫妇同仙。描画丹青，生绡难写清联。

鸳鸯也知相妒，却爱来，比翼花边。心更苦，委淤泥丝又暗牵。

魏鹏听了娉娉的词章，自叹不如，还走出坐席向娉娉作揖说："词作超逸华美，真不愧是行家里手，也真有女相如吴绛仙的才气啊！"娉娉听了整饬了一下绣巾随即拜谢道："不敢当！实在是不敢当啊！"

酒宴散席时月色明朗，待邢国夫人睡熟，娉娉便偷偷跑到魏鹏的厢房，对他详细说了关于昨天围棋的事情，并且惊恐地说："若当时不是桃子掉下来，被母亲大人发现了，可怎么办！怎么办呢！"魏鹏说："这或许就是天意啊！可若不是你随机应变，那天露出了马脚，那么我们二人又怎么会再次相见呢？危险啊！实在是太危险了！"娉娉说："母亲因为我昨天私自到园中游玩，对我已经有所斥责，恐怕以后不能再到那里去了。遗憾的是我们以前远远地分隔两地，现如今有幸能够重新相逢在一起，可不料又被小人刁难阻隔。为了兄长，我愿意暂时委屈自己迁就她们，也希望她们能够回心转意，不再惹是非。兄长您也请暂且忍耐一下，不要让自己忧愁煎熬。不过，这恐怕也是因为兄长平时太过于偏爱她们而引起的。《论语》中有言：'只有女子和小人难以和他们共处的，若是亲近了，他会无礼；若是疏远了，他又会怨恨。'兄长不能不注意啊。"娉娉如此说实际上也是在讽刺魏鹏宠幸春鸿、兰苕的事情，并且委婉地规劝告戒他，而魏鹏听后羞愧惶恐交加，一时之间竟然不知道该怎么说才好。此后，娉娉深居简出，音讯断绝；魏生对此感到惶恐不安，犹如芒刺在背，但凡是遇到内院的集会，大都推辞不去。话说娉娉虽然假作收敛行迹，可是对魏生的幽思却与日俱增，所以对春鸿、兰苕两人百般优待照顾，只要是她们两人想要的东西，都会尽量地满足她们。这样以后，两人就不知不觉地落入了娉娉的圈套，以往对她的积怨也像是冰一样消散得无影无踪，反而心甘情愿地受娉娉驱使，只是魏生对此并不知情。

郁郁寡欢了有一个多月，魏鹏深感百无聊赖。正在忧闷之时，福福忽然给他送来了一些新莲子，并且告诉他春鸿、兰苕都已经消除了怨恨，应该没多长时间你们二人就可以相见了。魏鹏听说，高兴得手舞足蹈，难以自抑，于是便用蜀地所制精荚的笺纸抄写了十首所赋的《夏景闺情》，并作了一个小序在前面，以表达对娉娉的思念。词为：

　　独处在孤寂的客舍百无聊赖，睡醒起来也是孤身独坐，不见德性贤淑的佳人，怎么能不产生浅陋狭窄的念头！随意而成《闺思十首》献给您，一来是表达自己拳拳深情，一来是能够使自己常常观览，如此就好像是佳人在身边一样。

诗为：

其 一
香闺晓起泪痕多，卷理青丝发一编。十八云鬟梳掠遍，更将鸾镜照秋波。

其 二
侍女新倾盥面汤，轻攘雪腕立牙床。都将隔宿残脂粉，洗在金盆彻底香。

其 三
红绵拭镜照窗纱，画就双蛾八字斜。莲步轻移何处去？阶前笑折石榴花。

其 四
深院无人刺绣慵，闲阶自理凤仙丛。银盆细捣青青叶，染得春葱指甲红。

其 五
薰风无路入珠帘，三尺冰绡怕汗粘。低唤小鬟扃绣户，双弯自濯玉纤纤。

其 六
爱唱红莲白藕词，玲珑七窍逗冰姿。只缘味好令人美，花未开时已有丝。

其 七
雪为容貌玉为神，不遣风尘涴此身。顾影自怜还自叹，新妆好好为何人？

其 八
月满鸿沟信有期，暂抛残锦下鸣机。后园红藕花深处，密地偷来自浣衣。

其 九
明月婵娟照画堂，深深再拜诉衷肠。怕人不敢高声语，尽在殷勤一炷香。

其 十

阔幅罗裙六叶裁，好怀知为阿谁开？温生不带风流性，辜负当年玉镜台。

诗后又抄写了一首名为《青玉案》的词：

合欢花下曾相见，犹记把毫题彩扇。自别佳人冰雪面，朝思暮想，倚门挨户，无虑千来遍。灵犀一点悬春线，残梦惊回梁上燕。惆怅佳期成又变。云笺都是蝇头字，难写张生怨。

把这些都抄完后，就吩咐福福给带去。娉娉收到诗笺后，就打开来吟诵，正巧这时春鸿和兰苕来了，就问道："小姐您这是在吟咏谁的诗呢？竟然写得如此秀丽！"娉娉两眼汪汪地说道："我有件心事已经很久了，一直都想要找你们说说，可是每次想要开口，到最后却又因不知如何说而作罢。"二人异口同声地答道："我们都是卑微低贱之人，深受小姐的厚爱！只是我们能够做到的，就一定尽力去做来报答您。"娉娉说："这其实是魏鹏写给我的诗词。我们两个人相爱，你们也都十分清楚。自从那天重阴亭一游，差点弄得狼狈不堪，我和魏生之间的事情若是被夫人看到，那我恐怕连安身的地方都没有了，所以还是在你们多多调停保护下，才总算没有发生其他的变故。现在我已经有一个多月没有见到魏鹏了，不仅我深深地思念着他，魏鹏也特别迫切地想念我，彼此被阻隔，又可以同谁去商量呢？"二人站起来说："如今老夫人正在受佛家戒律，每天都会在佛堂里念诵佛经，家里所有事务全都由小姐掌权，如若是想要做什么的话，谁又胆敢多嘴说什么呢？若是有什么非议，我们自会担当。若是我们不履行诺言，鬼神可以明鉴！"娉娉说："若真是这样的话，我还有什么可担心的呢。"于是，从这天晚上开始，娉娉又开始像往常一样到魏生的厢房里去了。有时他们互相亲狎，尽享男女之欢愉；有时则举杯抚琴，享受悠闲舒缓的情趣。

不知不觉，时光荏苒，又到了七月七。娉娉向邢国夫人请示后，便在内厅搭了一个彩楼向织女星乞求智巧，并在案几上罗列瓜果，美味佳肴也都准备齐全。邢国夫人对娉娉说："很久没有看到你写诗作词了，今晚是天上牛郎织女相会的佳期，也是人间难得的良宵，你不妨随便写些什么，或是诗或是词。我也把魏鹏叫来，和你讲谈评论一番，希望能够有新的收获。"于是，娉娉便从命作诗。一会儿，魏鹏来到，邢国夫人说："今晚是世间所织女星赐予智巧的日子，小女也没能够免俗，随便摆设了个瓜果筵席。刚才她写了几首诗来纪念佳节，只是不知道有没有写好？"娉娉随即上前回答说："刚才按照母亲的吩咐，写了两首七言绝句。"说完，便把诗作从衣袖间拿了出来，上面的墨迹还没有干。夫人接过来看了一下，递给魏鹏说："这是小女的拙作，还希望提举你不吝赐教啊。"魏鹏读完后，说："简直就是唐代才女宋若华姊妹一类的作品啊，果真是难得啊！我魏鹏虽不聪敏，也当强作模仿，只是担心令爱的诗作是阳春白雪，而我难以应和而已！"娉娉的其中一首诗为：

梧桐枝上月明多，瓜果楼前艳绮罗。不向人间赐人巧，却从天上渡天河。

另一首诗为：

斜軃香云倚翠屏，纱衣先觉露华零。谁云天上无离合？看取牵牛织女星。

魏鹏的和诗为：

流云不动鹊飞多，微步香尘满袜罗。若道神仙无配耦，怎教织女渡银河？

另一首诗为：

娟娟新月照国屏，井上梧桐一叶零。今夕不知何夕也，双星错道是三星。

谁承想好事多磨，总是相会艰难、分离容易。第二天一早，魏生收到母亲去世的讣告，他还没有等到新官上任做提举，而遭逢母亲丧事回家守孝之行却已经迫近了。邢国夫人听说，就命人把边孺人召来，对她说道："我这里有一件和我关系密切的事情要拜托给你，不知道你能否做得周全？"边孺人站起身来回答说："不知夫人又什么事情要交代，若是我能够办到的，一定竭尽全力去办。"邢国夫人说："眼看娉娉已经成年了，我想要为她找一个如意郎君。而至于这说媒的任务，交给你如何啊？"边孺人笑着回答说："其实，我早就有这个打算了，只是不好明说而已。再说，现如今在夫人的门下，已经有最合适的人选，为何还要另寻他人，白白地浪费口舌，这难道不是有道路在脚下却要到远处寻找吗？"邢国夫人说："你莫不是要对我说那魏鹏吧？魏鹏这个人好是好，只不过选择女婿对我来说有个说法。魏生少年高升，正值仕途上进之时，如果我把娉娉许配给他，他定然会把娉娉带走。我膝下只有这么一个女儿，就算是一时半刻见不得面尚且会心生思念，更何况要远嫁他乡呢，这样我是无论如何也不会同意的！这也正是当初魏鹏带着他母亲的书信来到此地，对于信中提到的指腹为婚的约定，我本想回信可是最终却没有回信，事后对魏鹏也绝口不提婚事的重要原因。更何况如今萧夫人已经去世了，魏生又新得了官职，日后他的身边肯定少不了有美女来上门求着做他的配偶，我那丑陋浅薄的女儿自然不配做他的妻子。对于这件事情，我不方便当面和他说，还希望你能够代为转达我的意思，让他另寻佳人吧。可若是我一直不说，只怕他会拘泥于往日的婚约，你看要怎么办才能不至于耽误了双方呢？"

后来，边孺人便根据邢国夫人说的转告给了魏鹏。魏鹏说："我其实很早以前就有所察觉了，夫人一直以来都迟疑不决，今天让您来转达这些话，看来是明确地表示这桩婚事不能成功了。况且我母亲刚刚去世，需要我尽快赶回家，行色匆匆，哪里有时间来考虑其他的事情呢？可尽管是这样，与娉娉缔结良缘乃是先母的意思，还请劳烦您能够替我好好向夫人说下，难道不知道圣人有这么一句话，叫作：'自古而今人都有一死，可若是没有诚信那么就无法立身处世。'既然要遵守当年的约定，那么盟誓信约就在那里，天地鬼神都能够作证，又怎么能够因为我母亲亡故了，就背弃约定呢？况且，作为下贱之人的平民百姓，尚且能够做到诚实守信，夫人作为堂堂命妇，难道会做出失信于人的事情吗？您到时如果用信义来规劝夫人，应当能够让她信服。倘若有朝一日我与娉娉能够缔结良缘，我必定会有重金酬谢。"边孺人回应说："我只不过是因为可怜你这公子哥儿才想着要向夫人去婉言劝解，代你讲情，又怎么奢求您的报答呢？"于是，边孺人准备好了言辞，就到邢国夫人那里反复劝说。可邢国夫人却说："你纵使像张仪、苏秦那样巧言来当说客，我就是不听你的，你又能拿我怎么样呢！"边孺人见夫人是这种态度，便也不敢再说什么了。退下来后就把事情告诉了魏鹏。魏鹏强忍着眼泪，说："人生的生离死别，从现在就要开始了！"说着就开始整理行装，为回乡做打算。

娉娉听说这件事后，待夫人困倦睡下后，就与春鸿、秋蝉等人，偷偷在柏泛堂设下宴席，并把魏鹏叫来，为他钱别。魏鹏来到这里后，两人手拉着手，伤心痛哭声，难以自抑。春鸿等女仆也跟着悲痛气塞，难以抬眼看人。这时，娉娉举着酒杯来到魏鹏面前，拜谢说："兄长此次返乡，恐怕是不会再回来了！我平时与兄长在一起，每每手拉着手。现如今兄长离我远去，让我如何能够忍受这种怅恨之情的折磨呢？况且，兄长此次返乡要为母亲守孝三年，我们从此相距千里，无法成为伉俪，甚至此后将会成为陌生人。只希望兄长能够节哀顺变，好好地保重身体。等到守丧期满除去孝服后走马上任，还请您以子孙后代为重，另外选择配偶，不要长久独身一人。贱妾的命比春天的冰还要薄，身体比秋天的树叶还要轻，如今我和你简直就是云泥之别，地位相差悬殊，此后将清浊异路。只是我既然已经献身给了你，又怎么会再嫁与他人呢？以死为约，当初说的话言犹在耳，我将自绝性命于九泉之下，寄托骸骨在棺木之中。怅恨悠悠，没有尽头！平时兄长多次让我为你歌唱，可我总是因为不好意思而未能实行，而今天你我将要生死永别，难道我还能忍心推辞吗？我现在就试着歌唱，希望兄长耐心侧耳聆听。这恰如唐人所说的那样'一声《河满子》，双泪落君前'啊。"于是唱起了一阕《踏莎行》：

随水落花，离弦飞箭，今生无处能相见。长江纵使向西流，也应不尽千年怨！

盟誓无凭，情缘无便，愿魂化作衔泥燕。一年一度一归来，孤雌独入郎庭院。

唱完后，娉娉大哭几声，突然昏倒在地，侍女们急忙过来搀扶，过了好久才总算苏醒过来，因此整个晚上都无法成欢，只好作罢。

第二天早上，娉娉把照妆匣中的鸾镜都打破，把琴上的冰弦都扯断，还有以前的诗帕，都命福福把它们拿去交给魏鹏，以作为相思的纪念。对此，福福恼怒地说道："小姐您生性柔善端庄，性格也无人能及，这是其一。论姿容相貌，您也是当世无双，没人能够与你相比，这是其二。歌词流畅婉转，书画新颖雅致，文才难有匹敌，这是其三。通晓音律，长于言辞，聪慧睿智无人可比，这是其四。再说考究经史，评说古今，言辞滔滔犹如成串的珍珠，言语洋洋洒洒像是纷飞的雪花。至于说纺织、刺绣等事，更是丝毫难不倒您。更何况你身为蓟国公的孙女、平章的女儿，母亲又有邢国夫人的贤能，弟弟他日也有做官的显贵，可以说您是四德俱备，备受全族的推崇，将来定然能够许配给一个上好的富贵人家，难道还用发愁没有好的郎君吗？可是你却翻墙钻洞，私下偷情，对魏生痴情一片，并且心甘情愿地委身给他，以至于使自己成为崔莺莺、王娇娘那样淫奔的女子，辱没祖宗门庭。再说，魏鹏丧母后神志已乱，五脏六腑俱裂，你若是再把这些东西交给他，实在是不妥当。这就像是人们所说的那样：既不能以礼来对待自己，又不能依礼来对待别人，我着实为你的行为而感到难堪，也没有什么面目代你把这些东西交给他。"

娉娉听了，长吐了一口气说道："自从你侍奉我到如今也已经有十年的时间，从来没有分开过，一直以来你也都小心谨慎，我也十分喜欢待见你，把你当作是自己的同胞姐妹。可尽管如此，你还不能够明白我的心思，对我说出这样的话。那么想来外面流言蜚语就更加让人难以承受了。与其这样蒙受责难和误解苟且地活在世上，还不如一死了之。"说完，就拿出一条白绢，要上吊自杀。福福见状，赶紧上前制止，接着又对她进行了一番劝慰，随后便把娉娉交代的那些东西给魏鹏送去。魏鹏收到这些东西后便存放在了行李中，然后来到内厅向邢国夫人辞行。这时，邢国夫人命人从账房给他五十两白银，魏鹏坚决推辞，不肯接受。

邢国夫人说："我知道区区五十两白银不成什么礼数，只是表达一下心意罢了。希望你在居丧期间，若是有空闲，也不要忘记给我写封书信，以告慰我这垂老之身。"魏鹏跪着说道："我这么多年来寄住在这里，深受您的恩惠照顾，而且不只是把我当作宾客来看待，更视我如己出，此种恩情深厚简直可以让死者复生、白骨长肉，令人刻骨铭心、永生不忘。现如今我侥幸获此官职，原本是想着能够对您有所报答，可谁料却祸害殃及先母，抛下我们而去，使我不得不回乡下守孝。与您离别，我心中是百般不情愿，只希望你今后能够健康长寿！"说完，在阶庭低着头，泪流满面。邢国夫人听他如此说也十分感慨悲伤，随后又让春鸿去叫娉娉出来告别，不过再三催促，娉娉就是不肯出来。魏鹏也就没有再去请她，想着娉娉这是不忍心和自己分离，于是在与邢国夫人告别后就出发了。

这年秋天，贾麟果真考中了浙江乡试的举人，邢国夫人面露喜色，高兴地说道："看来这是并蒂莲花的吉兆应验了。"于是便把重阴亭改名为瑞莲亭。第二年，贾麟到京都参加礼部的考试，也顺顺利利地得了胜利，结果被授予陕西咸宁知县一职，于是就带着全家一起走马上任了。

自从娉娉和魏鹏分别后，她就日渐消瘦憔悴，整日茶饭不思，难以入眠，白日里也是神色恍惚，以泪洗面。再加上上任途中甚是颠簸，道路艰辛，耗费了十天的时间才到达咸宁，而此时娉娉已经是命悬一线了。邢国夫人见状十分忧虑，但不知道娉娉究竟为何而得病，直到在对娉娉身边的人仔细盘问下，春鸿等人才略微讲述了一下大概的情形。听后，邢国夫人对于违背当初的婚约非常懊悔，但事已至此懊悔也是无用，只能对娉娉百般劝慰，让她能够勉强喝下一些汤药。如此又过了一个多月，娉娉在临死的前一天，她像往常一样梳妆打扮，准备好佩巾，在母亲面前拜谢说："女儿不幸！病重垂危，早晚都得一死，只是母亲大人的养育之恩还未来得及报答，我就要抱憾而终了。所幸还有弟弟灵昭在，能够为您养老送终，希望母亲能够割舍难忍的私情，不要因为女儿的离去而折磨自己。"接着，她又对贾麟说："弟弟你聪明有才智，年纪轻轻就应试高中，此后必定能够平步青云，前程远大，光耀门楣，使父母倍感荣光。

只是希望你能够早日选择佳偶成婚，好生侍奉母亲。姐姐我命薄，大限将至，恐怕是等不到弟弟出人头地、娶妻生子了，还劳烦你能够为我操办身后事！我死之后，一定不要火化，只需要占得一点地方暂且停放灵柩。待弟弟你解职北归幽州时，再把我的尸骨带回家乡安葬，如此我的心愿也算是了了。"娉娉回到寝室，又对福福说："我的死亡，已经是迟早的事情了。我死后，你要好好代我侍奉母亲，不要想念我。"说完，又把一封写给魏鹏的书信交给春鸿说："到时候，你替我把这封书信转交给兄长，让他知道我已经不在人世了。"春鸿小心谨慎地收藏起来，安慰她说："小姐你向来聪明通达，超出常人，尽管身为女子，可却深明事理。当初，也曾对焦仲卿夫妻自残生命的行为而鄙视，对苟奉倩因妻死伤情而不屑，现在难道都忘记了吗？如今怎么自己会走和他们一样的路呢？更何况，魏生这一走，就杳无音讯，虽然尚且在守孝期内，不过想来也快要婚配了。现在府中经常会有媒人到来，普天之下又多的是奇男子、美丈夫，以小姐您的才貌和智慧，又有哪一个会不愿意？又何必一定要选择魏生才满意呢？而且，夫人膝下只有您一个爱女，万一小姐真的去世，那夫人如何能够承受得了？所以我私下替小姐不值！还希望小姐您不要因为我地位卑贱就对我说的话不理不睬，若是您能够勉强听从我浅陋的言语，幡然醒悟，用理智来抒发排遣自己郁结的感情，那么不仅是春鸿的幸运，也不仅是小姐的幸运，更是夫人的大幸啊！"娉娉说道："唉，你错啦！我岂是那世间痴淫的女子，不明白生命似水流逝吗？我和魏生，或许是因为命运不好。早在腹中还是胎儿的时候就已经缔结婚约，后来两家果然生了一男一女，使得两位母亲的誓约分毫不差，真可谓是天遂人意。可谁料母亲却因为太过钟爱舍不得我，而背弃了先前的誓约，没能将我嫁给魏生。再说，女子嫁人讲究从一而终，如果打算着要另嫁他人，那么岂不是人尽可夫了吗？鬼神又该怎么评论我呢？《诗经》中有言：'生则异室，死则同穴。'我的心事，魏生心里都一清二楚。虽说春鸿你待我情深义厚，处处都为我着想，可是君子要以德爱人，这是不能迁就的。"说完后，便泪如雨下。春鸿听了也内心凄楚地告退离去。到了晚上，娉娉便去世了。随后，贾麟便用漆棺装殓了姐姐，并把灵柩暂时寄存在开元寺的僧房里，准备等到任期满后就运回老家安葬。

没多久，咸宁县出现了一个大盗，作案后逃往了襄阳，于是衙门就准备派遣小吏康铧赶往襄阳抓捕，春鸿听说这件事后，就把娉娉嘱托的书信的事情禀告给了贾麟，想要康铧顺便把书信带给魏鹏。贾麟拆开一看，原来是姐姐集唐人诗句的十首七言绝句，是与魏鹏的诀别之词。贾麟随后又把这件事告诉了母亲。邢国夫人说道："人都已经去世了，还是不要再违背她的意愿了。"于是就让康铧带去了。娉娉的绝命诗为：

其 一

两行清泪语前流，千里佳期一夕休！倚柱寻思倍惆怅，寂寥灯下不胜愁！

其 二

相见时难别亦难，寒潮惟带夕阳还。钿蝉金雁皆零落，离别烟波伤玉颜。

其 三

倚阑无语倍伤情，乡思撩人拨不平。寂寞闲庭春又晚，杏花零落过清明。

其 四

自从消瘦减容光，云雨巫山枉断肠！独宿孤房泪如雨，秋宵只为一人长。

其 五

纱窗日落渐黄昏，春梦无心只似云。万里关山音信断，将身何处更逢君？

其 六

一身憔悴对花眠，零落残魂倍黯然！人面不知何处去，悠悠生死别经年。

其 七

真成薄命久寻思，宛转娥眉能几时？汉水楚云千万里，留君不住益凄其。

其 八

魂归冥漠魄归泉，却恨青娥误少年。三尺孤坟何处是？每逢寒食一潸然。

其 九

物换星移几度秋，鸟啼花落水空流。人间何事堪惆怅？贵贱同归土一丘。

其 十

一封书寄数行啼，莫动哀吟易惨凄。古往今来只如此，几多红粉委黄泥。

魏鹏在家为母亲守孝，以草荐为席、土块为枕，简直就是度日如年，尤其是想起往日的欢乐，突然间都成了旧迹，不过他现在仍然不知道娉娉已经去世的事情。为此，他赋了一首《摸鱼儿》来追忆往事。词为：

记当年、浪游江海，湖山佳处频到。绯桃红杏春光媚，骏马骄嘶驰道。亲曾造，拜第一仙人，听鼓《朝飞操》，风流音耗。纵水隔蓬壶，浪翻银汉，青鸟解相报。徒自悼，忆刹那人情好，万千心事难告。天涯回首成陈迹，还想绿依红靠。空洒泪，叹暑往寒来，绿鬓愁成皓。何时偎抱？把月下鸾箫，花间凤管，细写断肠套。

这首词大概叙述了自己与娉娉相遇的始末，魏鹏写完后，正准备找人给娉娉带去，就听说康铧从陕西来访，而魏鹏得到娉娉去世的凶信以及她留下的七绝诗后，悲痛欲绝，晕倒后很长时间才又醒了过来。于是就在岘首山堕泪碑旁，设立灵位来吊唁，并以酒浇地祭奠，还拿出了娉娉生前所赠的破镜、断弦，指着上天，发誓说："既然你为我献出了生命，我又怎么能够忍心辜负你呢？只有终身不娶，才能略微宽慰你的芳魂。"现将魏鹏的祭文抄录在下面：

维大元至正十二年月日，巨鹿魏鹏，颛以清酌肴羞之奠，遥祭于故贾氏云华小娘子之灵。呜呼！天地既判，即分阴阳。夫妇攸合，人道之常。从一而殒，是谓贞良。二三其德，是曰淫荒。昔我参政，暨先平章，僚友之好，金兰其芳。施及寿母，与余先堂。义若姊妹，闺门颉颃。适同有妊，天启厥祥。指腹为誓，好音琅琅。乃生君我，二父继亡。君留浙水，我返荆襄。彼此阔别，各居一方。日月流迈，逾十五霜。千里跋涉，访君钱塘。佩服慈训，初言是将。冀遂曩约，得谐姬姜。因缘浅薄，遂堕荒唐。一斥不复，竟成参商。呜呼！君为我死，我为君伤。天高地厚，莫诉衷肠。玉容花貌，宛在目傍。断弦裂镜，零落无光。

人非物是，徒有涕滂。悄悄寒夜，隆隆朝阳。佳人何在？令德难忘。曷以招子？谁为巫阳？曷以慰子？鳏居空房。庶几斯语，闻于泉乡。岘山郁郁，汉水汤汤。山倾水竭，此恨未央！呜呼小姐！来举余觞。尚飨！

　　不久，魏鹏服丧期满来到京都听从调配，朝廷升任他为陕西儒学正提举，官阶位列奉议大夫。而当时贾麟担任咸宁县令，任期还没有满，所以魏鹏又得以与他们相见。这天，魏鹏登上中堂拜见老夫人，不觉发现邢国夫人越发衰老了。邢国夫人看到魏生，悲痛得难以自抑，并且对当初的决定懊悔不已。旧日的仆人像是脱欢这一辈的，也有已经离世的，只有春鸿等几位婢女还都健在。魏鹏了解清楚停放娉娉灵柩的房舍后，立即前去哭拜。他用手敲打着僧房的门说道："云华，魏寓言在这里。我想你平生的精灵肯定还没有消散，难道不能再弹《华山畿》这首曲子了吗？"这天晚上，魏鹏就睡在了办公的处所，在似梦非梦之间，好像看到了娉娉，说道："上天真的是会顺从人的心意吗？"魏鹏突然忘记她已经去世了，急忙上前去拥抱她。娉娉回应说："兄长不要拉我，我有话要对你说。"这时魏鹏才想起她已经去世了，于是就问她说："你已经去世了，为什么现在又出现在了这里？"娉娉说："我死后，阴间的长官不认为我有什么过错，就让我来到金华宫，担任起草章奏的书记一职。如今阴间的君王被你终身不娶的誓言感动，觉得你的情义甚至要远远超过宋代不嫌弃糟糠之妻的刘庭式。他说：'不能够让这样品德高尚的人没有后人传扬。'于是就让我还魂，只不过我的尸体已经腐烂，现在需要借助他人的尸体才可以，只是还没有等到这样的机会。预计到冬末，才能够如愿，到那时我们就又能够在一起了。"说完后，就忽然间飞走了。这时，魏鹏从梦中惊醒，只见冷风扑面而来，淡淡的月光照在帘子上，看了看四周没有任何人，倍感凄凉，不禁泪流满面。于是就写了一首《疏帘淡月》词来悼念娉娉。词为：

　　西湖皓月，从前岁别来，几回圆缺？何处凄然，怕近暮秋时节。花颜一去成终古，洒西风，泪流如血。美人何在？忍看残镜，忍看残玦。忽今夕，分明梦里，陡然相见，手携肩接。微启朱唇，耳畔低声儿说：冥君许我返魂也，教同心罗带重结。醒来惊怪，还疑又信，枕寒灯灭。

　　魏鹏到任后，不知不觉，光阴流逝就已经到了冬日，只见瑞雪纷飞，梅蕊绽开。当时，陕西长安昌县丞宋子璧有个没有出嫁的闺女，年龄才刚满十五岁，就突然间暴死；尸体停放了三日就又活了过来，可是却不认得她自己的父母，却说道："我是贾平章的女儿贾云华，是现任咸宁县知县贾麟的姐姐，已经死了两年了，奉命还魂。现在只是借用了你女儿的尸体，并不是你的女儿。"让宋家父母感到惊异奇怪的是，她的声音不再是之前原来的声音，说的话也颠三倒四、不伦不类。正在惊异奇怪的时候，这女子却径直走出家门向贾知县的住宅处赶去，轻车熟路的好像先前就曾去过一样。见到了邢国夫人和贾麟，她向他们详细叙述了借尸还魂的事情。邢国夫人和贾麟全都仔细地端详着她：言谈举止都像是娉娉，可却仍然不敢相信。一会儿，那女子又进入内室，叫出春鸿等几位女仆的名字，并向她们讨要生前用过的东西，真的没有一丝一毫的差错，大家这才勉强相信了她说的话。原来咸宁和长安，都是西安府所在城的属县，官舍相邻。宋县丞也曾听说贾知县到任不久，他的姐姐就因病去世了，但对于借尸还魂的事情，实在是不敢相信，于是便带着妻子陈氏一同来到贾知县的宅第，要讨回自己的女儿。可是到了那里之后，这女子坚决不肯跟他们回去，并且辱骂道："你们怎么乱把别人家的女儿认作是自己家的女儿呢？"宋氏夫妇无计可施，也只好叹口气回去了。邢国夫人说："这可真是上天撮合的好姻缘啊。"于是就立即派人去告诉魏鹏，魏鹏也把在梦中见到娉娉的详情都告诉了贾氏母子。听到这里，邢国夫人高兴得说不出话来，随即便命媒人去传达心意，两家再次订立婚约，继而举办婚礼。新郎魏鹏手中拿着礼品，亲自去迎接新娘。邢国夫人则带着春鸿、兰苕等人都前去送行。在洞房花烛之夜，魏鹏发现这个娉娉还是处子之身，可她在枕边与魏鹏说起往事来，却是丁点的小事也没有忘记，全都清清楚楚、历历在目。

　　第二天，魏鹏在提举公署的后堂摆下宴席，出席宴会的还有宋县丞一家。

席间，魏鹏向宋县丞问道："您女儿叫什么名字啊？"这时魏鹏才知道这女子原来叫月娥。后来，他又听老门房说："在公署的后堂，以前有一块叫'洒雪'的匾，应当是取自李白诗'清风洒兰雪'的意思，只是后来被前一任提举拿去，现在没有了。"魏鹏这才明白了之前在伍相庙做梦时神灵所说的话，原来上句是说成婚的地方，下句是说自己妻子的名字。魏鹏想通后就把这件事情告诉了在座的所有人，让他们知道神灵说的话已经应验了。此事一传十十传百，转眼之间就传到了关中，而听说这件事的没有不称奇的。还有人赋了一首《永遇乐》词向魏生表示祝贺，现在把它抄录在这里：

倾国名姝，出尘才子，真个佳丽。鱼水因缘，鸾凤契合，事如人意。贝阙烟花，龙宫风月，谩托传书柳毅。想传奇、又添一段，勾栏里做《还魂记》。稀稀罕罕，奇奇怪怪，凑得完完备备。梦叶神言，婚谐腹偶，两姓非容易。牙床儿上，绣衾儿里，浑似牡丹双蒂。问这番、怎如前度，一般滋味？

魏鹏和月娥婚后生了三个儿子，都做了高官。魏鹏自己则官至太禧宗禋院使、兵部尚书，享年八十三岁。而月娥则被封为�…国夫人，享年七十九岁，死后两人合葬在一起。魏鹏与月娥平时吟咏唱和的作品，更是多达千余篇，后来汇聚成集题名为《唱随集》；元代知名散曲家贯云石（酸斋）还在集子的前面为他们作了序，其后是魏鹏夫妇的自序，都登载在别录中，就不在这里抄录了。